OS
DOIS
MORREM
NO
FINAL

OS DOIS MORREM NO FINAL

THEY BOTH DIE AT THE END

ADAM SILVERA

TRADUÇÃO DE VITOR MARTINS

intrínseca

Copyright © 2017 by Adam Silvera

Não é permitida a exportação desta edição para Portugal, Angola e Moçambique.

TÍTULO ORIGINAL
They Both Die at the End

PREPARAÇÃO
Ilana Goldfeld

REVISÃO
Carlos César da Silva

DIAGRAMAÇÃO
Ilustrarte Design e Produção Editorial

ARTE DE CAPA
Simon Prades

DESIGN DE CAPA
Erin Fitzsimmons

ADAPTAÇÃO DE CAPA
Julio Moreira | Equatorium Design

CIP-BRASIL. CATALOGAÇÃO NA PUBLICAÇÃO
SINDICATO NACIONAL DOS EDITORES DE LIVROS, RJ

S592d

    Silvera, Adam, 1990-
      Os dois morrem no final / Adam Silvera ; tradução Vitor Martins. - 1. ed. - Rio de Janeiro : Intrínseca, 2021.
    416 p. ; 21 cm.

    Tradução de: They both die at the end
    ISBN 978-65-5560-302-6

    1. Ficção americana. I. Martins, Vitor. II. Título.

21-72171   CDD: 813
                                   CDU: 82-3(73)

Camila Donis Hartmann - Bibliotecária - CRB-7/6472

[2021]
Todos os direitos desta edição reservados à
EDITORA INTRÍNSECA LTDA.
Av. das Américas, 500, bloco 12, sala 303
22640-904 – Barra da Tijuca
Rio de Janeiro – RJ
Tel./Fax: (21) 3206-7400
www.intrinseca.com.br

*Para todos que precisam de um lembrete
para fazer cada dia valer a pena.*

*E também para minha mãe, por todo o amor carinhoso, e para
Cecilia, por todo o amor com disciplina.
Sempre precisei de ambos.*

Olá,

aqui quem fala é a Central da Morte.

Sinto muito em lhe informar que em algum momento ao longo das próximas 24 horas você terá um encontro prematuro com a morte.

Em nome de toda a equipe da Central da Morte, sentimos muito a sua perda.

Aproveite este dia ao máximo, está bem?

PARTE UM
Central da Morte

Viver é a coisa mais rara do mundo.

A maioria das pessoas apenas existe.

— Oscar Wilde

5 de setembro de 2017
MATEO TORREZ
00h22

A Central da Morte está me ligando com o aviso mais importante que recebemos durante a vida: vou morrer hoje. Esquece, "aviso" é uma palavra forte demais, já que avisos em geral sugerem algo que pode ser evitado, como um carro buzinando para um pedestre que atravessou a rua no sinal vermelho, dando a ele uma chance de se afastar; isso é mais como um alerta. Este alerta altíssimo, um gongo inconfundível e infinito, como um sino de igreja a um quarteirão de distância, está vindo do meu celular no outro lado do quarto. Já estou surtando, um milhão de pensamentos abafando tudo ao meu redor. Aposto que é isso que um paraquedista sente ao saltar do avião pela primeira vez, ou um pianista tocando em seu primeiro concerto. Não que eu vá confirmar essas suspeitas um dia.

Que loucura. Um minuto atrás eu estava lendo uma publicação de ontem no blog *ContagemRegressiva* — onde os Terminantes registram suas últimas horas com status e fotos atualizados em tempo real, e essa postagem, em específico, era a história de um estudante universitário tentando encontrar um lar para seu golden retriever — e agora eu vou morrer.

Vou... não... sim. Sim.

Sinto um aperto no peito. Vou morrer hoje.

Sempre tive medo de morrer. Não sei por que, mas eu acreditava que ter medo poderia impedir que isso viesse a acontecer. Não para sempre, claro, mas por tempo o suficiente para que eu pudesse crescer. Meu pai sempre botou na minha cabeça que eu deveria fingir ser o protagonista de uma história na qual nada de ruim acontece, em especial a morte, porque o herói precisa estar vivo para salvar todo mundo. Mas o barulho na minha cabeça está diminuindo e há um mensageiro da Central da Morte na linha esperando para me contar que vou morrer hoje, aos dezoito anos.

Uau, eu realmente...

Não quero atender o celular. Prefiriria correr até o quarto do meu pai e xingar com a cara enfiada num travesseiro porque ele escolheu o momento errado de ir parar na UTI, ou socar a parede porque minha mãe me predestinou a uma morte prematura ao falecer durante o parto. O celular toca pelo que me parece ser a trigésima vez, e não posso mais evitar esse som, da mesma forma que não poderei evitar o que irá acontecer mais tarde, ainda hoje.

Tiro meu notebook de cima das pernas cruzadas e me levanto da cama, cambaleando, me sentindo tonto de verdade. Pareço um zumbi caminhando em direção à escrivaninha, lento e morto-vivo.

O identificador de chamadas mostra CENTRAL DA MORTE, é claro.

Estou tremendo, mas consigo pressionar o botão verde. Não digo nada. Não sei o que dizer. Apenas respiro fundo, porque me restam menos de 28 mil respirações — a média de respirações diárias de uma pessoa que não está morrendo —, e é melhor gastar todas elas enquanto ainda há tempo.

— Olá, aqui quem fala é a Central da Morte. Eu me chamo Andrea. Você está aí, Timothy?

Timothy.

Meu nome não é Timothy.

— Acho que foi engano — respondo. Meu coração se acalma, embora eu me sinta mal por esse tal de Timothy. De verdade. — Meu nome é Mateo. — Tenho o mesmo nome que o meu pai, e ele sempre quis que eu o passasse adiante. Agora eu posso fazer isso, se um dia tiver um filho.

Do outro lado da linha, ouço o som de teclas de computador, provavelmente corrigindo o registro ou qualquer coisa no banco de dados.

— Ah, sinto muito. Timothy é o rapaz com quem acabei de falar. Ele não recebeu a notícia muito bem, pobrezinho. Você é Mateo Torrez, certo?

E, num piscar de olhos, minha esperança é destruída.

— Mateo, poderia por gentileza confirmar sua identidade? Infelizmente ainda tenho muitas ligações para fazer esta noite.

Sempre imaginei que meu mensageiro — é o termo oficial deles, não fui eu quem inventou — soaria solidário e cuidadoso ao me dar a notícia, talvez até lamentando sobre como meu caso é especialmente trágico, já que sou tão novo. Para ser sincero, a pessoa poderia até ser alguém tagarela, me dizendo como deveria me divertir e aproveitar o dia ao máximo, já que pelo menos sabia o que estava prestes a acontecer. Assim eu não ficaria trancado em casa encarando um quebra-cabeça de mil peças que nunca vou terminar ou me masturbando, já que sexo com uma pessoa de verdade me assusta. Mas essa mensageira faz com que eu sinta que estou desperdiçando seu tempo, o que, ao contrário de mim, ela tem de sobra.

— Certo. Mateo sou eu. Eu sou Mateo.

— Mateo, sinto muito em lhe informar que em algum momento ao longo das próximas 24 horas você terá um encontro prematuro com a morte. E, embora não haja nada que nós possamos fazer para evitar isso, você ainda tem a oportunidade de viver.

A mensageira começa a falar sobre como nem sempre a vida é justa e apresenta uma lista de eventos dos quais eu poderia participar hoje. Eu deveria ficar irritado com ela, mas é óbvio que está entediada enquanto recita aquelas falas que já deve saber de cor após ter contado para centenas, talvez milhares de pessoas, que elas morreriam em breve. Ela não tem qualquer empatia. É provável que esteja pintando as unhas ou em uma partida de jogo da velha contra ela mesma enquanto fala comigo.

No *ContagemRegressiva*, os Terminantes publicam relatos sobre tudo, desde a ligação até o que estão fazendo no Dia Final. É basicamente um Twitter para Terminantes. Já li um monte de postagens nas quais eles confessaram ter perguntado para os mensageiros sobre como iriam morrer, mas é de conhecimento geral que essas informações específicas não estão disponíveis para ninguém, nem mesmo para o ex-presidente Reynolds, que tentou se esconder da Morte em um abrigo subterrâneo quatro anos atrás e foi assassinado por um de seus agentes secretos. A Central da Morte só avisa a data da morte, mas nunca o minuto exato ou a causa.

— Você entendeu tudo o que falei?

— Entendi.

— Acesse centraldamorte.com e preencha qualquer desejo específico para o seu funeral, além da frase que gostaria para a lápide. Ou talvez você queira ser cremado, neste caso...

Na vida inteira, eu só fui a um funeral. Minha avó morreu quando eu tinha sete anos, e fiz pirraça no velório porque ela não acordava de jeito nenhum. De repente, cinco anos depois, com o surgimento da Central da Morte, todo mundo estava *acordado* nos próprios velórios. Ter a chance de se despedir antes de morrer é uma oportunidade incrível, mas não é melhor usar esse tempo vivendo de verdade? Talvez eu pensasse diferente se soubesse que pessoas compareceriam ao meu funeral. Se eu tivesse mais amigos do que dedos da mão.

— Timothy, em nome de toda a equipe da Central da Morte, sentimos muito a sua perda. Aproveite este dia ao máximo, está bem?

— Eu sou o Mateo.

— Perdão, Mateo. Que vergonha. Está sendo um dia interminável e essas ligações são muito estressantes e...

Desligo na cara dela, o que é falta de educação, eu sei. Eu sei. Mas não posso ficar ouvindo uma pessoa falar sobre como seu dia está estressante quando eu posso cair morto na próxima hora, ou até mesmo nos próximos dez minutos. Eu poderia engasgar com uma pastilha para tosse; poderia querer sair de casa para fazer alguma coisa e quebrar o pescoço ao cair da escada, antes mesmo de chegar na rua; alguém poderia invadir o apartamento e me matar. A única coisa que, com toda a certeza, está fora de cogitação é morte por velhice.

Desabo no chão e fico de joelhos. Tudo vai acabar hoje, e não há absolutamente nada que eu possa fazer. Não posso embarcar em uma jornada por um universo infestado de dragões e recuperar um cetro que vence a morte. Não posso pular em um tapete voador e procurar um gênio que realize meu desejo por uma vida plena e simples. Talvez até dê para encontrar um cientista maluco para me congelar em criogênio, mas é capaz de eu acabar morrendo no meio desse experimento insano. A Morte é inevitável para todo mundo e, hoje, é uma certeza para mim.

A lista de pessoas das quais vou sentir saudade, isso se os mortos forem capazes de sentir alguma coisa, é tão curta que nem dá para chamar de lista: meu pai, por sempre fazer o melhor que pôde; minha melhor amiga, Lidia, não apenas por não me ignorar nos corredores, mas por sempre se sentar comigo no refeitório, por ser minha dupla na aula de ciências, e por conversar comigo sobre como ela quer se tornar uma ambientalista que vai salvar o mundo, e que sua maior recompensa é que eu continue vivendo nele. E é isso.

Se alguém tiver interesse na lista de pessoas das quais eu *não vou* sentir saudade, não tenho nada a apresentar. Ninguém nunca me tratou mal. E até entendo por que algumas pessoas mantiveram distância de mim. Sério, entendo mesmo. Sou totalmente paranoico. As poucas vezes em que fui convidado para fazer algo divertido com meus colegas de classe, tipo andar de patins no parque ou um passeio de carro no meio da noite, acabei desistindo porque *talvez* poderíamos estar nos colocando em risco de morte. *Talvez.* Acho que o que mais vai fazer falta são as oportunidades desperdiçadas de viver a vida e o potencial perdido de fazer grandes amizades com todo mundo que se sentou perto de mim nos últimos quatro anos. Vou sentir saudade de como nunca me enturmei com ninguém nas festas do pijama, onde todos ficavam acordados a noite inteira jogando Xbox Infinity e jogos de tabuleiro, só porque eu era medroso demais.

A pessoa de quem mais vou sentir saudade é o Mateo do Futuro, que talvez teria relaxado um pouco e aproveitado a vida. É difícil imaginá-lo direito, mas imagino o Mateo do Futuro tentando coisas novas, tipo fumar maconha com os amigos, tirar a carteira de motorista, pegando um voo para Porto Rico para saber mais sobre suas origens. Talvez ele esteja namorando alguém, e talvez ele goste dessa companhia. É provável que ele toque piano para os amigos, cante na frente deles, e com certeza teria um velório lotado, um que se arrastaria pelo final de semana inteiro depois da sua morte: um salão lotado de pessoas novas que não tiveram a oportunidade de abraçá-lo pela última vez.

O Mateo do Futuro teria uma lista maior de amigos para sentir saudade.

Mas eu nunca vou me tornar o Mateo do Futuro. Ninguém nunca vai ficar chapado comigo, ninguém vai me assistir tocando piano, ninguém vai se sentar ao meu lado no carro do meu pai depois que eu tirar minha carteira de motorista. Nunca vou brigar com meus amigos para decidir quem fica com o melhor par de sapatos de boliche ou quem vai ser o Wolverine quando jogarmos videogame.

Caio de novo no chão, pensando em como tudo agora é uma questão de fazer ou morrer. Nem mesmo isso.

Fazer, e então morrer.

00h42

Meu pai toma um banho quente para se acalmar toda vez que está triste ou decepcionado consigo mesmo. Comecei a imitá-lo quando fiz treze anos, porque os Pensamentos Confusos do Mateo começaram a aparecer e eu precisava de muito Tempo do Mateo para analisar cada um deles. Agora estou tomando banho porque me sinto culpado por esperar que o mundo, ou alguma parte dele além de Lidia e meu pai, fique triste com a minha partida. Como me recusei a viver invencivelmente todos aqueles dias em que não recebi o alerta, desperdicei todos os meus ontens, e agora já não me resta nenhum amanhã.

Não vou falar para ninguém. Só para o meu pai, mas ele nem está acordado, então não conta. Não quero passar meu último dia me perguntando se as pessoas estão sendo sinceras enquanto me lançam palavras tristes. Ninguém deveria passar suas últimas horas duvidando das pessoas.

Mas preciso me aventurar pelo mundo, me enganar enquanto finjo que é um dia como qualquer outro. Preciso visitar meu pai no hospital e segurar sua mão pela primeira vez desde que eu era criança, e pela última... uau, a última vez para sempre.

Vou partir antes mesmo de aprender a lidar com a minha mortalidade.

Também quero ver Lidia e sua filha de um ano, Penny. Lidia me escolheu como padrinho de Penny quando a bebê nasceu, e é uma pena que eu seja a pessoa que cuidaria de Penny caso Lidia morresse, já que o namorado dela, Christian, morreu há pouco mais de um ano. Certo, como um garoto de dezoito anos que não ganha nenhum centavo cuidaria de um bebê? Resposta: ele não cuida. Mas eu deveria ficar mais velho e contar para Penny histórias sobre como sua mãe salvou o mundo e como seu pai era um cara tranquilo, e recebê-la na minha casa quando estivesse financeiramente estável e emocionalmente preparado para tudo aquilo. Agora estou sendo arrancado da vida dela antes de me tornar mais que um cara qualquer em um álbum de fotos, sobre quem Lidia talvez conte algumas histórias, momento em que Penny vai apenas balançar a cabeça, talvez tirar sarro dos meus óculos, e então virar para a página, em busca da família que ela de fato conhece e com quem se importa. Não serei nem mesmo um fantasma para ela. Mas isso não é motivo para deixar de fazer cócegas nela uma última vez, ou limpar seu rosto sujo de abóbora e ervilha, ou oferecer uma pausa para que Lidia possa estudar para suas provas ou escovar os dentes ou pentear o cabelo ou tirar uma soneca.

Depois disso, darei um jeito de deixar minha melhor amiga e sua filha, e vou sair para viver a vida.

Desligo o chuveiro e a água para de cair sobre mim; hoje não é dia para um banho de uma hora. Coloco meus óculos que estavam sobre a pia. Dou um passo para fora da banheira, escorregando numa poça, e enquanto caio para trás estou pronto para testar se aquela teoria de que a vida inteira passa diante dos seus olhos como um filme é verdade, mas consigo agarrar o suporte de toalha e me seguro. Inspiro e expiro, porque morrer desse jeito seria uma tremenda falta de sorte; alguém me colocaria na lista "Nocaute no Chuveiro" do blog *MortesEstúpidas*, um site muito famoso que me deixa enjoado em muitos níveis.

Preciso sair daqui e viver. Mas, primeiro, preciso sair deste apartamento com vida.

00h56

Escrevo bilhetes de agradecimento para os vizinhos do 4F e 4A, avisando que hoje é meu Dia Final. Com meu pai no hospital, Elliot do 4F tem ficado de olho em mim, trazendo o jantar, ainda mais desde que nosso forno quebrou na semana passada quando tentei fazer a receita de empanadas do papai. Sean do 4A havia marcado de vir no sábado para consertar, mas agora não precisa mais. Meu pai saberá como ajeitar o fogão, e vai precisar de distrações depois que eu não estiver mais aqui.

Abro o armário e pego a camisa de flanela azul e cinza que Lidia me deu de presente no meu aniversário de dezoito anos, e a visto por cima de uma camiseta branca. Ainda não usei essa roupa para sair. Essa camisa é como conseguirei manter Lidia comigo ao longo do dia.

Confiro o relógio — um antigo que meu pai me deu depois que comprou um modelo digital com luz embutida por causa da vista ruim — e já é quase uma da manhã. Em um dia normal, eu estaria jogando videogame até tarde da noite, mesmo que aí tivesse que ir para a escola exausto. Ao menos eu poderia dormir nos horários sem aula. Não dei o devido valor àqueles tempos vagos. Deveria ter me inscrito em mais uma matéria, tipo artes, apesar de não ser capaz de desenhar nem se minha vida dependesse disso. (Ou fazer qualquer outra coisa que pudesse salvar minha vida, é claro, e queria dizer que isso não é relevante, mas na verdade é o que importa, não é?) Talvez eu devesse ter entrado em uma banda, tocado piano, recebido algum tipo de reconhecimento antes de criar coragem para cantar um refrão. Depois, talvez, um dueto com alguém legal, e então me arriscar em um solo. Poxa, até mesmo teatro poderia ter sido divertido se eu conseguisse um papel que me ajudasse a sair da zona de conforto. Mas não, escolhi outro horário livre para poder me esconder e dormir.

São 00h58. Quando o relógio chegar à uma da manhã, vou me forçar a sair do apartamento. Aqui tem sido meu santuário e minha prisão e, pela primeira vez, preciso respirar o ar puro lá de fora em vez de apenas seguir às pressas do Ponto A até o Ponto B. Preciso contar as árvores, talvez cantar minha música favorita enquanto molho os pés no rio Hudson, e dar o meu melhor para ser lembrado como o jovem que morreu cedo demais.

É uma da manhã.

Não acredito que nunca mais vou voltar para o meu quarto.

Destranco a porta da frente, giro a maçaneta e abro.

Balanço a cabeça e bato a porta.

Não vou botar os pés em um mundo que vai me matar antes da hora.

RUFUS EMETERIO
1h05

A Central da Morte está me ligando enquanto eu bato sem parar no novo namorado da minha ex. Ainda estou em cima do cara, pressionando seus ombros com meus joelhos, e a única coisa que me impede de continuar esmurrando os olhos dele é o barulho vindo do meu bolso, aquele toque alto da Central da Morte que todo mundo já conhece, seja por experiência própria, pelos noticiários ou por causa de qualquer programa de merda que usa o alerta para efeitos dramáticos. Meus amigos, Tagoe e Malcolm, não estão mais empolgados com a briga. Estão mudos, esperando que o celular desse tal de Peck comece a tocar também. Porém, nada. Só o meu. Talvez a ligação me avisando que estou prestes a perder minha vida tenha acabado de salvar a dele.

— Você precisa atender, Roof — diz Tagoe.

Ele estava filmando a porradaria porque gosta de assistir a brigas na internet, mas agora está apenas encarando o próprio celular, como se estivesse com medo de receber a ligação também.

— De jeito nenhum — respondo.

Meu coração acelera, bate mais rápido do que quando dei o primeiro golpe em Peck, mais rápido do que quando o derrubei pela primeira vez. O olho esquerdo dele já está inchado e, no direito, não há nada além de puro terror. As ligações da Central da Morte geralmente vêm com tudo até as três da manhã. Ele não sabe se eu estou prestes a arrastá-lo comigo.

Eu também não sei.

Meu celular para de tocar.

— Deve ter sido engano — comenta Malcolm.

Meu celular volta a tocar.

Malcolm fica calado.

Eu não tinha lá grandes esperanças. Não sei as estatísticas nem nada do tipo, mas não é muito comum que a Central da Morte ligue para as pessoas erradas. E nós, da família Emeterio, não tínhamos muita sorte no quesito permanecer vivo. E encontrar o criador muito antes do tempo era nossa especialidade.

Estou tremendo, e o pânico provoca um zumbido na minha cabeça, como se alguém estivesse me socando sem parar, porque não tenho a menor ideia de como vou morrer, só sei que vou. E minha vida não está exatamente passando diante dos meus olhos como um filme, mas também não é como se eu esperasse passar por isso quando estiver de fato à beira da morte.

Peck se contorce debaixo de mim, então levanto o punho para que ele se acalme.

— Talvez ele tenha uma arma — alerta Malcolm.

Ele é o gigante do grupo, o tipo de cara que teria sido útil ter por perto quando minha irmã não conseguiu se soltar do cinto de segurança depois que nosso carro caiu dentro do rio Hudson.

Antes do telefonema, eu poderia apostar que Peck não tinha nenhuma arma, já que fomos nós que o surpreendemos quando ele estava saindo do trabalho. Mas não vou apostar minha vida nisso, não desse jeito. Largo o celular. Viro Peck de costas e o revisto, procurando por uma faca de bolso na cintura. Eu fico de pé e ele continua no chão.

Malcolm puxa a mochila de Peck que Tagoe havia jogado debaixo de um carro azul. Ele a abre e a vira de ponta cabeça, deixando cair alguns quadrinhos do Pantera Negra e do Gavião Arqueiro.

— Nada.

Tagoe corre em direção a Peck, e posso jurar que ele vai chutar a cabeça do cara feito uma bola de futebol, no entanto, ele pega meu celular do chão e atende a ligação.

— Quer falar com quem? — Seu pescoço se vira numa direção que não surpreende ninguém. — Peraí, peraí. Não sou eu. *Peraí*. Um segundo. — Ele afasta o telefone da boca. — Quer que eu desligue, Roof?

Não sei. Ainda estou segurando Peck, surrado e ensanguentado, no estacionamento desta escola, e não é como se eu precisasse atender para ter certeza de que a Central da Morte não está me ligando para avisar que ganhei na loteria. Pego o celular da mão de Tagoe, irritado e confuso, e acho que vou vomitar, mas, como meus pais e minha irmã não vomitaram, talvez eu também consiga.

— Fiquem de olho nele — peço a Tagoe e Malcolm.

Eles assentem. Eu não sei como me tornei o lobo alfa da matilha. Fui parar no lar adotivo anos depois deles.

Eu me afasto um pouco, como se quisesse ter privacidade, e me certifico de que estou fora do alcance da luz da saída. Não quero ser pego de madrugada com os nós dos dedos cobertos de sangue.

— Oi?

— Olá. Aqui é o Victor da Central da Morte, eu gostaria de falar com Rufus Emmy-terio.

Ele erra meu sobrenome, mas não faz sentido corrigi-lo. Não sobrou mais ninguém para herdar o sobrenome Emeterio.

— É, sou eu.

— Rufus, sinto muito em lhe informar que em algum momento ao longo das próximas 24 horas...

— Vinte e três horas — interrompo, andando de um lado para outro entre dois carros. — Já passou da uma da manhã.

Que palhaçada. Outros Terminantes receberam o alerta uma hora atrás. Talvez se a Central da Morte tivesse ligado antes eu não estaria esperando do lado de fora do restaurante onde esse fracassado e sem futuro do Peck trabalha só para segui-lo até o estacionamento.

— Sim, você tem razão. Sinto muito — responde Victor.

Estou tentando ficar de boca fechada porque não quero descontar meus problemas em um cara que só está fazendo o trabalho dele, embora eu não faça ideia de por que diabo alguém aceitaria um emprego desse tipo. Vamos fingir que eu tenho um futuro, por um segundo, só de brincadeira.

Não existe um universo paralelo em que eu acorde pensando: "Acho que quero trabalhar de meia-noite às três da manhã contando para as pessoas que suas vidas acabaram." Mas Victor e muitos outros toparam isso. E eu não quero nem saber daquele papo de "não mate o mensageiro", ainda mais quando o mensageiro está me ligando para dizer que antes do fim do dia minha vida já era.

— Rufus, sinto muito em lhe informar que em algum momento ao longo das próximas 23 horas você terá um encontro prematuro com a morte. Embora não haja nada que eu possa fazer para evitar isso, estou ligando para lhe oferecer opções para o seu dia. Antes de mais nada, como você está? Levou um tempo para me atender. Está tudo bem?

Ah, é, ele quer saber como eu estou. Consigo perceber nessa fala engessada que ele não se importa comigo nem com os outros Terminantes para os quais precisa ligar ainda hoje. É provável que essas chamadas sejam monitoradas, e ele não quer arriscar perder o emprego ao apressar a conversa.

— Não sei como estou. — Aperto meu celular para não jogá-lo na parede pintada com crianças brancas e negras de mãos dadas sob um arco-íris. Olho por cima do ombro e Peck ainda está com o rosto no chão enquanto Malcolm e Tagoe me encaram; é melhor eles não deixarem o cara fugir antes de decidirmos o que fazer com ele. — Quais são as minhas opções?

Deve haver alguma coisa boa.

Victor me conta a previsão do tempo para o dia (chances de chuva antes de meio-dia e mais tarde, se eu conseguir sobreviver até lá), eventos especiais dos quais não tenho a menor vontade de participar (principalmente uma aula de ioga no High Lane Park, com ou sem chuva), preparativos para o velório e restaurantes com os melhores descontos para Terminantes, se eu usar o cupom de hoje. Nem presto atenção no resto, porque estou ansioso com como será o meu Dia Final.

— Como vocês sabem? — interrompo. Talvez esse cara tenha pena de mim e eu possa dividir com Tagoe e Malcolm os detalhes desse grande mistério. — Os Dias Finais. Como vocês sabem? É tipo uma lista? Bola de cristal? Um calendário do futuro?

Todo mundo vive especulando sobre como a Central da Morte recebe essas informações que mudam a vida das pessoas. Tagoe já me contou um monte de teorias malucas que ele leu na internet, tipo uma sobre a Central da Morte consultar um monte de médiuns de verdade e outra, mais ridícula, segundo a qual o governo acorrentou um alienígena em uma banheira e o força a dar informações sobre os Dias Finais. Existem muitas coisas loucas nessa teoria, mas não tenho tempo para comentar agora.

— Sinto muito, mas essa informação não fica disponível nem para os mensageiros. Também ficamos curiosos, mas não é um dado necessário para realizarmos nosso trabalho.
— Outra resposta engessada. Aposto qualquer coisa que ele sabe e, se disser, perde o emprego.

Que se dane esse cara.

— Ei, Victor, usa a sua humanidade por um minuto. Não sei se você sabe, mas eu tenho dezessete anos. Meu aniversário de dezoito é daqui a três semanas. Você não fica furioso ao saber que eu nunca vou para a faculdade? Nem me casar? Ter filhos? Viajar? Duvido. Você só fica de boa sentadinho no trono aí no escritório porque sabe que tem pelo menos mais algumas décadas pela frente, não é?

Victor pigarreia.

— Quer que eu use a minha humanidade, Rufus? Quer que eu levante do trono e mande a real para você? Tudo bem. Uma hora atrás eu estava no telefone com uma mulher que chorou ao descobrir que não será mais mãe depois que sua filha de quatro anos morrer hoje. Ela implorou para que eu contasse como poderia salvar a vida da filha, mas ninguém tem esse poder. E então tive que preencher uma solicitação para que o Departamento da Juventude enviasse um policial só para o caso de a mãe ser a responsável pela morte, o que, acredite ou não, não é a coisa mais repugnante que esse emprego já me obrigou a fazer. Rufus, eu sinto muito por você, de verdade. Mas sua morte não é culpa minha, e infelizmente tenho muitas outras ligações para fazer hoje. Você pode me fazer esse favorzão e colaborar?

Caramba.

Colaboro no resto da ligação, apesar de o cara não ter o menor direito de me contar histórias dos outros. Só consigo pensar na mãe que nunca verá sua filha ir para a escola que está logo atrás de mim. Ao fim da chamada, Victor diz aquela frase corporativa que me acostumei a ouvir em todos os novos programas de TV e filmes que incorporaram a Central da Morte na rotina dos personagens:

— Em nome de toda a equipe da Central da Morte, sentimos muito a sua perda. Aproveite este dia ao máximo.

Não sei quem desliga primeiro, mas isso não importa. O estrago foi feito. Será feito. Hoje é meu Dia Final. O mais puro Armagedom do Rufus. Não sei como tudo vai acontecer. Estou rezando para que não seja um caso de afogamento, como foi com meus pais e minha irmã. Na verdade, a única pessoa com quem já arrumei problema é o Peck, então não acho que eu vá levar um tiro. Mas, quem sabe? Balas perdidas acontecem também. A causa não importa tanto quanto o que eu vou fazer antes que isso aconteça, mas a incerteza me dá calafrios; só se morre uma vez, afinal.

Talvez Peck *seja* o responsável por isso.

Volto apressado até onde os três estão. Levanto Peck pela gola da camisa e então o empurro contra a parede de tijolos. Sangue escorre de uma ferida aberta em sua testa, e mal posso acreditar que esse cara me tirou do sério desse jeito. Ele não deveria ter aberto a boca para falar sobre os motivos pelos quais Aimee não me queria mais. Se o boato não tivesse chegado até mim, minha mão não estaria em volta do pescoço dele agora, o deixando ainda mais assustado do que eu estou.

— Você não me "venceu", está bem? Aimee não terminou comigo para ficar com você, então desiste dessa ideia. Ela me amava e as coisas ficaram complicadas, e mais cedo ou mais tarde ela iria me aceitar de volta. — Eu sabia que isso era verdade, e era algo em que Malcolm e Tagoe também acreditavam. Eu me debrucei sobre Peck, encarando seu único olho bom. — Espero nunca mais ver você pelo resto da minha vida. — É, eu sei. Não tenho muita vida sobrando. Mas o cara é um completo palhaço e pode acabar tentando alguma gracinha. — Entendido?

Peck faz que sim com a cabeça.

Solto seu pescoço e puxo o celular do bolso dele. Eu o atiro na parede e a tela fica em cacos. Malcolm chuta o aparelho para longe.

— Vaza daqui.

Malcolm segura meu ombro.

— Não deixa ele escapar. O cara tem contatos.

Peck desliza pela parede, nervoso, como se estivesse escalando um prédio alto no meio da cidade.

Dou de ombros para me livrar de Malcolm.

— Eu disse *vaza daqui*.

Peck vai embora, correndo cambaleante em zigue-zague. Ele não olha para trás para ver se estamos o seguindo, nem para pegar a mochila e seus quadrinhos.

— Você não disse que ele tinha amigos em alguma gangue? — pergunta Malcolm. — E se eles vierem atrás de você?

— Eles não são uma gangue de verdade, e ele foi expulso do grupo. Não tenho por que ter medo de uma gangue que aceita gente como o Peck. Além do mais, ele não pode ligar para os caras, nem para Aimee. Demos um jeito nisso.

Eu não queria que ele falasse com Aimee antes de mim. Preciso me explicar e, sei lá, ela poderia não querer me ver se descobrisse o que fiz, independentemente de ser ou não o meu Dia Final.

— A Central da Morte também não vai poder ligar para ele — aponta Tagoe, contorcendo o pescoço duas vezes.

— Eu não ia matá-lo.

Malcolm e Tagoe estão quietos. Eles viram o jeito como surrei Peck, como se eu não tivesse um botão de desligar.

Não consigo parar de tremer.

Eu poderia ter matado o cara, mesmo sem querer. Se fosse o caso, não sei se conseguiria viver com isso na minha consciência. *Pff*, isso é mentira e eu sei, só estou tentando bancar o durão. Mas não sou durão. Mal consigo superar ter sobrevivido a um acidente em que toda a minha família morreu — algo que nem foi culpa minha. Não conseguiria ficar numa boa se tivesse espancado alguém até a morte.

Corro até nossas bicicletas. O guidão da minha se enroscou na roda da de Tagoe depois que seguimos Peck até aqui, desmontando delas para enfrentá-lo.

— Vocês não podem me seguir — digo enquanto levanto minha bicicleta. — Entenderam?

— Fala sério, estamos do seu lado, é só...

— De jeito nenhum — interrompo. — Sou uma bomba-relógio e, mesmo se vocês não explodirem comigo, podem acabar se queimando. Talvez literalmente.

— Você não vai abandonar a gente — rebate Malcolm. — Aonde você for, nós vamos.

Tagoe assente, jogando a cabeça para o lado, como se seu corpo estivesse traindo o instinto de me seguir. Ele repete o gesto, com firmeza desta vez.

— Vocês parecem duas sombras — digo.

— Só porque somos pretos? — pergunta Malcolm.

— Porque estão sempre me seguindo — respondo. — Leais até o fim.

O fim.

Isso nos deixa calados. Subimos nas bicicletas e pedalamos para longe do meio-fio, aos solavancos. Não é um dia muito bom para ter deixado meu capacete em casa.

Tagoe e Malcolm não podem passar o dia inteiro comigo, eu sei disso. Mas nós somos de Plutão, irmãos do mesmo lar adotivo, e nenhum de nós abandona o outro.

— Vamos para casa — digo.

E então, nós vamos.

MATEO
1h06

Estou de volta ao meu quarto — depois de todo o drama falando que nunca mais voltaria para cá —, e na mesma hora me sinto melhor, como se tivesse ganhado uma vida extra em um videogame quando o grande chefão estava me dando uma surra. Não sou ingênuo em relação à morte. Sei que vai acontecer. Mas não preciso sair correndo para os braços dela. Estou apenas ganhando tempo. Uma vida longa é tudo que eu sempre quis, e tenho o poder de não dar um tiro no pé ao sair de casa, ainda mais no meio da noite.

Pulo na cama com o tipo de alívio que você só sente ao acordar para a escola e perceber que é sábado. Eu me envolvo com a coberta, abro meu notebook e — ignorando o e-mail da Central da Morte com os registros da minha conversa com Andrea — continuo lendo a publicação de ontem no *ContagemRegressiva* do ponto onde parei, antes de receber a ligação.

O Terminante se chamava Keith e tinha 22 anos. As atualizações de status dele não ofereciam muito contexto sobre sua vida, apenas o fato de que ele era na dele e preferia correr com seu golden retriever, Turbo, em vez de sair com os colegas de classe. Ele queria encontrar um novo lar para Turbo porque tinha certeza de que seu pai entregaria o cachorro para o primeiro que aparecesse, o que poderia ser qualquer um, já que era muito lindo. Caraca, *até eu* teria adotado Turbo, apesar de ser muito alérgico a cachorros. Mas, antes de doar seu animal, Keith e Turbo saíram para correr em seus lugares favoritos pela última vez, e as atualizações pararam quando chegaram ao Central Park.

Não sei como Keith morreu. Não sei se Turbo sobreviveu ou se morreu com Keith. Não sei o que nenhum dos dois teria preferido. Não sei. Eu poderia procurar por registros de assaltos ou assassinatos no Central Park por volta das 17h40 de ontem, que foi quando as atualizações foram interrompidas, mas era melhor, pelo bem da minha sanidade, manter o mistério sem solução. Em vez disso, abri minha pasta de músicas e botei Sons do Espaço para tocar.

Alguns anos atrás, uma equipe da NASA criou um equipamento especial capaz de gravar os sons de vários planetas. Eu sei, também acho isso estranho, ainda mais por causa de todos os filmes que me ensinaram que não existe som no espaço. Só que existe sim, em forma de vibrações magnéticas. A NASA converteu os sons para que pudessem ser escutados pelo ouvido humano e, apesar de estar me escondendo no quarto, eu me deparei com algo mágico do universo — algo que só quem não acompanhava os assuntos em alta na internet poderia ter perdido. Alguns planetas soavam sinistros, como algo saído de um filme de ficção científica de um mundo alienígena — "mundo alienígena" no sentido de um mundo com alienígenas, e não só por ser um mundo que não a Terra. Netuno soa como uma corrente veloz, Saturno tem um uivo assustador que nunca mais quero escutar, e o mesmo vale para Urano, com exceção dos ventos fortes farfalhando que parecem naves espaciais atirando lasers umas nas outras. Os sons dos planetas são uma ótima maneira de puxar assunto se você tem alguém com quem conversar, mas, se não for o caso, são um excelente ruído branco para pegar no sono.

Eu me distraio do meu próprio Dia Final lendo mais histórias no *ContagemRegressiva* e tocando a faixa da Terra, que sempre me faz pensar em um canto de pássaro tranquilizante e naquele som grave das baleias, mas também soa um pouco estranho, um barulho suspeito que não consigo identificar o que é, parecido com Plutão, que soa como uma concha mas também remete ao chiado de uma serpente.

Mudo para a faixa de Netuno.

RUFUS
1h18

Estamos voltando para Plutão no meio da noite.

"Plutão" é o nome que inventamos para o lar adotivo onde moramos desde que nossas famílias morreram ou nos abandonaram. Plutão foi rebaixado a planeta-anão, mas nós nunca tratamos uns aos outros como se tivéssemos menos importância.

Faz quatro meses desde que perdi minha família, mas Tagoe e Malcolm já estão nessa há muito mais tempo. Os pais de Malcolm morreram em um incêndio na casa deles, e o responsável nunca foi identificado. Quem quer que fosse, Malcolm torcia para que estivesse ardendo no inferno por ter levado seus pais quando ele era apenas um garoto de treze anos problemático que ninguém aceitaria, exceto o sistema de acolhimento familiar e, ainda assim, de má vontade.

A mãe de Tagoe deu no pé quando ele era criança, e seu pai o abandonou três anos atrás quando não conseguia mais pagar as contas. Um mês depois, Tagoe descobriu que o pai havia cometido suicídio, e o meu parceiro ainda não tinha chorado uma lágrima sequer, nem mesmo perguntado como ou onde o pai morrera.

Mesmo antes de descobrir que eu ia morrer, já sabia que não podia considerar Plutão como minha casa por muito mais tempo. Meu aniversário de dezoito anos está chegando — o mesmo vale para Tagoe e Malcolm, que completam dezoito em novembro. Eu ia começar a faculdade, assim como Tagoe, e nós decidimos que Malcolm iria morar com a gente até tomar um rumo na vida. Sei lá o que vai acontecer agora, e odeio o fato de que já tenho uma saída para esses problemas. Mas agora nós estamos juntos, e é isso que importa. Malcolm e Tagoe estão ao meu lado, como estiveram desde o primeiro dia em que cheguei ao lar adotivo. Seja para se divertir ou para reclamar, os dois sempre estiveram comigo.

Eu não pretendia parar, mas encosto a bicicleta quando vejo a igreja aonde fui um mês depois do grande acidente — meu primeiro passeio de fim de semana com Aimee. A construção é enorme, com tijolos caiados e degraus de madeira. Queria poder tirar uma foto dos vitrais, mas o flash da câmera não dá conta de iluminar direito. De qualquer forma, isso não faz diferença. Se a foto ficar boa o suficiente para o Instagram, é só jogar o clássico filtro preto e branco e pronto. A questão, na verdade, é que não sei se uma foto de uma igreja tirada por um ateu é a melhor escolha para ser a última coisa deixada para os meus setenta seguidores. (Não vai rolar hashtag.)

— Qual foi, Roof?

— Essa é a igreja onde Aimee tocou piano para mim — respondo.

Aimee é bastante católica, mas ela não estava me empurrando sua religião. Nós estávamos conversando sobre música, mencionei gostar de alguns dos clássicos que Olivia escutava quando estava estudando, e Aimee queria que eu escutasse ao vivo. Ela queria tocar especialmente para mim.

— Preciso contar a ela sobre o alerta — digo.

Tagoe se contorce. Tenho certeza de que ele está se coçando para me lembrar que Aimee afirmou precisar de um tempo de mim, mas esse é o tipo de desejo que pode ser totalmente ignorado no Dia Final.

Desço da bicicleta, abaixando o suporte para que ela fique de pé. Não me afasto muito deles, apenas me aproximo da entrada bem no momento em que o padre está acompanhando uma mulher aos prantos para fora da igreja. Ela está apertando seus anéis, topázio, creio eu, iguais aos que minha mãe penhorou para comprar ingressos de um concerto para o aniversário de treze anos da Olivia. Ou essa mulher é uma Terminante, ou conhece um. O turno da madrugada aqui não é brincadeira. Malcolm e Tagoe sempre tiram sarro das igrejas que condenam a Central da Morte e suas "visões profanas de Satanás", mas é muito incrível que algumas freiras e padres trabalhem depois da meia-noite para atender Terminantes buscando confissão, batismo ou coisas desse tipo.

Se existe mesmo um Deus por aí como minha mãe acreditava, espero que o cara esteja do meu lado agora.

Ligo para Aimee. A chamada toca seis vezes antes de cair na caixa postal. Ligo de novo e dá no mesmo. Tento mais uma vez e, agora, toca apenas três vezes antes da caixa postal. Ela está me ignorando.

Digito uma mensagem: A Central da Morte me ligou. Talvez você possa fazer o mesmo.

Não, não posso ser tão babaca a ponto de mandar isso para ela.

Corrijo a mensagem: A Central da Morte me ligou. Você pode falar comigo?

Meu celular toca menos de um minuto depois, um toque normal e não aquele alerta da Central da Morte que fez meu coração parar. É Aimee.

— Alô.

— É sério isso? — pergunta ela.

Se não fosse verdade, é bem provável que ela acabasse me matando por ter mentido. Tagoe já havia feito aquela brincadeira antes, para chamar atenção, e Aimee cortou a onda dele rapidinho.

— É. Preciso ver você.

— Onde você está? — Seu tom não é frio, e ela não parece estar tentando desligar na minha cara como tem feito nas nossas últimas ligações.

— Estou na igreja em que você me trouxe aquela vez — respondo.

O lugar é calmo pra caramba, como se eu pudesse passar o dia aqui e conseguir sobreviver até amanhã.

— Com Malcolm e Tagoe — acrescento.

— Por que vocês não estão em Plutão? O que estão fazendo na rua numa noite de segunda para terça-feira?

Preciso ganhar mais tempo antes de responder isso. Talvez uns oitenta anos, mas é algo que não tenho, e não quero tomar vergonha na cara agora.

— Estamos voltando para Plutão. Você pode nos encontrar lá?

— O quê? Não. Me espera na igreja que vou me encontrar com você.

— Não vou morrer antes de ver você, acredite...

— Você não é invencível, idiota! — Aimee está chorando, e sua voz treme como naquela vez em que fomos pegos de surpresa pela chuva, sem nossos casacos. — Ai, meu Deus, desculpa, mas você sabe quantos Terminantes fazem esse tipo de promessa e aí um piano cai na cabeça deles?

— Acho que não muitos. A taxa de morte por piano não me parece muito alta.

— Não tem graça, Rufus. Estou me vestindo, me espere aí. Devo chegar em meia hora, no máximo.

Espero que ela consiga me perdoar por tudo, inclusive por esta noite. Vou falar com ela antes do Peck e contar meu lado da história. Tenho certeza de que ele vai chegar em casa, se limpar e ligar do celular do irmão para Aimee, vai contar para ela como eu sou um monstro. É melhor ele não ligar para os policiais, ou vou acabar passando meu Dia Final atrás das grades ou em alguma delegacia. Não quero pensar em nada disso, só quero encontrar Aimee e me despedir dos Plutões como o bom amigo que eles sabem que sou, não o monstro que eu fui hoje à noite.

— Me encontra em casa. Só... vem me ver. Tchau, Aimee.

Desligo antes que ela possa protestar. Pego a bicicleta e monto nela enquanto Aimee me liga sem parar.

— Qual é o plano? — pergunta Malcolm.

— Vamos voltar para Plutão — explico. — E vocês vão organizar meu velório.

Checo o horário: 1h30.

Ainda há tempo para que os outros Plutões recebam o alerta. Não quero isso para nenhum deles, mas talvez eu não tenha que morrer sozinho.

Ou, talvez, seja assim mesmo.

MATEO
1h32

Ler o *ContagemRegressiva* me deixou mal de verdade. Mas não consigo parar, porque todos os Terminantes registrados têm algo a dizer. Quando alguém compartilha a própria jornada, assim, para todo mundo ver, você presta atenção — mesmo sabendo que eles vão morrer no final.

Se eu não for sair de casa, posso ficar on-line para os outros.

O site tem cinco abas (Popular, Novidades, Local, Patrocinado e Aleatório), e eu navego primeiro pela aba Local, como de costume, para ver se reconheço alguém... Ninguém. Que bom.

Mas acho que seria legal ter companhia hoje.

De forma aleatória, seleciono um Terminante. Usuário: Geoff_Nevada88. Geoff recebeu sua ligação quatro minutos depois da meia-noite e já está solto pelo mundo, rumo ao seu bar favorito, onde espera não ser barrado porque tem apenas vinte anos e perdeu sua identidade falsificada. Tenho certeza de que vai dar tudo certo para ele. Acrescento uma marcação no perfil dele para ser notificado toda vez que ele atualizar seu status.

Passo para outro perfil. Usuário: WebMavenMarc. Marc trabalhava como gerente de mídias sociais para uma marca de refrigerante, que ele menciona duas vezes em sua descrição, e não tem certeza se sua filha irá conseguir encontrá-lo a tempo. É quase como se este Terminante estivesse na minha frente, estalando os dedos na minha cara para me trazer de volta à realidade.

Preciso visitar meu pai, mesmo ele estando inconsciente. Ele precisa saber que fui encontrá-lo antes de morrer.

Deixo o notebook de lado, ignorando as notificações que ativei para alguns perfis, e vou direto para o quarto do meu pai. Sua cama estava bagunçada na manhã em que ele saiu para trabalhar, mas eu a deixei feita desde então, tomando o cuidado de botar a colcha por baixo dos travesseiros do jeito que ele gosta. Sento no lado dele da cama — o direito, já que minha mãe sempre preferiu o esquerdo, e mesmo depois que ela se foi ele continua vivendo como se fosse a metade de um todo, sem nunca esquecê-la — e pego o porta-retratos com a foto do meu pai me ajudando a soprar as velas no bolo de *Toy Story* do meu aniversário de seis anos. Bem, ele apagou as velas sozinho. Eu estava apenas rindo para ele. Meu pai diz que a expressão de alegria no meu rosto é o motivo pelo qual ele sempre mantém a foto por perto.

Sei que pode soar esquisito, mas, assim como Lidia, meu pai é meu melhor amigo. Eu nunca poderia admitir isso em voz alta sem que alguém tirasse sarro de mim, sei disso, mas nós dois sempre tivemos uma ótima relação. Não perfeita, mas tenho certeza de que qualquer dupla por aí — na minha escola, nessa cidade ou do outro lado do mundo — também enfrenta situações bobas e importantes, e os pares mais unidos sempre dão um jeito de superá-las. Meu pai e eu nunca teríamos aquele tipo de relação em que as pessoas se desentendem e nunca mais falam uma com a outra. Não como alguns Terminantes no *ContagemRegressiva*, que odeiam tantos os pais a ponto de não visitá-los no leito de morte ou se recusarem a fazer as pazes antes de eles mesmos morrerem. Tiro a foto do porta-retratos, dobro, guardo no bolso — não acho que meu pai vai se incomodar com os vincos — e me levanto para ir ao hospital me despedir e garantir que ele terá essa foto ao seu lado quando enfim acordar. Quero garantir que ele logo se sinta em paz, como se fosse uma manhã qualquer, antes que alguém dê a notícia de que eu morri.

Saio do quarto empolgado para fazer isso quando vejo a pilha de louça na pia. É melhor eu lavar tudo para que meu pai não volte para casa e encontre pratos sujos e canecas com manchas permanentes de todo o chocolate quente que tenho bebido.

Juro que isso não é apenas mais uma desculpa para não sair de casa.

Sério.

RUFUS
1h41

Nós sempre atravessávamos a cidade de bicicleta como se estivéssemos em uma corrida sem freios, mas não hoje. Olhamos para os dois lados o tempo todo e paramos em todos os sinais vermelhos, mesmo nas ruas vazias, sem nenhum carro. Estamos no quarteirão da boate para Terminantes, a Cemitério do Clint. Uma multidão de pessoas em seus vinte e poucos anos forma uma fila caótica, fazendo valer o salário dos seguranças que precisam lidar com todos aqueles Terminantes e seus amigos que querem ficar loucos na pista de dança uma última vez antes da sua hora chegar.

Uma garota de cabelos escuros, bonita pra caramba, está gritando de raiva quando um cara chega nela usando uma cantada batida ("Talvez você sobreviva mais um dia se colocar um pouco de Vitamina Eu no seu organismo"), e a amiga dela balança a bolsa em direção ao garoto até ele se afastar. Coitada da garota, não consegue uma folga desses cuzões dando em cima nem enquanto está de luto pela própria vida.

O sinal fica verde e nós continuamos, chegando enfim a Plutão alguns minutos depois. O lar adotivo é uma construção de dois andares com cara de abandonada — tijolos faltando e pichações coloridas e indecifráveis. As janelas do primeiro andar possuem grades, não porque somos criminosos ou qualquer coisa assim, mas para que ninguém entre e roube de um monte de adolescentes que já perderam o bastante na vida. Deixamos nossas bicicletas nos degraus e subimos correndo a escada para a entrada. Atravessamos o corredor, sem nos dar ao trabalho de andar silenciosamente pelo piso xadrez da sala de estar, e embora haja um mural com informações sobre sexo, testes de HIV, clínicas de aborto e de adoção, e outras informações desse tipo, o lugar ainda parece uma casa, e não uma instituição.

Há uma lareira que não funciona, mas, ainda assim, é incrível. A tinta laranja que cobre as paredes dá ao lugar uma cara de outono, mesmo no verão. A mesa de carvalho onde nós jogamos cartas nos dias de semana, depois do jantar. A TV onde eu assistia a um reality show chamado *Casa dos hipsters* com Tagoe, mesmo que Aimee odiasse tanto os participantes do programa que preferia me pegar assistindo a desenho animado pornô. O sofá onde nos revezássemos para cochilar porque era mais confortável que nossas camas.

Seguimos até o segundo andar, onde fica o nosso quarto, um cômodo apertado que mal seria confortável para uma pessoa, quem dirá para três, mas a gente se vira. Há uma janela que sempre deixamos aberta nas noites em que Tagoe come feijão, mesmo se a rua estiver barulhenta.

— Tenho que dizer — anuncia Tagoe, fechando a porta. — Você cresceu muito. Olha só tudo o que fez desde que chegou aqui.

— Eu poderia crescer muito mais. — Sento na cama e apoio a cabeça com força no travesseiro. — É uma pressão de louco viver toda a minha vida num dia só. — Que pode nem ser um dia inteiro. Terei sorte se tiver mais de doze horas.

— Ninguém espera que você cure o câncer ou salve os pandas da extinção — diz Malcolm.

— Mano, a Central da Morte tem sorte por não poder prever quando um animal vai morrer — comenta Tagoe.

Eu cerro os lábios e balanço a cabeça, porque ele está tomando as dores dos pandas quando seu melhor amigo está prestes a morrer.

— O que foi? — pergunta ele. — É sério! Você seria o cara mais odiado do mundo se ligasse para o último panda de todos. Imagina as notícias, todo mundo tirando *selfies* e…

— Já entendemos — interrompo. Não sou um panda, então a imprensa está pouco se fodendo para mim. — Vocês precisam me fazer um favorzão. Acordem Jenn Lori e Francis. Avisem que quero ter um velório antes de sair de casa.

Francis nunca pareceu gostar muito de mim, mas por causa dele eu consegui uma casa, e tem muita gente que nem isso consegue.

— Você deveria ficar aqui — sugere Malcolm. Ele abre nosso único armário. — Talvez a gente possa vencer isso. Você pode ser a exceção! A gente tranca você aqui dentro.

— Vou morrer sufocado ou a prateleira com essas suas roupas pesadas vai cair na minha cabeça.

Ele já deveria saber que não tem como acreditar em exceções e essa merda toda. Sento de novo.

— Não tenho muito tempo, gente — digo, então sinto um leve tremor, mas consigo me recompor. Não posso surtar na frente deles.

Tagoe se contorce.

— Você vai ficar bem sozinho?

Levo alguns segundos antes de entender o que ele está de fato perguntando.

— Eu não vou me matar — afirmo.

Não estou tentando morrer.

Eles me deixam sozinho no quarto com roupas sujas que nunca mais vou precisar me preocupar em lavar e o dever de casa do curso de verão que nunca vou terminar — nem começar. O cobertor de Aimee está embolado no canto da minha cama, amarelo com garças coloridas estampadas, e me envolvo nele. Pertenceu à Aimee quando ela era criança, uma relíquia de infância da mãe dela. Começamos a namorar quando ela ainda morava aqui em Plutão, e nós costumávamos descansar sob o cobertor ou de vez em quando usá-lo para um piquenique na sala de estar. Era uma época tranquila demais. Ela não pediu o cobertor de volta depois que terminamos, e acho que esse foi o jeito dela de se manter por perto, mesmo quando queria distância. Como se eu ainda tivesse alguma chance.

Este quarto não poderia ser mais diferente daquele onde cresci: paredes beges em vez de verdes; duas camas a mais e colegas de quarto; metade do tamanho; nenhum peso nem pôster de videogame. Ainda assim, eu me sinto em casa, e isso me mostrou como as pessoas são mais importantes do que as coisas. Malcolm aprendeu essa lição depois que os bombeiros apagaram as chamas que queimaram sua casa, seus pais e suas coisas preferidas.

Nossa vida é muito simples aqui.

Atrás da minha cama, tenho algumas fotos do meu Instagram pregadas na parede, todas impressas por Aimee: Althea Park, onde eu sempre vou para pensar; minha camisa branca suada pendurada no guidão da bicicleta, que fotografei depois da minha primeira maratona no verão passado; um aparelho de som abandonado na Christopher Street, tocando uma música que eu nunca havia escutado antes e nunca mais escutei depois; Tagoe com o nariz sangrando de quando tentamos criar um aperto de mão para os Plutões e deu tudo errado por causa de uma cabeçada estúpida; dois tênis — um tamanho 41 e outro 43 — de uma vez em que fui comprar um par novo, mas não conferi se eram do mesmo tamanho antes de sair da loja; eu e Aimee, meus olhos turvos, tipo como eles ficam quando estou chapado, o que eu não estava (ainda), mas ainda assim uma boa foto porque a iluminação da rua a deixou com um brilho maneiro; pegadas na lama de quando corri atrás de Aimee pelo parque depois de uma longa semana de chuva; duas sombras sentadas lado a lado em uma foto da qual Malcolm não queria participar, mas eu a tirei mesmo assim; e muitas outras que vou deixar para os meus irmãos quando sair daqui.

Sair daqui...

Eu realmente não quero ir.

MATEO
1h52

Estou quase pronto para ir.

Lavei a louça, varri a poeira e as embalagens de bala de debaixo do sofá, passei pano no chão da sala, limpei as manchas de pasta de dente na pia do banheiro e até arrumei minha cama. Em seguida, volto para o notebook com um desafio muito maior: meu epitáfio não pode ter mais que oito palavras. Como posso resumir minha vida em até oito palavras?

Ele viveu onde morreu: no quarto

Que desperdício de vida.

Até criancinhas se arriscavam mais do que ele.

Preciso melhorar. Todo mundo esperava tanto de mim, eu incluso. Preciso honrar essa confiança. É meu último dia para fazer isso.

Aqui jaz Mateo: Ele viveu para todos.

Clico em *Enviar*.

Não tem como voltar atrás. É verdade, dá para editar, mas não é assim que promessas funcionam, e viver para todos é uma promessa para o mundo.

Sei que ainda é cedo, mas sinto um aperto no peito porque também já está ficando tarde. Para um Terminante, pelo menos. Não posso fazer isso sozinho, a coisa de ir embora e tal. Não vou arrastar Lidia comigo no meu Dia Final. Quando eu sair daqui — e não "se" —, vou visitar Lidia e Penny, mas não vou contar para minha amiga. Não quero que ela me considere morto antes de isso acontecer de fato, nem deixá-la triste. Talvez eu envie um cartão-postal explicando tudo enquanto estiver lá fora vivendo.

Preciso de alguém que me apoie e também possa ser um amigo, ou um amigo que também possa me orientar. E posso encontrar isso em um aplicativo famoso que é muito divulgado no *ContagemRegressiva*.

O aplicativo Último Amigo foi criado para Terminantes solitários e para qualquer bom samaritano que queira acompanhar um Terminante em suas horas finais. Não confunda com o Necro, que é voltado para pessoas em busca de uma rapidinha com um Terminante — o aplicativo supremo para quem quer pegar sem se apegar. O Necro sempre me deixou meio conturbado, e não é só porque sexo me deixa nervoso. Por outro lado, o app Último Amigo foi criado para que as pessoas se sintam importantes e amadas antes de morrerem. É gratuito, diferente do Necro, que cobra 7,99 dólares por dia, o que me perturba porque sinto que um ser humano vale mais do que oito dólares.

Enfim, assim como qualquer nova amizade em potencial, os relacionamentos criados no app Último Amigo podem ser certeiros ou completamente incompatíveis. Certa vez, eu estava acompanhando uma história no *ContagemRegressiva* em que uma Terminante conheceu sua Última Amiga, e ela demorava muito a atualizar seu perfil, levando às vezes horas, a ponto de os usuários no chat acharem que ela havia morrido. No fim das contas, estava muito viva, só experienciando seu último dia do jeito certo, e depois que ela morreu, sua Última Amiga escreveu um breve depoimento que me ensinou mais sobre a garota do que todas as atualizações em seu perfil. Mas não é sempre bonito assim. Alguns meses atrás, um Terminante com uma vida triste infelizmente encontrou um Último Amigo serial killer, e foi tão trágico ler sobre aquilo. Essa é uma das muitas razões pelas quais não consigo confiar neste mundo.

Acho que encontrar um Último Amigo pode ser bom para mim. Mas, na verdade, não sei se é mais triste morrer sozinho ou na companhia de uma pessoa que além de não significar nada para você, provavelmente não se importa muito com você também.

O tempo está passando.

Preciso me arriscar e encontrar a mesma coragem que centenas de milhares de Terminantes encontraram antes de mim. Confiro meu extrato on-line do banco, e o que sobrou da minha poupança da faculdade foi automaticamente depositado na minha conta. São só cerca de dois mil dólares, porém é mais que o suficiente para passar o dia. Posso visitar a Arena de Viagens pelo Mundo no centro da cidade, onde Terminantes e visitantes podem experienciar culturas e ambientes de diversos países e cidades.

Baixo o app Último Amigo no celular. É o download mais rápido da história, como se fosse um ser inteligente entendendo que aquele aplicativo só existe porque o tempo está acabando para alguém. Ele tem uma interface azul com a animação de um relógio cinza enquanto duas sombras se aproximam e se cumprimentam tocando as mãos. ÚLTIMO AMIGO aparece no centro da tela, seguido de um menu.

☐ Vou morrer hoje
☐ Não vou morrer hoje

Clico em *Vou morrer hoje*. Uma mensagem aparece:

Nós, da Último Amigo S.A., lamentamos profundamente perder você hoje e nos solidarizamos com a dor de todos aqueles que amam você e daqueles que nunca poderão conhecê-lo. Esperamos que encontre uma nova amizade de grande valia para passar suas horas finais. Por favor, preencha seu perfil para obter melhores resultados.

Sentidos por perder você,
Último Amigo S.A.

Um formulário em branco aparece e eu o preencho.

Nome: Mateo Torrez
Idade: 18
Gênero: Masculino
Altura: 1,78 m
Peso: 74 kg

Etnia: Porto-riquenho
Orientação sexual: <pular>
Ocupação: <pular>
Interesses: Música; Passeios
Filmes / Programas de TV / Livros favoritos: *Lobos de madeira*, de Gabriel Reeds; "Xadrez é o novo preto"; a saga *Scorpius Hawthorne*.
Como foi sua vida: Sou filho único e sempre pude contar apenas com o meu pai, mas ele está em coma há duas semanas e só deve acordar depois que eu morrer. Quero sair da minha zona de conforto e deixá-lo orgulhoso. Não posso continuar sendo o garoto que abaixa a cabeça para tudo, porque isso só me tirou as oportunidades de estar aí fora no mundo com todos vocês — talvez eu pudesse ter conhecido alguém mais cedo.
Últimos desejos: Quero ir ao hospital me despedir do meu pai. E então, da minha melhor amiga, mas não quero contar a ela que estou morrendo. Depois disso, não sei. Quero fazer alguma diferença para os outros e descobrir um novo Mateo enquanto ainda há tempo.
Pensamentos finais: Estou indo com tudo.

Envio minhas respostas. O app me pede para acrescentar uma foto. Vasculho a galeria do meu celular e encontro muitas da Penny e prints de músicas que recomendei para Lidia. Há algumas fotos minhas com meu pai na sala de estar. Minha foto no segundo ano do ensino médio, que é sem graça. Encontro uma em que estou usando o chapéu do Luigi que ganhei em junho, depois de participar de uma competição virtual de *Mario Kart*. Eu deveria ter mandado a foto para que o organizador da competição colocasse no site, mas na época achei que o garoto-bobo-brincando-com-o-chapéu-do-Luigi não tinha nada a ver comigo, então nunca enviei.

Mas, olha só, eu estava errado. Aquela era exatamente a pessoa que eu sempre quis ser: solto, divertido, leve. Ninguém nunca vai olhar para essa foto e achar que não tem nada a ver comigo, porque essas pessoas não me conhecem, e suas únicas expectativas a meu respeito estão na forma como me apresentei no perfil.

Envio a foto e uma última mensagem aparece: Fique bem, Mateo.

RUFUS
1h59

Meus pais adotivos estão esperando no andar debaixo. Eles tentaram correr até o meu quarto assim que descobriram, mas Malcolm bancou o guarda-costas porque sabia que eu precisava de um minuto sozinho. Vesti meu equipamento de ciclismo — minha calça de compressão com um short de basquete por cima, para as minhas partes baixas não ficarem balançando por aí como o Homem-Aranha, e minha jaqueta cinza favorita —, pois sem chances de andar pela cidade no meu Dia Final se não for de bicicleta. Pego o capacete porque segurança vem em primeiro lugar. Dou uma última olhada no quarto. Não me sinto arrasado nem nada do tipo, sério, nem mesmo enquanto me lembro das vezes em que joguei bola com meus parceiros. Deixo a luz acesa e a porta aberta para que Malcolm e Tagoe não achem esquisito quando tiverem que voltar para lá.

Malcolm abre um pequeno sorriso. Sua tentativa de parecer estar de boa não dá muito certo, porque eu sei que ele está surtando, todos eles estão. Eu também estaria se a situação fosse o inverso.

— Você conseguiu mesmo acordar o Francis? — pergunto.

— Consegui.

É possível que eu morra nas mãos do meu pai adotivo; se você não é o despertador dele, é melhor não acordá-lo.

Sigo Malcolm para o andar debaixo. Tagoe, Jenn Lori e Francis estão lá, mas ninguém fala nada. A primeira coisa que eu quero perguntar é se alguém tem notícias da Aimee, tipo se a tia dela a segurou em casa, mas isso não me parece certo.

Só espero que ela não tenha mudado de ideia quanto a querer me ver.

Vai ficar tudo bem. Preciso focar em quem está aqui agora.

Francis está bem desperto, vestindo seu favorito-barra-único roupão de banho, como se ele fosse um chefão que ganha montes e montes de grana em vez de um técnico de informática que gasta o pouco que ganha com a gente. Um cara legal, mas tem uma aparência insana com seu cabelo todo desigual. É ele mesmo quem corta, o que é a maior burrice, porque Tagoe é um artista quando se trata de cortes de cabelo. Sem brincadeira. Tagoe faz os melhores cortes em degradê da cidade, e espero que esse filho da mãe abra sua própria barbearia e desista dos sonhos de virar roteirista. Se bem que o Francis é branco demais para ficar bem com degradê no cabelo.

Jenn Lori seca os olhos com a gola da camiseta velha da faculdade antes de colocar seus óculos de volta. Ela está na beirada da poltrona, como quando nós assistimos aos filmes de terror preferidos de Tagoe e, de repente, ela se levanta, mas não por causa de algum tipo de combustão espontânea nojenta. Ela me abraça e chora no meu ombro; é a primeira vez que alguém me abraça desde que recebi o alerta e eu não quero soltá-la, mas preciso seguir em frente. Jenn fica ao meu lado enquanto encaro o chão.

— Uma barriga a menos para alimentar, né? — brinco.

Ninguém ri. Dou de ombros. Não sei como fazer isso. Ninguém nunca ensina para você como preparar os outros para a sua morte, ainda mais quando se tem dezessete anos e é saudável. Todos nós já passamos por muitos momentos sérios, e quero fazê-los rir.

— Pedra, papel e tesoura. Vamos? — Bato o punho na palma da mão e jogo tesoura, contra ninguém. Faço de novo, jogando pedra desta vez, ainda contra ninguém. — Qual foi, gente?

Mais uma vez, e Malcolm joga papel contra a minha tesoura. Leva apenas um minuto, mas jogamos várias rodadas. Francis e Jenn Lori são mais fáceis de vencer. Enfrento Tagoe e pedra quebra tesoura.

— Não valeu — anuncia Malcolm. — Tagoe mudou de papel para pedra no último segundo.

— Cara, de todos os dias para trapacear contra o Roof, por que eu faria isso hoje? — Tagoe balança a cabeça.

Dou um soco amigável de irmão em Tagoe.

— Porque você é um babaca.

A campainha toca.

Corro até a porta, coração a mil, e abro. O rosto de Aimee está tão vermelho que mal dá para ver a marca de nascença grande em sua bochecha.

— Você está brincando comigo? — pergunta Aimee.

Balanço a cabeça.

— Posso mostrar para você o histórico de chamadas no meu celular.

— Não estou falando do seu Dia Final — responde ela. — Estou falando *disso*.

Ela dá um passo para o lado e aponta para o pé da escada; para Peck com a cara detonada. A cara que eu disse que não queria ver pelo resto da minha vida.

MATEO
2h02

Não sei quantas contas do Último Amigo estão ativas no mundo, mas, no momento, 42 estão on-line só em Nova York, e analisar esses usuários me dá a mesma sensação de estar no auditório da escola no primeiro dia de aula. Eu me sinto muito pressionado e não sei nem por onde começar — até receber uma mensagem.

Há um envelope de um azul vivo na minha caixa de entrada, e ele pisca como se quisesse ser aberto. Não há nada escrito no campo de Assunto, aparecem apenas algumas informações básicas: *Wendy Mae Greene. 19 anos. Mulher. Manhattan, Nova York (3 quilômetros de distância).* Acesso o perfil dela e descubro que não é Terminante, apenas uma garota acordada até tarde querendo consolar um. Ela se descreve como "leitora voraz obcecada pela saga *Scorpius Hawthorne*", e esse interesse em comum deve ser o motivo pelo qual ela entrou em contato. Ela também gosta de passeios, "ainda mais no fim de maio quando o clima está perfeito". Não vou estar por aqui no fim de maio, Wendy Mae. Eu me pergunto há quanto tempo ela tem este perfil, e se alguém já a alertou que falar daquele jeito sobre o futuro pode ofender alguns Terminantes, pois ela poderia estar se gabando de toda a vida que ainda tem para viver. Sigo em frente e clico na foto dela. Parece uma garota legal. Tem olhos e cabelos castanhos, pele clara, piercing no nariz e um grande sorriso. Abro a mensagem.

Wendy Mae G. (2h02): oie mateo. vc tem um ótimo gosto pra livros. um feitiço pra se esconder da morte cairia bem agora, neh??

Tenho certeza de que ela tem a melhor das intenções, mas, juntando sua bio e essa mensagem, ela está me dando marteladas na cabeça em vez do tapinha nas costas que eu esperava. Ainda assim, não serei grosseiro.

Mateo T. (2h03): Oi, Wendy Mae. Obrigado, você tem um ótimo gosto para livros também.
Wendy Mae G. (2h03): scorpious hawthorne pra sempre... como vc tá?
Mateo T. (2h03): Não muito bem. Não quero sair do quarto, mas sei que preciso fazer isso.
Wendy Mae G. (2h03): como foi a ligação? vc ficou com medo?
Mateo T. (2h04): Bem... Surtei um pouquinho — um muitinho, na verdade.
Wendy Mae G. (2h04): rsrsrs. vc é engraçado. e mto fofo. sua mãe e seu pai devem estar enlouquecendo tb neh?
Mateo T. (2h05): Não quero parecer grosseiro, mas preciso ir agora. Tenha uma ótima noite, Wendy Mae.

Wendy Mae G. (2h05): foi algo q eu disse? pq todos os caras mortos sempre param de falar cmg?

Mateo T. (2h05): Não foi nada de mais, sério. Só é meio difícil para os meus pais perderem a cabeça quando minha mãe não está mais aqui e meu pai está em coma.

Wendy Mae G. (2h05): e eu sou obrigada a saber disso?

Mateo T. (2h05): Está no meu perfil.

Wendy Mae G. (2h05): tá, tanto faz. vc está sozinho em casa então? pq eu quero perder a virgindade c meu namorado mas eu queria treinar antes e vc podia me ajudar neh.

Saio da conversa enquanto ela continua digitando e a bloqueio por precaução. Acho que entendo as inseguranças dela, e sinto muito por ela e pelo namorado se Wendy Mae for mesmo traí-lo, mas não dá para eu fazer milagre. Recebo mais algumas mensagens e todas têm uma linha de Assunto.

Assunto: 420?
Kevin e Kelly. 21 anos. Homem.
Bronx, Nova York (6 quilômetros de distância)
Terminante? Não.

Assunto: Meus pêsames, Mateo (ótimo nome)
Philly Quiser. 24 anos. Homem.
Manhattan, Nova York (5 quilômetros de distância)
Terminante? Não.

Assunto: vc tem um sofá pra vender? tá em bom estado?
J. Marc. 26 anos. Homem.

Manhattan, Nova York (1,5 quilômetros de distância)
Terminante? Não.

Assunto: Morrer é uma bosta, né?
Elle R. 20 anos. Mulher.
Manhattan, Nova York (5 quilômetros de distância)
Terminante? Sim.

Ignoro as mensagens de Kevin e Kelly; não tenho interesse em maconha. Deleto a mensagem de J. Marc porque não vou vender o sofá, meu pai vai precisar dele para suas sonecas de fim de semana. Vou responder a mensagem de Philly — porque chegou primeiro.

Philly B. (2h06): Olá, Mateo. Como estão as coisas?
Mateo T. (2h08): Olá, Philly. Seria muito ridículo dizer que estou por um fio?
Philly B. (2h08): Nada disso, tenho certeza de que não é fácil. Não gosto nem de pensar no dia em que a Central da Morte me ligar. Você está doente ou algo do tipo? É novo demais para morrer.
Mateo T. (2h09): Pois é, estou saudável. Muito assustado com como pode acontecer, mas estou nervoso porque sei que vou me arrepender se não sair de casa. Não quero morrer aqui e deixar o apartamento fedendo.
Philly B. (2h09): Posso ajudar você com isso, Mateo.
Mateo T. (2h09): Com o quê?
Philly B. (2h09): Ajudar a não morrer.
Mateo T. (2h09): Isso não é o tipo de coisa que alguém pode prometer.

Philly B. (2h10): Eu posso. Você parece ser um cara legal que não merece morrer, então acho que você deveria dar uma passada aqui no meu apartamento. Você precisa manter isso em segredo, mas eu tenho a cura para a morte no meio das minhas pernas.

Bloqueio Philly e abro a mensagem de Elle. Quem sabe não tenho sorte na terceira tentativa?

RUFUS
2h21

Aimee me encara e me empurra contra a geladeira. Ela não costuma brincar quando se trata de violência, porque os pais dela pagaram um preço alto quando roubaram em quadrilha uma loja de conveniência, agredindo o dono e seu filho de vinte anos. Porém, ela não vai acabar na cadeia como eles só por me empurrar de um lado para outro.

— Olha só para ele, Rufus. No que você estava pensando, cacete?

Eu me recuso a olhar para Peck, que está recostado no balcão da cozinha. Já vi o estrago que causei quando ele entrou: um olho fechado, os lábios cortados, manchas de sangue seco na testa inchada. Jenn Lori está ao lado dele, pressionando gelo na testa. Não consigo olhar para ela também, deve estar tão decepcionada comigo, independentemente de ser meu Dia Final ou não. Tagoe e Malcolm estão do meu lado, calados também, depois que ela e Francis brigaram com os dois por terem ido para a rua comigo após a hora de dormir para bater no Peck.

— Não está bancando o corajoso agora, né? — pergunta Peck.

— Cala a boca. — Aimee dá meia-volta, batendo com o celular no balcão e olhando para todo mundo. — Não venham atrás da gente.

Ela empurra a porta da cozinha, e Francis está parado na escada de um jeito não-tão-sutil, tentando ficar a par de tudo, mas se afastando ao mesmo tempo para não ter que brigar ou castigar um Terminante.

Aimee me puxa pelo punho até a sala de estar.

— E aí? A Central da Morte liga para você e isso lhe dá permissão para fazer a merda que quiser?

Acho que Peck não contou que eu estava dando uma surra nele antes de receber o alerta.

— Eu...

— O quê?

— Não faz sentido mentir agora. Eu estava atrás dele.

Aimee dá um passo para trás, como se eu fosse um monstro e ela fosse minha próxima vítima, e isso acaba comigo.

— Olha, Ames, eu estava surtado. Já sentia que não tinha futuro nenhum bem antes da Central da Morte jogar essa bomba no meu colo. Minhas notas na escola sempre foram uma merda, tenho quase dezoito anos, perdi você e fiquei sem rumo, porque não sabia o que fazer. Eu me sentia um zé-ninguém, e Peck me falou a mesma coisa.

— Você não é um zé-ninguém — diz Aimee, um pouco trêmula enquanto caminha em minha direção, sem parecer assustada desta vez.

Ela segura minha mão e nós nos sentamos no sofá onde ela me contou que estava indo embora de Plutão, já que a tia por parte de mãe tinha grana o bastante para cuidar dela. Um minuto depois, ela também terminou comigo, porque queria um novo começo, com um colega de classe bundão, Peck.

— Nós não combinávamos mais. E não faz sentido mentir agora, como você bem disse, no seu último dia. — Ela segura minha mão enquanto chora, o que eu nem acreditava que ela faria, de tão irritada que estava quando chegou aqui. — Entendi nosso amor do jeito errado, mas isso não significa que eu não te amo. Você ficou ao meu lado quando precisei botar minha raiva para fora, e me fez feliz quando estava cansada de odiar tudo. Um zé-ninguém não conseguiria fazer uma pessoa sentir tudo isso. — Ela me abraça, apoiando o queixo no meu ombro do mesmo jeito como descansava no meu peito sempre que estava assistindo a um dos seus documentários de história.

Eu a abraço, porque não tenho nada novo para dizer. Quero beijá-la, mas não preciso de fingimento da parte dela. Porém, está colada em mim, e eu a afasto só para observar seu rosto, talvez ela também queira um último beijo. Aimee está me encarando, eu me inclino e...

Tagoe entra na sala de estar e cobre os olhos.

— Opa, foi mal!

Eu recuo.

— Sem essa, de boa.

— A gente precisa começar o velório — explica Tagoe. — Mas fique à vontade. É o seu dia. Desculpa, não quis dizer

isso, não é como se fosse o seu aniversário, tipo, é o oposto.
— Ele se contorce. — Vou trazer todo mundo para cá.

E sai.

— Não quero roubar toda a sua atenção — comenta Aimee.

Ela não me solta, não até todo mundo chegar.

Eu precisava daquele abraço. Estou ansioso para abraçar todos os Plutões em um último abraço grupal do Sistema Solar de Plutão depois do velório.

Continuo sentado no meio do sofá, lutando cada vez mais para continuar respirando. Malcolm se senta à minha esquerda, Aimee à direita e Tagoe aos meus pés. Peck mantém distância, mexendo no celular de Aimee. Odeio vê-lo com o celular dela, mas eu quebrei o dele, então não posso reclamar.

Esse é meu primeiro velório de Terminante, já que minha família não quis organizar um para ela, porque estávamos juntos e não precisávamos de mais ninguém, nem de colegas de trabalho nem de velhos amigos. Talvez se eu já tivesse ido a outros, estaria preparado para o jeito como Jenn Lori fala direto para mim e não para as outras pessoas. Isso faz com que me sinta vulnerável e notado, o que deixa meus olhos cheios d'água, como quando alguém canta "Parabéns" para mim — sério, todo ano, nunca falha.

Falhava.

— Você nunca chorou nem mesmo quando tinha motivos para isso, como se estivesse tentando provar alguma coisa. Os outros... — Jenn Lori não se vira para os Plutões, nem um pouquinho. Ela não quebra seu contato visual comigo, como se estivéssemos em uma competição de quem pisca primeiro. Ela merece o meu respeito. — Todos eles choraram, mas seus olhos estavam tão tristes, Rufus. Você não olhou para nenhum de nós por uns dias. Tenho certeza de que se alguém fingisse ser eu, você nem teria percebido a diferença. Seu vazio interior era muito pesado, até que você encontrou amigos, e muito mais.

Eu me viro e Aimee não consegue tirar os olhos de mim — a mesma expressão triste que ela tinha quando terminou comigo.

— Sempre me senti bem quando vocês estavam todos juntos — diz Francis.

Ele não está falando sobre hoje, sei disso. Morrer é uma merda, aposto, mas ficar em uma prisão enquanto a vida continua sem você deve ser muito pior.

Francis continua me encarando, mas não diz mais nada.

— Não temos o dia todo. — Ele sinaliza para Malcolm. — Sua vez.

Malcolm fica de pé no centro da sala, as costas arqueadas. Ele pigarreia, o som é carregado, como se ele tivesse algo entalado na garganta, e algumas gotículas de cuspe escapam da sua boca. Ele sempre foi atrapalhado, o tipo de cara que, sem querer, deixa você morrendo de vergonha porque não tem modos à mesa e nenhum filtro. Mas ele sempre vai ajudar você a estudar álgebra e sabe guardar segredo como ninguém, e esse é o tipo de coisa que eu diria se fosse o discurso fúnebre dele.

— Você foi... Você é nosso irmão, Roof. Isso é uma merda. Cacete, que grande merda. — Ele abaixa a cabeça enquanto rói as unhas da mão esquerda. — Eles deveriam me levar no seu lugar.

— Não diga isso. Sério, cala a boca.

— É sério — rebate ele. — Sei que ninguém vive para sempre, mas você deveria viver mais que os outros. Você é mais importante que os outros. A vida é assim. Eu sou um grande nada que mal consegue manter um emprego de empacotador no mercado, e você está...

— Morrendo! — interrompo, ficando de pé. Estou de cabeça quente e dou um soco forte no braço dele. Não peço desculpas. — Eu estou morrendo e a gente não pode trocar de lugar. Você não é um nada, mas se quiser, ainda pode correr atrás e melhorar.

Tagoe se levanta, massageando o pescoço e contendo o tique nervoso.

— Roof, vou sentir saudade de você gritando desse jeito. De como você não me deixa assassinar o Malcolm toda vez que ele pega comida dos nossos pratos e não dá descarga duas vezes. Eu já estava preparado para ver essa sua cara feia até a gente ficar velho. — Tagoe tira os óculos, secando as lágrimas com as costas das mãos e, em seguida, cerra os punhos. Ele ergue a cabeça, como se esperasse que uma *piñata* da Morte caísse do teto. — Você deveria ter a vida inteira pela frente.

Ninguém diz mais nada, todo mundo chora mais ainda. O som do luto de todos, antes mesmo da minha partida, me deixa arrepiado. Queria consolar todo mundo e tal, mas não consigo sair do meu próprio transe. Passei muito tempo me culpando por estar vivo depois que perdi minha família, mas agora não consigo me livrar dessa culpa esquisita de Terminante por estar morrendo, sabendo que vou deixar essa galera para trás.

Aimee vai para o centro da sala e todo mundo sabe que agora vai ser para valer. Brutal.

— Vai soar ridículo se eu disser que me sinto presa em um pesadelo? Sempre achei muito dramático quando as pessoas dizem "Isso parece um pesadelo". Tipo, é sério? É só isso que você sente quando uma tragédia acontece? Não sei como eu queria que os outros se sentissem, mas agora posso dizer que eles acertaram em cheio. Enfim, tenho mais um clichê para vocês. Quero acordar. E, se não puder acordar, quero dormir para sempre onde exista uma chance de sonhar algo bonito com você, como quando você me enxergou de verdade, e não como um curioso qualquer querendo ver essa coisa bizarra na minha cara.

Aimee repousa a mão no peito, na altura do coração, e engasga nas próximas palavras.

— Me machuca muito, Rufus, pensar que você não vai estar por perto para eu ligar para você ou abraçar e... — Ela para de me olhar. Está forçando a vista tentando se concentrar em alguma coisa atrás de mim. — Alguém chamou a polícia?

Me levanto do sofá com um salto e me viro para ver as luzes vermelhas e azuis na frente do prédio. Sou tomado por um pânico que parece insanamente breve e, ao mesmo tempo, longo, como oito eternidades. Apenas uma pessoa não está surpresa nem surtando. Eu me viro para Aimee e os olhos dela seguem os meus em direção ao Peck.

— Ah, não. Você não fez isso — diz Aimee, marchando até ele.

Ela pega o próprio celular de volta.

— Ele me agrediu! — grita Peck. — Não estou nem aí se já está na hora dele.

— Ele não é um pedaço de carne vencida, é um ser humano! — retruca Aimee aos berros.

Puta merda. Não sei como Peck conseguiu aquilo, porque não o ouvi fazendo nenhuma ligação, mas ele me denunciou para a polícia no meu próprio velório. Espero que a Central da Morte ligue para este desgraçado nos próximos minutos.

— Saia pelos fundos — diz Tagoe, seu tique frenético.

— Vocês também estavam lá, precisam vir comigo.

— Vamos segurar eles aqui — avisa Malcolm. — Convencê-los a deixar isso pra lá.

Uma batida na porta.

Jenn Lori aponta para a cozinha.

— Vai!

Pego o capacete, sigo em direção aos fundos da cozinha, registrando tudo o que posso de Plutão. Certa vez, meu pai me contou que dizer adeus é "o impossível mais possível", porque você nunca quer dizê-lo, mas seria estupidez não o dizer quando se tem a oportunidade. Minha despedida foi roubada de mim porque a pessoa errada apareceu no meu velório.

Balanço a cabeça e saio correndo pelos fundos, recuperando o fôlego. Atravesso o quintal que todos nós odiamos, porque é infestado por mosquitos e moscas de fruta, e pulo a cerca. Antes de fugir a pé, dou a volta na construção para ver se consigo pegar minha bicicleta. A viatura está estacionada na rua, mas os dois policiais devem estar lá dentro, talvez até mesmo no quintal, se Peck deu com a boca nos dentes. Pego a bicicleta e corro com ela pela calçada, pulando no selim assim que pego impulso.

Não sei para onde estou indo, mas sigo em frente.

Sobrevivi ao meu velório, mas queria já estar morto.

MATEO
2h52

Não tive sorte na terceira tentativa. Nem consegui descobrir se Elle era mesmo uma Terminante, mas a bloqueei sem me preocupar com isso, porque ela me enviou um monte de links de "vídeos engraçados de mortes reais". Acabei fechando o aplicativo. Devo admitir, eu me senti até bem a respeito de como levei minha vida, pois as pessoas podem mesmo ser um lixo. Se já é difícil conseguir uma conversa educada, imagina arrumar um Último Amigo.

Continuo recebendo notificações de novas mensagens, mas ignoro todas elas porque estou na décima fase de *Sumiço Sombrio*, um jogo violento de Xbox que me deixou com vontade de pesquisar os macetes na internet. Meu herói, Cove, um feiticeiro nível dezessete com cabelo de fogo, não consegue avançar nesse reino tomado pela pobreza sem fazer uma oferenda para a princesa. Então eu ando (bem, Cove anda) pelos ambulantes que tentam vender seus broches de bronze e cadeados enferrujados e vai direto até os piratas. Devo ter me distraído no caminho até o porto, porque Cove pisa em uma mina e não tenho tempo de atravessar a explosão no modo fantasma — o braço de Cove voa até a janela de uma cabana, sua cabeça sobe como um foguete até o céu e a perna explode em pedacinhos.

Meu coração acelera durante a tela de carregamento até Cove retornar, novinho em folha. Cove está bem.

Eu não terei uma segunda vida.

Estou desperdiçando o tempo que ainda tenho aqui e...

Tenho duas estantes de livros no meu quarto. Uma azul, embaixo, onde guardo os meus preferidos dos quais nunca consegui desapegar quando fazia minhas doações mensais para uma clínica que cuida de adolescentes aqui no bairro. E a estante branca fica em cima, lotada de livros que sempre quis ler.

Pego os livros como se tivesse tempo para ler todos eles: quero saber como esse garoto lida com o mundo que continuou sem ele depois de ser ressuscitado em um ritual. Ou o que acontece com essa garota que não consegue se apresentar no show de talentos da escola porque seus pais receberam o alerta da Central da Morte enquanto ela estava sonhando com pianos. Ou como um herói conhecido como A Esperança do Povo recebe uma mensagem de uns profetas no estilo Central da Morte dizendo que ele vai morrer seis dias antes da batalha final, na qual seria fundamental para a vitória contra o Rei de Todo o Mal. Espalho os livros pelo quarto e até mesmo chuto alguns dos meus preferidos para fora das prateleiras, porque a linha que os separa dos livros que nunca poderão se tornar favoritos não importa mais.

Pego minhas caixas de som e quase as atiro com força contra a parede, mas me contenho no último segundo. Livros não carregam eletricidade, mas caixas de som sim, e eu não posso morrer desse jeito. As caixas de som e o piano me assombram, me lembrando de todas as vezes em que eu me apressei para chegar em casa após a escola só para tem o máximo de privacidade possível com a música, antes de o meu pai voltar do seu turno de gerente na loja de materiais de construção. Eu cantava, mas não muito alto para os vizinhos não me escutarem.

Arranco um mapa da parede. Nunca viajei para fora de Nova York e nunca vou poder entrar em um avião e ir até o Egito para ver os templos e as pirâmides, ou até a cidade natal do meu pai em Porto Rico, visitar a floresta tropical aonde ele ia quando criança. Rasgo o mapa, deixando todos os países e estados e cidades caírem aos meus pés.

Meu quarto está um caos. É como quando o herói de um filme de fantasia fica de pé no meio das ruínas do seu vilarejo destruído pela guerra, bombardeado porque os vilões não conseguiram encontrá-lo. Só que em vez de prédios demolidos e tijolos desintegrados, vejo livros abertos virados para o chão, as lombadas para cima, enquanto outros estão empilhados. Não posso botar tudo de volta no devido lugar, nem me dar ao trabalho de organizar os livros em ordem alfabética nem colar o mapa com fita adesiva. (Juro que isso não é só uma desculpa para não arrumar meu quarto.)

Desligo o Xbox Infinity, onde Cove ressuscitou, todos os seus membros de volta como se ele não tivesse acabado de explodir. Cove está parado no ponto de partida da fase, balançando seu cajado distraidamente.

Preciso fazer alguma coisa. Pego o celular e abro o app Último Amigo de novo. Espero conseguir me safar de pessoas que sejam perigosas como uma mina terrestre.

RUFUS
2h59

Queria que a Central da Morte tivesse me ligado antes que eu arruinasse minha vida hoje à noite.

Se a Central da Morte tivesse me ligado ontem de madrugada, teriam me acordado de um pesadelo em que eu estava perdendo uma maratona para um monte de criancinhas andando de triciclo. Se a Central da Morte tivesse me ligado uma semana atrás, eu não teria ficado acordado até tarde lendo todos os bilhetes que Aimee me escreveu quando ainda estávamos juntos. Se a Central da Morte tivesse me ligado duas semanas atrás, teriam interrompido uma discussão minha com Malcolm e Tagoe sobre como os heróis da Marvel são melhores que os da DC (e talvez eu tivesse pedido a opinião do mensageiro). Se a Central da Morte tivesse me ligado um mês atrás, teria quebrado o silêncio mortal no qual eu me encontrava, sem querer falar com ninguém desde que Aimee terminou comigo. Mas não, a Central da Morte me ligou hoje, enquanto eu esmurrava o Peck, fazendo com que Aimee o arrastasse com ela para me confrontar, fazendo com que Peck envolvesse a polícia e interrompesse meu funeral, fazendo com que eu ficasse totalmente sozinho agora.

Nada disso teria acontecido se a Central tivesse me ligado um dia antes.

Escuto sirenes da polícia e continuo pedalando. Espero que seja por outra coisa.

Continuo por mais alguns minutos antes de fazer uma pausa, parando entre um McDonald's e um posto de gasolina. O lugar está superiluminado, talvez seja estupidez me ajoelhar aqui, mas ficar à vista de todo mundo pode ser uma boa maneira de me esconder. Sei lá, não sou o James Bond, não tenho um manual de instruções para fugir dos caras malvados.

Merda. *Eu* sou o cara malvado.

De qualquer forma, não posso continuar pedalando. Meu coração está acelerado, minhas pernas reclamando, e preciso recuperar o fôlego.

Sento na calçada ao lado do posto. Tem cheiro de mijo e cerveja barata. Há uma pichação com duas silhuetas no muro atrás das bombas de ar para pneus de bicicleta. Ambas as silhuetas parecem aqueles bonequinhos de porta de banheiro. Em tinta laranja, está escrito: *App Último Amigo*.

Fui roubado de qualquer despedida decente. Nenhum abraço final na minha família, nenhum abraço final com os Plutões. Para mim, não é nem uma questão de despedida, cara, é não poder agradecer a todos pelo que fizeram por mim. A lealdade constante de Malcolm. A diversão com Tagoe e os roteiros de filmes bizarros que ele inventava, tipo *O canário palhaço e o carnaval da perdição* e *Táxi serpente*

— embora *Médico substituto* fosse ruim demais até para um filme propositalmente ruim. As imitações de Francis que me faziam morrer de rir, implorando para que ele calasse a boca porque minha barriga já estava doendo. A tarde em que Jenn Lori me ensinou a jogar paciência para que eu continuasse com a mente ativa mesmo quando estivesse sozinho. Aquela conversa incrível que tive com Francis numa noite em que fomos os últimos a dormir, e ele disse que em vez de elogiar uma pessoa atraente pela aparência, minhas cantadas tinham que ser mais pessoais, porque "qualquer pessoa pode ter olhos bonitos, mas apenas a pessoa certa pode murmurar o alfabeto e transformar isso na sua nova música preferida". O jeito como Aimee sempre mandava a real, até mesmo quando ela terminou comigo me dizendo que não estava apaixonada por mim.

Queria muito um último abraço grupal do Sistema Solar de Plutão. Mas não posso voltar agora. Talvez não devesse ter saído correndo. É provável que eu seja acusado de mais coisas só por ter fugido, mas não tive tempo para pensar.

Preciso fazer as pazes com os Plutões. Eles falaram a mais pura verdade em seus discursos finais. Posso ter feito umas besteiras nos últimos tempos, mas sou uma pessoa boa. Malcolm e Tagoe não teriam sido meus amigos se eu fosse ruim, e Aimee não teria sido minha namorada se eu fosse um lixo.

Eles não podem estar comigo agora, mas isso não significa que eu tenha que ficar sozinho.

Sério, não quero ficar sozinho.

Eu me levanto e caminho até o muro pichado, com um pôster manchado de óleo sobre alguma coisa chamada Faça-Acontecer. Encaro as silhuetas do Último Amigo na parede. Desde que minha família morreu, eu tinha certeza de que acabaria morrendo sozinho. Talvez isso até vá acontecer, mas só porque fui deixado para trás não quer dizer que não mereço um Último Amigo. Sei que existe um bom Rufus em mim, o Rufus que eu costumava ser, e talvez um Último Amigo possa desenterrá-lo.

Eu realmente não sou muito ligado em apps, mas também não sou de socar a cara dos outros, então, de qualquer forma, já estou meio fora de mim hoje. Pego o celular e baixo o app Último Amigo. O download é muito rápido, deve gastar muito do meu pacote de dados, mas quem se importa com isso?

Eu me cadastro como Terminante, preencho meu perfil, acrescento uma foto antiga do Instagram e estou pronto.

Nada como receber sete mensagens nos primeiros cinco minutos para me fazer me sentir um pouco menos solitário — apesar de uma delas ser de um cara falando que tem a cura para a morte no meio das pernas e, na boa, eu prefiro morrer.

MATEO
3h14

Ajusto as configurações do meu perfil para que ele fique visível apenas para usuários entre dezesseis e dezoito anos; homens e mulheres mais velhos vão parar de dar em cima de mim. Vou além e agora apenas as pessoas registradas como Terminantes podem me enviar mensagens, assim não terei que lidar com gente querendo comprar um sofá ou maconha. Isso diminui de maneira significativa a quantidade de pessoas on-line. Tenho certeza de que há centenas, senão milhares, de adolescentes que receberam o alerta hoje, mas apenas 89 Terminantes entre dezesseis e dezoito anos estão disponíveis no momento. Recebo uma mensagem de uma garota de dezoito anos chamada Zoe, mas a ignoro quando vejo o perfil de um garoto de dezessete chamado Rufus. Sempre gostei desse nome. Abro o perfil dele.

Nome: Rufus Emeterio
Idade: 17
Gênero: Masculino
Altura: 1,78m

Peso: 77kg

Etnia: Cubano-americano

Orientação sexual: Bissexual

Ocupação: Procrastinador profissional

Interesses: Ciclismo. Fotografia

Filmes / Programas de TV / Livros favoritos: <pular>

Como foi sua vida: Sobrevivi a algo que não deveria.

Últimos desejos: Mandar ver.

Pensamentos finais: A hora é agora. Cometi alguns erros, mas quero me despedir da maneira certa.

Eu quero mais tempo, mais vidas, e esse Rufus Emeterio já aceitou seu destino. Talvez ele seja suicida. Suicídio, em específico, não pode ser previsto, mas a morte em si, pode. Se ele tem tendências autodestrutivas, eu não deveria me aproximar dele — talvez ele seja o motivo da minha morte. Mas sua foto acaba com a minha teoria: está sorrindo e tem um sorriso acolhedor. Vou puxar uma conversa e, se sentir uma boa impressão, talvez ele seja o cara cuja sinceridade vai me ajudar a me encarar.

Vou entrar em contato com ele. Não custa nada mandar um oi.

Mateo T. (3h17): sinto muito que o mundo perderá sua vida, Rufus.

Não costumo conversar com estranhos assim. Há algum tempo, cheguei a pensar em criar um perfil para fazer companhia para Terminantes, mas não achei que teria muito a oferecer. Agora que sou um Terminante, entendo ainda mais o desespero por esse tipo de conexão.

Rufus E. (3h19): Oi, Mateo. Chapéu maneiro.

Ele não apenas respondeu, como também gostou do chapéu de Luigi que estou usando na foto do perfil. Ele já está se relacionando com a pessoa que quero me tornar.

Mateo T. (3h19): Valeu. Acho que vou deixar o chapéu em casa. Não quero chamar atenção.

Rufus E. (3h19): Boa. Um chapéu de Luigi não é bem um boné, né?

Mateo T. (3h19): Não mesmo.

Rufus E. (3h20): Peraí. Você ainda não saiu de casa?

Mateo T. (3h20): Não.

Rufus E. (3h20): Seu alerta chegou faz pouco tempo?

Mateo T. (3h20): A Central da Morte me ligou um pouco depois da meia-noite.

Rufus E. (3h20): E o que você está fazendo a noite toda?

Mateo T. (3h20): Limpando a casa e jogando videogame.

Rufus E. (3h20): Qual jogo?

Rufus E. (3h21): Deixa pra lá, não importa o jogo. Você não tem coisas que quer fazer? Está esperando o quê?

Mateo T. (3h21): Estava conversando com alguns possíveis Últimos Amigos e eles eram... não muito bons, para ser educado.

Rufus E. (3h21): Por que você precisa de um Último Amigo antes de começar o seu dia?

Mateo T. (3h22): Por que VOCÊ precisa de um Último Amigo se já tem amigos de verdade?

Rufus E. (3h22): Perguntei primeiro.

Mateo T. (3h22): Justo. Acho loucura sair de casa sabendo que alguma coisa ou ALGUÉM vai me matar. E também porque existem "Últimos Amigos" por aí dizendo que têm a cura para a morte no meio das pernas.

Rufus E. (3h23): Eu conversei com esse cuzão também! Não exatamente com o cuzão dele. Mas denunciei e bloqueei o perfil logo depois. Prometi a mim mesmo que seria melhor do que esse cara. O que não é muita coisa. Quer fazer uma chamada de vídeo? Vou mandar o convite para você.

Um ícone com uma pessoa falando no telefone aparece na tela. Quase recuso a ligação, confuso demais com o gesto tão súbito, mas atendo antes que a chamada seja finalizada, antes que Rufus vá embora. A tela fica preta por um segundo e, de repente, um total desconhecido com o rosto da foto de perfil do Rufus aparece. Ele está suando e parece abatido, mas seu olhar logo encontra o meu e me sinto exposto, talvez um pouco ameaçado, como se ele fosse algum tipo de história de terror da infância que pode atravessar a tela e me arrastar para o mundo sombrio. Em defesa da minha imaginação fértil, Rufus já tentou me provocar para sair do meu mundo e encarar o mundo lá fora, então...

— E aí? — diz Rufus. — Está me vendo?

— Estou. Oi, sou o Mateo.

— Oi, Mateo. Desculpa por já chegar com chamada de vídeo para cima de você. É meio difícil confiar em alguém sem ver a pessoa antes, sabe?

— Sem problemas — respondo.

Há um brilho um pouco forte demais no lugar onde ele está, mas ainda consigo enxergar seu rosto, o tom de pele marrom-claro. Fico curioso sobre o motivo de ele estar tão suado.

— Você queria saber por que prefiro um Último Amigo do que meus amigos da vida real, certo?

— É — respondo. — A não ser que seja muito pessoal.

— Ah, relaxa. Não acho que devia existir essa coisa de "muito pessoal" entre Últimos Amigos. Resumindo: Eu estava com meus pais e minha irmã quando nosso carro caiu no rio Hudson e tive que assistir à morte deles. Viver com essa culpa não é algo que eu quero para os meus amigos. Precisava falar sobre essa história só para garantir que você estaria de boa com isso.

— Com você abandonando seus amigos?

— Não. Com a possibilidade de você ter que me ver morrendo.

Estou sendo confrontado pelas possibilidades mais pesadas: posso ter que ver Rufus morrer, ou o contrário, e os dois cenários me dão vontade de vomitar. Não é como se eu sentisse uma conexão intensa com ele ou qualquer coisa do tipo, mas a ideia de observar a morte de alguém me deixa enjoado, triste e irritado — e é por isso que ele está perguntando. Mas não fazer nada parece pior ainda.

— Tudo bem. Eu consigo — respondo.

— Consegue? Tem toda essa história de você-não-sair--de-casa. Independentemente de ser seu Último Amigo, não vou passar o resto da minha vida trancado num apartamento, e não quero isso para você, mas você precisa se esforçar, Mateo — diz Rufus. O jeito como ele diz meu nome é um pouco mais reconfortante do que como imaginei aquele tarado do Philly dizendo. É como um maestro dando um discurso motivacional para os músicos antes de uma apresentação de casa cheia. — Acredite, a coisa pode ficar feia aqui fora. Por um momento, cheguei a pensar que nada disso valia a pena.

— Bem, o que mudou então? — Não quero que minha pergunta soe como uma afronta, mas ela meio que é. Não vou deixar a segurança do meu apartamento tão fácil assim. — Você perdeu sua família e, depois, o que aconteceu?

— Eu não dava a mínima para a minha vida — responde Rufus, desviando o olhar. — E por mim estava tudo bem se fosse a minha hora. Mas não é isso que meus pais e minha irmã queriam pra mim. É muito bizarro, mas sobreviver me ensinou que é melhor estar vivo querendo estar morto do que estar morrendo e querer viver para sempre. Se eu perdi tudo e ainda assim consegui mudar de atitude, você precisa fazer o mesmo antes que seja tarde, cara. Tem que ir com tudo.

Ir com tudo. É o que escrevi no meu perfil. Ele prestou mais atenção do que os outros e se importou comigo do jeito que um amigo faria.

— Tudo bem. Como vamos fazer isso? Um aperto de mãos para fechar o acordo ou alguma coisa assim?

Espero de verdade que minha confiança não seja traída como já aconteceu no passado.

— Podemos dar o aperto de mãos quando nos encontrarmos, mas até lá, prometo ser o Mario do seu Luigi,

mas sem roubar os holofotes só para mim — diz Rufus.
— Onde podemos nos encontrar? Estou perto de uma farmácia na...

— Tenho uma condição — interrompo. Ele estreita os olhos; deve estar nervoso, já que o surpreendi. — Você disse que eu vou ter que me esforçar, mas preciso que você me busque em casa. Não é uma armadilha, juro.

— Parece uma armadilha. Vou procurar outro Último Amigo.

— Não é! Juro. — Quase deixo o celular cair. Arruinei tudo. — Sério, eu...

— Estou brincando, cara. Vou mandar para você meu número e você pode me enviar o endereço por mensagem. Aí a gente bola um plano.

Estou tão aliviado como quando a Andrea da Central da Morte me chamou de Timothy e pensei que tinha dado sorte e poderia viver mais. Só que, desta vez, posso relaxar de verdade. Acho.

— Combinado — respondo.

Ele não diz tchau nem nada, só olha para mim por mais um tempo, como se estivesse me analisando ou se perguntando se estou ou não o atraindo para uma armadilha.

— Vejo você daqui a pouco, Mateo. Tente não morrer enquanto isso.

— Tente não morrer chegando aqui. Tome cuidado, Rufus.

Rufus assente e encerra a chamada de vídeo. Ele me envia seu número e fico tentado a ligar só para ter certeza de que é ele quem vai atender, e não algum pervertido que está pagando para conseguir endereços de jovens vulneráveis. Mas se eu continuar questionando Rufus, essa coisa de Último Amigo não vai dar certo.

Estou um pouco preocupado sobre passar meu Dia Final com alguém que já aceitou a morte, alguém que cometeu erros. Não o conheço, claro, e ele pode acabar sendo totalmente destrutivo — afinal, ele está lá fora no meio da noite no dia em que está predestinado a morrer. Mas não importa quais decisões nós tomarmos — sozinhos ou juntos —, nosso final continua sendo o mesmo. Não importa quantas vezes olharmos para os dois lados antes de atravessar. Não importa se não formos pular de paraquedas só por medo, embora isso signifique que nunca vou voar como meus super-heróis preferidos. Não importa se vamos abaixar a cabeça ao passarmos por uma gangue em um bairro perigoso.

Não importa como escolhemos viver, nós dois morreremos no final.

PARTE DOIS
O Último Amigo

Um navio está seguro no porto, mas não é

para isso que os navios foram criados.

— John A. Shedd

ANDREA DONAHUE
3h30

A Central da Morte não ligou para Andrea Donahue, porque ela não vai morrer hoje. Andrea Donahue, uma das melhores funcionárias da Central da Morte desde o surgimento da empresa sete anos atrás, já fez um bom número de ligações sobre o Dia Final. Hoje, entre meia-noite e três da manhã, Andrea telefonou para 67 Terminantes; não era sua melhor marca, mas seria difícil bater seu recorde pessoal de 92 ligações em um turno desde que recebera uma advertência por apressar as ligações.

Supostamente.

Enquanto saía do prédio, mancando com sua bengala, Andrea esperava que o RH não ouvisse suas ligações da noite, embora soubesse que ter esperança era algo perigoso em sua profissão. Andrea trocou vários nomes, apressada demais em pular de um Terminante para o próximo. Seria um péssimo momento para perder o emprego, com toda a fisioterapia que precisava fazer depois do acidente, além das mensalidades cada vez mais caras da escola da filha. Sem contar que aquele era o único emprego no qual ela era de fato boa, graças a um truque que descobrira, capaz de afastar outros funcionários, que iam atrás de empregos menos estressantes.

Regra número um de um: Terminantes não são mais gente.

É isto. Seguindo essa primeira e única regra, você não vai mais perder horas com os conselheiros da empresa. Andrea sabe que não pode fazer nada pelos Terminantes. Não pode afofar seus travesseiros nem servir uma última refeição, tampouco mantê-los vivos. Não vai gastar energia rezando por eles. Não vai se envolver em suas histórias de vida e chorar por eles. Ela apenas avisa que estão morrendo e segue em frente. Quanto mais cedo desligar o telefone, mais cedo ela consegue falar com o Terminante seguinte.

Todas as noites, Andrea se lembra de como esses Terminantes têm sorte de poderem contar com o trabalho dela. Andrea não apenas avisa que eles estão morrendo. Ela lhes dá uma chance para que vivam de verdade.

Mas ela não pode viver por eles. Isso é problema dos Terminantes.

Ela já fez sua parte, e fez direito.

RUFUS
3h31

Estou pedalando em direção à casa desse garoto, Mateo. Espero que ele não seja um serial killer, ou não respondo por mim… Que nada, ele é de boa. Ficou bem óbvio que ele passa tempo demais dentro da própria cabeça e deve ser antissocial pra caramba. Quer dizer, se liga: estou indo mesmo buscá-lo em casa, como se ele fosse um príncipe preso numa torre esperando ser salvo. Acho que assim que o climão passar, ele será um ótimo parceiro de crime. Caso contrário, é só ir cada um para o seu lado. Seria chato, porque não temos tempo a perder, mas as coisas são o que são. No fim das contas, ter um Último Amigo deve ajudar meus amigos a se sentirem um pouquinho menos preocupados comigo solto assim pela cidade. E pelo menos me sinto um pouquinho melhor.

MALCOLM ANTHONY
3h34

A Central da Morte não ligou para Malcolm Anthony, porque ele não vai morrer hoje, mas seu futuro está em risco. Malcolm e o melhor amigo, Tagoe, não deram nenhuma pista à polícia sobre o paradeiro de Rufus. Malcolm contou que Rufus é um Terminante e não vale a pena ir atrás dele, mas os policiais não poderiam deixar Rufus impune, não depois de um caso de agressão tão grave. Então Malcolm bolou um plano genial que arruinaria sua vida: ele seria preso.

Discutiu com o policial e resistiu à prisão, mas a maior falha no plano foi não conseguir contá-lo para Tagoe, que pulou no meio da briga com muito mais agressividade do que Malcolm usara.

Agora os dois, Malcolm e Tagoe, estão sendo levados para a delegacia.

— Isso não faz sentido — diz Tagoe no banco de trás da viatura. Ele não está mais bufando ou gritando que não havia feito nada de errado, como aconteceu ao ser algemado, apesar de Malcolm e Aimee implorarem para que ele calasse a boca. — Eles não vão encontrar o Rufus. Ele vai deixar os caras comendo poeira e...

— Calado.

Dessa vez, Malcolm não estava preocupado com as acusações extras que esperavam por Tagoe. Ele já sabia que Rufus conseguira fugir. A bicicleta não estava lá fora quando eles foram escoltados da casa. E ele sabe que Rufus *pode sim* deixar os policiais comendo poeira, mas ele não quer que agentes da polícia fiquem de olho em garotos pedalando na rua até encontrar seu amigo. Se eles querem Rufus, terão que se esforçar.

Malcolm não pode dar mais um dia ao amigo, mas pode conseguir mais tempo para que ele possa viver.

Isso partindo do princípio de que Rufus ainda está vivo.

Malcolm está disposto a assumir a culpa por Rufus, e ele sabe que também não é inocente, isso é senso comum. Os três foram para a rua de noite com a intenção de dar uma surra em Peck, e nisso Rufus foi bem-sucedido sem a ajuda de ninguém. Malcolm nunca havia se envolvido em uma briga antes, apesar de muitos o enxergarem como um jovem violento por ter mais de um 1,80 metro, ser negro e pesar noventa quilos. Mas só porque ele tem o corpo de um lutador, não significa que é um criminoso. E agora Malcolm e Tagoe serão tachados como delinquentes juvenis.

Mas pelo menos ainda estarão vivos.

Malcolm observa pela janela, desejando vislumbrar por um instante Rufus em sua bicicleta virando uma esquina qualquer e, finalmente, ele chora. Um choro alto, com soluços engasgados, não porque agora ele terá antecedentes criminais, ou porque está com medo da delegacia, nem mesmo porque Rufus está morrendo, mas porque o maior crime da noite foi não conseguir dar um abraço de despedida no melhor amigo.

MATEO
3h42

Alguém bate na porta e paro de perambular pela casa.

Preocupações diferentes me atingem todas de uma vez: e se não for o Rufus, apesar de eu não estar esperando mais ninguém bater na porta a esta hora da madrugada? E se for o Rufus, acompanhado por uma gangue de ladrões ou algo do tipo? E se for meu pai, que não me contou quando acordou porque queria fazer uma surpresa? O tipo de milagre do Dia Final que acontece nas comédias românticas.

Eu me aproximo devagar da porta, deslizo a tampa do olho mágico e dou uma espiada em Rufus, que está olhando em minha direção mesmo sem poder, de fato, me ver.

— É o Rufus — anuncia ele do lado de fora.

Torço para que ele esteja sozinho enquanto retiro a corrente de segurança. Abro a porta e encontro um Rufus em 3-D na minha frente, não alguém que estou olhando na tela de uma chamada de vídeo ou pelo olho mágico. Ele usa um casaco de *fleece* cinza-escuro e short de basquete azul por cima daquelas calças de compressão da Adidas.

Ele me cumprimenta com um aceno da cabeça. Não abre um sorriso nem nada do tipo, mas parece amigável mesmo assim. Eu me inclino para a frente, o coração acelerado, e espreito para ver se ele tem alguns amigos se escondendo junto às paredes, prontos para pularem em cima de mim a qualquer momento. Mas o corredor está vazio, e Rufus começa a sorrir.

— Eu estou no *seu* território, cara. Se alguém tem que ficar desconfiado, sou eu. É melhor que isso aí não seja uma ceninha de garoto superprotegido, beleza?

— Não é uma cena — prometo. — Desculpa. Eu só estou meio... pilhado.

— Estamos no mesmo barco. — Ele me oferece a mão e nós nos cumprimentamos. Sua palma está suada. — Pronto para ir embora? Obviamente essa é uma pergunta capciosa.

— Estou quase pronto — respondo. Ele veio até a minha porta para me acompanhar durante o dia de hoje, me tirar deste santuário para que a gente possa viver até não poder mais. — Deixa só eu pegar umas coisas.

Eu não o convido a entrar, e ele não se convida também. Rufus segura a porta aberta pelo lado de fora enquanto eu pego os bilhetes para os vizinhos e minhas chaves. Desligo as luzes e passo por ele, que fecha a porta assim que passo. Eu a tranco. Rufus se dirige ao elevador enquanto vou na direção oposta.

— Aonde você vai?

— Não quero que meus vizinhos fiquem surpresos ou preocupados quando eu não atender a porta. — Deixo um bilhete na frente do 4F. — Elliot cozinha para mim porque eu só estava comendo waffles. — Volto na direção de Rufus e deixo o segundo bilhete no 4A. — E Sean ia dar uma olhada no nosso forno quebrado, mas agora ele não precisa mais se preocupar com isso.

— Isso é bem legal da sua parte. Eu não pensei em fazer nada do tipo.

Chego ao elevador e olho por sobre o ombro para Rufus, esse estranho que está me seguindo. Não me sinto desconfortável, mas estou receoso. Ele fala como se fôssemos amigos há um tempo, mas ainda estou desconfiado. O que faz sentido, já que as únicas coisas que sei sobre ele são que seu nome é Rufus, que ele tem uma bicicleta, que sobreviveu a uma tragédia e que quer ser o Mario do meu Luigi. E que ele também vai morrer hoje.

— Peraí, não vamos pegar o elevador — diz Rufus. — Dois Terminantes em um elevador no Dia Final só pode ser muita vontade de morrer ou o começo de uma piada ruim.

— Bem pensado — digo.

O elevador é arriscado. No melhor dos casos, ficamos presos. Já o pior é bem óbvio. Ainda bem que tenho Rufus aqui para ser calculista por mim; acho que é assim que um Último Amigo também pode servir como guarda-costas.

— Vamos de escada — comento, como se existisse qualquer outra forma de sair do prédio, tipo uma corda pendurada na janela do corredor ou um daqueles escorregadores infláveis usados em pousos de emergência.

Desço os quatro andares como uma criança descendo uma escada pela primeira vez, com os pais alguns degraus logo abaixo; só que, no meu caso, ninguém está aqui para me segurar se eu cair, ou se Rufus tropeçar em cima de mim.

Chegamos no térreo em segurança. Minha mão paira sobre a porta do saguão. Não consigo. Estou pronto para dar meia-volta e subir até que Rufus passa por mim e empurra a porta, o ar úmido do fim de verão me traz certo alívio. Sinto uma leve esperança de que eu, e apenas eu — desculpa, Rufus —, posso vencer a morte. Um único segundo longe da realidade.

— Vá em frente — diz ele.

Rufus está me pressionando, mas esse é o propósito da nossa dinâmica. Não quero decepcionar nenhum de nós dois, principalmente a mim mesmo.

Saio do saguão, mas paro assim que cruzo a porta. Minha última vez do lado de fora foi ontem à tarde, voltando para casa depois de visitar meu pai, um feriado americano do Dia do Trabalho como qualquer outro. Mas estar aqui fora agora é diferente. Observo os prédios do lugar onde cresci, mas nos quais nunca havia prestado atenção. Algumas luzes estão acesas nos apartamentos vizinhos. Consigo até ouvir um casal gemendo; as risadas do público em um programa de comédia; mais uma risada vinda de outra janela, talvez causada pelo mesmo programa de comédia ou por cócegas recebidas da pessoa amada ou por uma piada que alguém não se importou em enviar por mensagem àquela hora da madrugada.

Rufus bate palmas, me tirando do transe.

— Você ganhou dez pontos.

Ele caminha até a grade e destranca sua bicicleta de alumínio cinza.

— Aonde vamos? — pergunto, me afastando mais um pouco da porta. — Precisamos montar uma estratégia de guerra.

— Estratégias de guerra em geral envolvem balas e bombas. Melhor chamar só de estratégia. — Ele empurra a bicicleta em direção à esquina. — Listas de últimos desejos são inúteis. Não vai dar para fazer tudo. Você tem que deixar as coisas rolarem.

— Você parece um especialista em morrer.

Está bem, isso foi idiota. Sei disso antes mesmo de Rufus balançar a cabeça.

— Pois é — comenta Rufus.

— Desculpa. É só que... — Sinto um ataque de pânico vindo; um aperto no peito, o rosto queimando, a pele e a cabeça coçando. — Eu ainda não consegui assimilar que estou vivendo um dia em que posso precisar de uma lista de últimos desejos. — Coço a cabeça e respiro fundo. — Isso não vai dar certo. Vai acabar saindo pela culatra. Andar juntos é uma péssima ideia porque só vai dobrar nossas chances de morrer mais cedo. Tipo um abatedouro de Terminantes. E se eu estiver andando pelo quarteirão, tropeçar e bater a cabeça em um hidrante e... — Eu me calo, me encolhendo com a dor fantasma que você sente quando se imagina caindo de cara em uma cerca de arame farpado ou levando um soco que arranca seus dentes.

— Você pode fazer o que quiser, mas chega de ficar na dúvida de se vamos passar o dia juntos ou não — argumenta Rufus. — Não faz sentido ter medo.

— Não é tão fácil assim. Não vamos morrer por causas naturais. Como podemos viver sabendo que um caminhão pode nos atropelar quando atravessarmos a rua?

— É só olhar para os lados, igualzinho a quando aprendemos desde criança.

— E se alguém apontar uma arma para a gente?

— Vamos ficar longe de bairros perigosos.

— E se um trem nos acertar?

— Ficar parado nos trilhos do trem no seu Dia Final já é meio que pedir para morrer, né?

— E se...

— Não faz isso! — Rufus fecha os olhos e os esfrega com o punho cerrado. Estou enlouquecendo o garoto. — Podemos continuar nessa o dia inteiro, ou podemos sair daqui e sei lá, tipo, viver. Não desperdice seu último dia.

Rufus tem razão. Eu sei que tem. Chega de discutir.

— Vou precisar de um tempo para começar a encarar essas coisas como você. Não vou criar coragem do nada, só porque sei que minhas opções são fazer alguma coisa e morrer ou não fazer nada e, ainda assim, morrer. — Ele não me lembra de que não temos tanto tempo assim. — E preciso me despedir do meu pai e da minha melhor amiga.

Caminho rumo à estação de metrô da 110th Street.

— Vamos fazer isso — concorda Rufus. — Não tenho nada planejado. Tive meu velório, que não rolou como eu planejei. E acho que não vai dar para tentar de novo.

Não me surpreende saber que alguém que está vivendo seu Dia Final com tanta coragem teve um velório. Aposto que ele tinha mais de duas pessoas de quem se despedir.

— O que aconteceu? — pergunto.

— Bobagem. — Rufus não explica.

Estou olhando para os lados, me preparando para atravessar a rua, quando vejo um pássaro morto na rua, uma sombra pequena projetada pela luz fraca de uma mercearia. O pássaro foi achatado; sua cabeça arrancada está a alguns centímetros de distância. Parece ter sido atropelado por um carro e depois partido ao meio por uma bicicleta — tomara que não tenha sido a do Rufus. Esse pássaro com certeza não recebeu um alerta avisando que iria morrer hoje, ou talvez ontem, ou anteontem, embora eu prefira imaginar que o motorista que o matou viu o pássaro e buzinou. Mas talvez aquele aviso não tenha feito diferença.

Rufus também vê o passarinho.

— Que bosta.

— Precisamos tirá-lo do meio da rua. — Olho em volta procurando algo para usar como pá, pois sei que não deveria tocar no pássaro.

— Você está falando sério?

— Eu não acredito nessa coisa de se-está-morto-já-era-segue-em-frente.

— Eu *também* não acredito nessa coisa de se-está-morto-já-era-segue-em-frente, beleza? — rebate Rufus com um tom desafiador.

Preciso me conter.

— Desculpa. De novo. — Desisto de procurar uma pá. — O negócio é o seguinte. Teve um dia no terceiro ano em que eu estava brincando na chuva quando um passarinho filhote caiu do ninho. Eu vi tudo acontecendo: o momento em que o pássaro saltou da beira do ninho, abriu as asas e caiu. O jeito como os olhos dele pareciam desesperados por ajuda. Ele quebrou o pé com o impacto, e não conseguia se arrastar até uma área coberta, então estava se molhando na chuva.

— Esse pássaro devia ter uns instintos bem ruins, pulando de uma árvore desse jeito — comenta Rufus.

Pelo menos, o pássaro arriscou sair de casa.

— Eu estava com medo de que ele fosse congelar até a morte ou se afogar em uma poça, então corri e me sentei no chão com ele, criando um abrigo com as minhas pernas, tipo uma torre. — O vento gelado levou a melhor, e tive que faltar a escola na segunda e na terça porque fiquei muito doente.

— O que aconteceu depois?

— Não faço ideia — confessei. — Lembro que peguei um resfriado e faltei aula, mas minha memória deve ter bloqueado o que aconteceu com o passarinho. Penso nisso de vez em quando, porque sei que não encontrei uma escada nem o devolvi ao ninho. É horrível pensar que posso tê-lo deixado lá, para morrer na chuva. — Em geral, penso que ajudar aquele passarinho foi meu primeiro ato de bondade, algo que eu fiz porque queria ajudar alguém, e não porque meu pai ou algum professor esperava aquilo de mim. — Com esse pássaro aqui, posso ser uma pessoa melhor.

Rufus olha para mim, respira fundo, e então me dá as costas, pedalando em sua bicicleta para longe. Sinto o aperto no peito de novo, e é bem provável que eu vá descobrir algum problema de saúde e morrer por causa dele hoje, mas sou tomado por alívio quando Rufus estaciona a bicicleta na calçada, ajeitando o suporte para que ela fique de pé.

— Deixa eu procurar alguma coisa para pegar o passarinho — anuncia ele. — Não encoste nele.

Eu me certifico de que nenhum carro esteja vindo.

Rufus retorna com um jornal velho e o entrega para mim.

— Foi o melhor que consegui.

— Obrigado.

Uso o jornal para segurar o corpo do pássaro e sua cabeça arrancada. Ando em direção ao jardim comunitário no lado oposto da estação de metrô, entre a quadra de basquete e o parquinho.

Rufus aparece ao meu lado com sua bicicleta, pedalando devagar.

— O que você vai fazer com ele?

— Enterrá-lo. — Entro no jardim e encontro um cantinho atrás de uma árvore, longe de onde os jardineiros do bairro vêm plantando árvores frutíferas e flores, trazendo um pouquinho de brilho ao mundo. Eu me ajoelho e levo o jornal ao chão, com medo de que a cabeça saia rolando. Rufus não comenta nada, mas sinto a necessidade de acrescentar: — Não posso deixar o pássaro largado por aí para ser jogado no lixo ou amassado por outros carros, repetidas vezes.

Gosto da ideia de que um passarinho que morreu de forma tão trágica, antes do seu tempo, descanse aqui no jardim. Até imagino que esta árvore foi uma pessoa um dia, algum Terminante que foi cremado e pediu para ter suas cinzas guardadas em uma urna biodegradável com uma semente de árvore dentro para lhe dar vida.

— Já passou das quatro da manhã — informa Rufus.

— Vai ser rapidinho.

Acredito que ele não seja do tipo que enterra passarinhos. Sei que muitas pessoas não iriam concordar ou entender este sentimento. Afinal, para a maioria, um pássaro não é nada comparado com um ser humano, porque seres humanos usam gravatas e vão trabalhar, se apaixonam e se casam, têm filhos para criar. Mas pássaros fazem tudo isso também. Eles trabalham (sem gravata, admito), cruzam e alimentam seus filhotes até que estes aprendam a voar. Alguns se tornam bichinhos de estimação que divertem crianças, que, por sua vez, aprendem a amar e a ser gentis com os animais. Já outros estão vivendo até chegar a hora de partir.

Mas esse sentimento é uma coisa de Mateo, o tipo de coisa que sempre faz os outros me acharem esquisito. É muito raro eu compartilhar esse tipo de pensamento com alguém, mesmo com meu pai ou Lidia.

Dois punhados de terra são o bastante, e estou tirando o corpo e a cabeça do pássaro do jornal e os colocando na cova quando percebo um clarão atrás de mim. Não, a primeira coisa que pensei não foi que um alienígena estava enviando guerreiros para me sequestrar — tudo bem, foi isso mesmo que achei. Eu me viro e me deparo com Rufus apontando o celular.

— Desculpa — diz ele. — Não é todo dia que se vê alguém enterrando um passarinho.

Cubro o animal com terra, alisando o solo antes de me levantar.

— Espero que alguém seja gentil assim com a gente quando tudo acabar.

RUFUS
4h09

Cara, Mateo é bonzinho *demais*. Não estou mais nem um pouco desconfiado dele, não é como se fosse me dar um bote a qualquer momento. Mas estou meio chocado por ter conhecido alguém tão... puro? Não diria que vivo cercado de babacas, mas, mandando a real? Malcolm e Tagoe nunca enterrariam um passarinho na vida. Aposto qualquer coisa que o Mateo não faz ideia de como socar alguém e não consigo imaginá-lo sendo violento, nem mesmo quando ele era criança e esse tipo de burrice é perdoada e esquecida por a pessoa ser jovem demais.

Sem chances de eu contar a ele sobre Peck. Vou levar isso para o túmulo hoje.

— Quem nós vamos ver primeiro?

— Meu pai. Podemos pegar o metrô ali. — Mateo aponta. — São só duas estações até o centro, mas é mais seguro do que ir andando.

Duas estações seriam cinco minutos de bicicleta para mim, e estou tentado a encontrá-lo lá, mas meu instinto diz que o Mateo vai ferrar com tudo e me deixar esperando do lado de fora do metrô. Carrego a bicicleta pelo guidão e selim escada abaixo. Viro em um corredor carregando a bicicleta enquanto Mateo fica para trás, cauteloso, e percebo que ele está espiando antes de me seguir, igual a quando fui àquela casa mal-assombrada do Brooklyn com Olivia alguns anos atrás — só que eu ainda era criança. Não sei o que ele espera encontrar aqui, mas também não vou perguntar.

— Pode vir — digo. — A barra está limpa.

Mateo se arrasta atrás de mim, ainda desconfiado do corredor vazio que leva às catracas.

— Me pergunto quantos Terminantes também estão andando com estranhos neste momento. Muitos já devem ter morrido. Acidente de carro ou incêndio ou tiro ou caindo em um bueiro ou... — Ele para de falar. O cara sabe imaginar uma tragédia como ninguém. — E se eles estiverem a caminho de se despedir de alguém próximo e, de repente... — Mateo bate palmas uma vez. — Fim. Não é justo... Espero que eles não estejam sozinhos.

Paramos na máquina de recarga do cartão do metrô.

— Não mesmo. Isso não é justo. Acho que não importa se você está acompanhado quando morre. A companhia de alguém não vai manter você vivo quando a Central da Morte alcançar você. — Deve ser algum tipo de tabu um Último Amigo dizer isso, mas não estou errado. Ainda assim, me sinto meio mal quando a reação de Mateo é ficar calado.

Terminantes têm algumas vantagens, tipo passagens de metrô ilimitadas. Você só precisa preencher um formulário com o atendente. Mas a parte do "ilimitadas" é conversa fiada, porque o cartão expira quando seu Dia Final acaba. Algumas semanas atrás, eu e os caras dissemos que estávamos morrendo para conseguir passagens de graça para Coney Island, achando que o atendente ia pegar leve e nos deixar passar. Mas não, ele nos fez esperar pela confirmação da Central da Morte, então demos no pé. Compro um cartão ilimitado, do tipo não Terminante, a edição para quem ainda tem um amanhã, e Mateo faz o mesmo.

Nós o passamos na máquina e avançamos para a plataforma. Até onde sabemos, essa pode ser nossa última viagem.

Mateo aponta para a cabine atrás da gente.

— Não é loucura saber que o metrô de Nova York não vai mais precisar de funcionários daqui a alguns anos porque as máquinas, ou até mesmo robôs, vão roubar os empregos? Isso meio que já está acontecendo, se você pensar bem...

O rugido de um trem se aproximando abafa o final da frase, mas beleza, entendi o que ele está dizendo. A verdadeira vitória aqui é pegar o trem de imediato. Assim, podemos descartar de boa algumas possibilidades, como cair no meio dos trilhos, ficarmos presos enquanto somos atacados pelos ratos, ou sermos atingidos em cheio e esmagados pelo trem — caramba, já estou com o mesmo ânimo sombrio do Mateo.

Antes mesmo de as portas se abrirem, vejo uma daquelas invasões de metrô rolando, aquelas em que estudantes universitários fazem uma festa em um dos vagões para comemorar por não terem recebido o alerta que eu e Mateo recebemos. Acho que festas nos dormitórios da faculdade são coisa do passado, e agora eles perdem a linha no metrô — e, droga, nós vamos nos juntar a eles.

— Vamos — digo para Mateo quando as portas se abrem. — Rápido.

Empurro minha bicicleta para dentro, pedindo para uma pessoa abrir espaço, e quando me viro para ver se a roda de trás não está bloqueando a passagem para Mateo, vejo que ele não está atrás de mim.

Mateo está parado do lado de fora do vagão, balançando a cabeça, e, no último segundo antes de as portas fecharem, ele pula no vagão vazio da frente, um com passageiros dormindo e onde não está tocando uma versão remixada de "Celebration" (um clássico, eu sei, mas já está na hora de superar, né?).

Olha, não sei por que Mateo amarelou, mas isso não vai arruinar meu humor. É um vagão de festa — não é como se eu estivesse pedindo para ele pular de *bungee jump* ou de paraquedas. Está longe de ser um ambiente perigoso.

"We Built This City" começa a tocar e uma garota segurando dois aparelhos de som pelas alças pula no assento e começa a dançar. Tem um cara dando em cima dela, mas a garota está de olhos fechados, focada em curtir o seu momento. No canto, um cara com o rosto coberto por um capuz está caído; ou ele se divertiu até demais, ou temos um Terminante morto no vagão.

Está bem, não teve graça.

Apoio a bicicleta em um banco vazio — é, eu sou o tipo de cara que deixa a bicicleta no meio do caminho, mas também estou morrendo, então me dá um desconto — e me aproximo do cara dormindo para conseguir olhar o outro vagão. Mateo está observando o meu vagão como uma criança de castigo, forçada a ver os amigos brincando pela janela do quarto. Gesticulo para que ele venha até mim, mas ele balança a cabeça, encara o chão e não me olha mais.

Alguém toca meu ombro. Eu me viro e vejo uma garota negra deslumbrante de olhos cor-de-mel com uma garrafa de cerveja extra na mão.

— Quer uma?

— Não, estou de boa. — É melhor não beber.

— Sobra mais para mim, então. Meu nome é Callie.

Não escuto direito o que ela diz.

— Kelly?

Ela se inclina na minha direção, seus seios tocando o meu peito e a boca bem próxima da minha orelha.

— Callie!

— Oi, Callie. Eu sou o Rufus. — Como ela já está ali mesmo, respondo direto no seu ouvido. — O que você está...

— A próxima estação é a minha — interrompe Callie. — Quer descer comigo? Você é bonitinho e parece ser um cara legal.

Ela com certeza faz o meu tipo, o que significa que ela também faz o do Tagoe. (O tipo do Malcolm é qualquer garota que goste dele.) Mas, como não tenho muito a oferecer além do que ela claramente está sugerindo, preciso deixar passar. Transar com uma universitária deve ser o tipo de coisa que está na lista de últimos desejos de um monte de gente... jovens, casados, garotos, garotas, você entendeu.

— Não posso — respondo.

Preciso apoiar o Mateo, e também pensar em Aimee. Não posso acabar traindo em uma situação como essa.

— Claro que pode!

— Não posso mesmo, uma pena — digo. — Estou indo com meu amigo ao hospital para visitar o pai dele.

— Vai se lascar, então. — Callie dá as costas para mim e, em menos de um minuto, está falando com outro cara, o que é bom para ela, já que ele a acompanha quando o trem para.

Talvez Callie e aquele cara envelheçam juntos e contem para os filhos sobre como se conheceram em uma festa no metrô. Mas aposto que, na verdade, eles vão transar agora e o cara vai chamá-la de "Kelly" pela manhã.

Tiro fotos da energia no vagão: o cara que conseguiu chamar a atenção de uma garota linda. Gêmeos dançando juntos. As latas de cerveja amassadas e as garrafas d'água. E a vida que enchia o lugar. Guardo o celular no bolso, pego minha bicicleta e a empurro pelas portas entre os vagões — aquelas que a voz de anúncios sempre nos informa que são apenas para emergências. Sendo meu Dia Final ou não, que se danem os anúncios. O ar do túnel é gelado, e os gritos das rodas do trem são um barulho do qual não vou sentir falta. Entro no vagão seguinte, mas Mateo continua olhando para o chão.

Sento ao seu lado e estou prestes a descontar nele, falando sobre como não aceitei o convite de uma garota mais velha querendo transar no meu último dia de vida porque sou um bom Último Amigo, mas está bem claro que ele não precisa se sentir mais culpado do que já está.

— Ei, me conta mais sobre aqueles robôs. Aqueles que vão roubar os empregos de todo mundo.

Mateo para de olhar para o chão por um segundo, se virando para ver se estou apenas brincando com a cara dele, e fica evidente que não. Estou levando tudo isso super de boa. Ele sorri e começa a tagarelar.

— Vai levar um tempo porque a evolução nunca é rápida, mas os robôs já estão aqui. Você sabe disso, né? Existem robôs que cozinham o jantar para você e sabem usar a máquina de lavar louça. Você pode ensinar um aperto de mão secreto para eles, o que é insano, e eles sabem resolver o cubo mágico. Eu cheguei a assistir a um vídeo de um robô dançando break alguns meses atrás. Mas você não acha que esses robôs são uma grande distração, enquanto outros robôs recebem treinamento em um quartel robótico subterrâneo? Quer dizer, para que pagar vinte dólares por hora para alguém dar informações de trânsito, se dá para fazer isso com o celular, ou ainda melhor, se um robô pode fazer isso por você? Estamos ferrados. — Mateo se cala e para de sorrir.

— Estragou o clima, né?

— Pois é — concorda Mateo.

— Pelo menos você nunca vai ter que se preocupar com o seu chefe demitindo você por causa de um robô — digo.

— Esse é um lado positivo bem negativo.

— Cara, nosso dia inteiro vai ser um grande lado positivo bem negativo. Por que você deu para trás na festa do vagão?

— Aquele vagão não era para a gente — responde Mateo. — Estamos comemorando o quê? A morte? Não vou ficar dançando com estranhos enquanto vou me despedir do meu pai e da minha melhor amiga, sabendo muito bem que existe uma chance de eu não conseguir me encontrar com eles. Esse não é meu tipo de festa, e muito menos meu tipo de gente.

— É só uma festa.

O trem para. Ele não responde. Pode ser que o comportamento cuidadoso de Mateo prolongue nossa vida um pouco mais, mas aposto que teremos um Dia Final nem um pouco memorável.

AIMEE DUBOIS
4h17

A Central da Morte não ligou para Aimee DuBois, porque ela não vai morrer hoje. Mas ela está perdendo o Rufus — já perdeu, na verdade, por causa do seu namorado.

Aimee corre apressada para casa, seguida por Peck.

— Você é um monstro. Que tipo de pessoa tenta fazer com que alguém seja preso no seu próprio funeral?

— Eu fui atacado por três caras.

— Malcolm e Tagoe nem encostam em você. E agora eles vão para a cadeia.

Peck cospe.

— Eles que abriram a boca, isso não fui eu.

— Me deixa em paz. Sei que você nunca gostou do Rufus, e ele também nunca deu motivos para você gostar dele, mas ele ainda é muito importante para mim. Eu sempre quis mantê-lo na minha vida, e agora isso não vai acontecer. E eu tive menos tempo ainda com ele por sua causa. Se não posso ver o Rufus, também não quero ver você.

— Você está terminando comigo?

Aimee para. Não quer se virar para Peck porque ainda não refletiu direito sobre esta questão. As pessoas erram. Rufus errou ao agredir Peck. Que, por sua vez, não deveria ter pedido para os amigos botarem a polícia atrás de Rufus, mas ele não estava errado em fazer aquilo. Bem, não legalmente. Mas moralmente? Pode crer.

— Você está colocando ele acima de mim — afirma Peck. — Quando você tem seus problemas, é para mim que você vem correndo. Não para o cara que quase me matou. Pensa nisso.

Aimee encara Peck. Ele é um adolescente branco com calça jeans folgada, casaco largo, cabelo raspado nas laterais e o rosto com sangue seco só por ser seu namorado.

Peck vai embora, e Aimee não o impede.

Ela não sabe como lidar com Peck nesse mundo cinzento. Ela também não sabe como lidar com si mesma.

MATEO
4h26

Estou tentando me libertar e visivelmente falhando nisso.

Não consigo ficar perto de mais desconhecidos. A maioria deles parecia inofensiva, a única coisa que me incomodou é que não quero estar ao lado de pessoas que bebem até cair e acabam desmaiando no meio da noite; noite, aliás, que elas têm sorte de estar vivendo. Mas não fui sincero com Rufus porque, bem no fundo, acredito que comemorar no vagão seja o meu tipo de festa. Só que o medo de decepcionar os outros ou fazer papel de bobo sempre acaba vencendo.

Fico surpreso de verdade ao ver Rufus acorrentando a bicicleta no portão e me seguindo até o hospital. Andamos até a recepção, e um funcionário de olhos vermelhos sorri para mim, mas não pergunta como pode me ajudar.

— Oi. Eu gostaria de ver meu pai. Mateo Torrez no CTI. — Pego minha identidade e a deslizo por baixo do vidro para Jared, segundo o crachá preso em seu uniforme azul.

— Sinto muito, o horário de visitas terminou às nove.

— Não vou demorar, prometo. — Não posso ir embora sem me despedir.

— Não vai rolar hoje à noite, amigão — diz Jared, ainda sorrindo, só que um pouco mais cansado. — O horário de visitas começa às nove. De nove às nove. Fácil de lembrar, né?

— Tudo bem — respondo.

— Ele está morrendo — intervém Rufus.

— Seu pai está morrendo? — pergunta Jared, e o sorriso bizarro de alguém trabalhando às quatro da manhã finalmente desaparece.

— Não. — Rufus aperta meu ombro. — *Ele* está morrendo. Quebra esse galho e deixa ele subir para se despedir do pai.

Jared não parece gostar de ser tratado daquela forma, e também não sou muito fã desse tipo de atitude, mas quem sabe onde eu estaria agora se não fosse o Rufus se intrometendo? Na verdade, eu sei onde estaria: do lado de fora deste hospital, provavelmente chorando e me escondendo em algum lugar, torcendo para continuar vivo até as nove. Até parece. Era capaz de eu ainda estar em casa jogando videogame ou tentando me convencer a sair do apartamento.

— Seu pai está em coma. — Jared lê a tela do computador.

Rufus arregala os olhos como se sua cabeça tivesse acabado de explodir.

— Nossa! Você sabia disso?

— Eu sei disso. — Sério, se não for sua primeira semana de trabalho, Jared deve estar em um turno de quarenta horas. — Ainda assim, queria me despedir dele.

Jared se recompõe e para de me questionar. Entendo sua resistência inicial, regras são regras, mas fico feliz quando ele para de arrastar a situação e não me pede para provar que sou Terminante. Ele tira uma foto nossa, imprime os adesivos de visitante e os entrega para mim.

— Sinto muito por isso. E, você sabe... — Seus pêsames, apesar de muito vagos, significam mais para mim do que os que recebi da Andrea da Central da Morte.

Andamos até o elevador.

— Você também ficou com vontade de socar aquela cara sorridente dele? — pergunta Rufus.

— Não. — É a primeira vez que Rufus e eu nos dirigimos um ao outro desde que saímos da estação de metrô. Pressiono o adesivo de visitante na camiseta, dando dois tapinhas para garantir que vai ficar grudado ali. — Mas obrigado por nos botar para dentro. Eu nunca teria usado a cartada de Terminante.

— Sem problemas. Não temos tempo a perder pensando nas possibilidades.

Aperto o botão do elevador.

— Desculpa por não ter ficado com você na festa do vagão.

— Não preciso de um pedido de desculpas. Se você está tranquilo com a sua decisão, isso é com você. — Ele se afasta do elevador, indo em direção à escada. — Eu não acho uma boa a gente pegar o elevador, vamos por aqui.

Certo. Eu tinha esquecido. De qualquer modo, a esta hora da madrugada, talvez seja melhor deixar o elevador livre para enfermeiros, médicos e pacientes.

Sigo Rufus escada acima. Estamos no segundo andar, mas já estou sem fôlego. Sério, talvez tenha alguma coisa errada com a minha saúde e eu vá morrer aqui, no meio dos degraus, antes mesmo de conseguir me encontrar com meu pai, ou com Lidia, ou com o Mateo do Futuro. Rufus perde a paciência e acelera o passo, saltando dois degraus por vez.

Quando chega no quinto andar, Rufus grita para mim:

— Espero que seja sério o que você disse sobre se abrir para novas experiências. Não precisa ser nada do tipo festa no vagão.

— Vou me sentir mais corajoso depois das despedidas — respondo.

— Isso eu respeito.

Tropeço nos degraus, caindo de cara no sexto andar. Respiro fundo e Rufus volta para me ajudar a levantar.

— Caí feito criança — comento.

Rufus dá de ombros.

— Melhor para a frente do que para trás — responde.

Continuamos até o oitavo andar. A sala de espera está logo à frente, com máquinas de venda automática de comida e bebida, e um sofá cor de pêssego entre duas cadeiras dobráveis.

— Você pode me esperar aqui? Eu meio que queria um momento a sós com ele.

— Isso eu respeito — repete ele.

Empurro a porta dupla azul e sigo em frente. O CTI está silencioso, com exceção de um cochicho baixo e aparelhos apitando. Assisti a um documentário de meia hora na Netflix alguns anos atrás sobre como os hospitais mudaram desde o surgimento da Central da Morte. Os médicos trabalham em parceria com a Central, é claro, recebendo atualizações em tempo real sobre seus pacientes terminais que assinam um acordo. Quando os alertas chegam, a enfermagem liga para o seguro de vida dos pacientes e os preparam para uma "morte confortável" com últimas refeições, ligações para a família, preparativos para o velório, testamentos, padres para rezas e confissões, e o que mais for necessário dentro do que for razoável.

Meu pai está aqui há quase duas semanas. Ele foi trazido logo depois de ter sofrido um AVC no trabalho. Eu surtei demais, e antes de fornecer as informações de contato do meu pai ao sistema do hospital, passei a noite inteira rezando para que seu celular não tocasse. Agora, estou enfim livre da ansiedade de receber uma ligação do dr. Quintana me avisando que meu pai vai morrer, e é bom saber que ele tem pelo menos mais um dia de vida; tomara que muitos mais.

Mostro meu adesivo de visitante para uma enfermeira e vou direto para o quarto do meu pai. Ele está imóvel enquanto os aparelhos respiram por ele. Estou prestes a ter uma crise, porque talvez meu pai acorde em um mundo no qual eu não existo mais, e não estarei por perto para confortá-lo. Mas não me descontrolo. Sento ao seu lado, a mão repousando sob a dele. A última vez que chorei foi durante a primeira noite dele no hospital — quando tudo parecia sinistro demais enquanto a meia-noite se aproximava. Eu jurava estar a minutos de distância da morte.

Odeio admitir isso, mas estou um pouco frustrado por meu pai não estar acordado agora. Ele estava presente quando minha mãe me trouxe ao mundo e quando ela nos deixou, e ele deveria estar aqui comigo agora. Tudo na vida dele vai mudar com a minha ausência: sem os jantares nos quais, em vez de me contar sobre o seu dia, ele relembra os testes pelos quais passou até que minha mãe por fim aceitasse se casar com ele, e como o amor entre os dois valeu a pena enquanto durou; ele vai ter que guardar o caderninho invisível que sempre saca quando eu dizia algo estúpido, prometendo me envergonhar na frente dos meus futuros filhos, embora eu nunca visse crianças como parte do meu futuro; e ele vai deixar de ser pai, ou ao menos não vai ter mais ninguém para criar.

Solto sua mão, seguro uma caneta que está no gaveteiro ao lado, pego a nossa foto e escrevo no verso com a mão trêmula:

Obrigado por tudo, pai.
Vou ser corajoso e vou ficar bem.
Te amo agora e para sempre.
Mateo

Deixo a foto sobre o gaveteiro.

Alguém bate na porta. Eu me viro, esperando ver Rufus, mas é Elizabeth, a enfermeira do meu pai. Ela tem cuidado dele durante o turno da noite, e sempre é muito paciente comigo quando ligo para o hospital querendo notícias.

— Mateo? — Ela me observa com melancolia; já deve estar sabendo.

— Oi, Elizabeth.

— Desculpa interromper. Como você está se sentido? Quer que eu ligue para o refeitório para saber se já tem gelatina pronta?

É, com certeza ela já sabe.

— Não, obrigado. — Volto a atenção para o meu pai, tão vulnerável e quieto. — Como ele está?

— Estável. Sem motivos para se preocupar. Ele está em boas mãos, Mateo.

— Eu sei.

Passo os dedos pelo gaveteiro do meu pai, onde estão suas chaves, carteira e roupas. Sei que preciso dizer adeus. E não digo isso pelo fato de Rufus estar me esperando lá fora — meu pai não ia querer que eu passasse meu Dia Final neste quarto, mesmo se ele estivesse acordado.

— Você já sabe sobre mim, né?

— Sei. — Elizabeth cobre o corpo magro do meu pai com um lençol novo.

— Não é justo. Eu não quero partir sem ouvir a voz dele.

Elizabeth está no lado oposto da cama, as costas viradas para a janela enquanto as minhas estão viradas para a porta.

— Você pode me contar um pouco sobre ele? Tenho cuidado do seu pai durante as últimas semanas e tudo o que sei sobre sua vida pessoal é que ele usa meias sem par e tem um filho incrível.

Espero que Elizabeth não esteja pedindo isso porque acha que meu pai não vai acordar para lhe contar. Não quero que ele morra logo depois de mim. Certa vez, ele me disse que histórias podem tornar uma pessoa imortal desde que haja alguém disposto a escutá-las. Quero que ele me mantenha vivo do mesmo jeito que ele fez com a minha mãe.

— Meu pai ama fazer listas. Ele queria que eu criasse um blog para as listas dele. Achava que ficaríamos ricos e famosos, e que os leitores iriam pedir por listas especiais. Ele até acreditava que um dia iria aparecer na TV por causa das listas. Aparecer na TV era um sonho dele desde criança. Nunca tive coragem de lhe dizer que suas listas não eram tão engraçadas, mas eu gostava de ver como sua mente funcionava e ficava tão feliz toda vez que ele me entregava uma nova para ler. Ele era um ótimo contador de histórias. Às vezes me dava até arrepios, parecia que eu estava caminhando com ele na praia onde ele pediu minha mãe em casamento pela primeira vez...

— Pela *primeira* vez?

Rufus. Eu me viro e o vejo recostado na porta.

— Desculpa por bisbilhotar. Só vim ver como você estava.

— Não se preocupe. Pode entrar. Elizabeth, esse é o Rufus, meu... meu Último Amigo. — Espero que ele esteja falando sério sobre querer checar como eu estava, e não se despedir e sugerir irmos cada um para o seu canto.

Rufus recosta na parede com os braços cruzados.

— Então, e o pedido de casamento?

— Minha mãe recusou duas vezes. Meu pai disse que ela gostava de bancar a difícil. Então ela descobriu que estava grávida de mim e ele se ajoelhou no banheiro, ela sorriu e disse sim.

Eu gostava tanto daquele momento.

Sei que eu não estava lá, mas a lembrança que criei na minha mente ao longo dos anos era muito nítida. Não sei direito como era o banheiro, já que foi no primeiro apartamento deles, apertado como uma lata de sardinha, mas meu pai sempre comentava sobre como as paredes eram um pouco douradas, o que, para mim, sempre significou amarelo desbotado, e ele dizia que o piso era xadrez. E, então, tinha a minha mãe, que sempre ganhava vida nas histórias dele. Nesta, em específico, ela está rindo e chorando, garantindo que não vou chegar a este mundo como um bastardo, por causa das tradições da família dela. Aquilo nunca fez diferença para mim. Essa coisa toda de filho bastardo é muito estúpida.

— Querido, queria poder acordá-lo para você. Queria muito.

Uma pena que a vida não nos permite girar suas engrenagens como um relógio, quando precisamos de mais tempo.

— Posso ficar sozinho com ele por só mais dez minutos? Acho que já sei como me despedir.

— Leve o tempo que precisar, cara — diz Rufus.

Isso é surpreendente e generoso.

— Não — respondo. — Me dá dez minutos e vem me buscar.

Rufus assente.

— Deixa comigo.

Elizabeth apoia a mão no meu ombro e fala:

— Vou estar na recepção se você precisar de alguma coisa.

Os dois se encaminham para a porta, que se fecha quando eles deixam o quarto.

Seguro a mão do meu pai.

— Agora é a minha vez de contar uma história. Você sempre me perguntou, implorou até, para que eu contasse para você mais sobre a minha vida e sobre os meus dias, e sempre me recusei. Mas agora eu sou o único que pode falar, e estou cruzando os dedos das mãos, dos pés e o que mais for possível para que você possa me escutar.

Aperto a mão dele, desejando que ele pudesse apertar de volta.

— Pai, eu...

Fui ensinado a ser sincero, mas a verdade pode ser complicada. Não importa se a verdade não vai causar uma confusão, às vezes as palavras não saem até que você esteja sozinho. Mas nem assim é garantido. Às vezes a verdade é um segredo que você guarda de si mesmo porque viver uma mentira é mais fácil.

Eu murmuro "Take This Waltz" do Leonard Cohen, uma daquelas músicas que nunca se aplicaram a mim, mas que me ajudam a descontrair mesmo assim. Canto as partes de que me lembro, tropeçando em algumas palavras e repetindo outras fora do lugar, mas é uma música que meu pai amava e espero que ele me escute cantando, já que não pode cantar.

RUFUS
4h46

Estou sentado do lado de fora do quarto do pai de Mateo no hospital, encarregado de avisar quando for a hora de ir embora. Tirá-lo do apartamento foi uma coisa, mas é provável que eu tenha que nocautear o cara e arrastá-lo para fora do hospital; teriam que fazer o mesmo comigo se quisessem me separar dos meus pais, em coma ou não.

A enfermeira, Elizabeth, olha para o relógio e depois para mim antes de levar uma bandeja de comida com cheiro rançoso para outro quarto.

Hora de buscar o Mateo.

Eu me levanto do chão e abro a porta. Mateo está segurando a mão do pai e cantando uma música que nunca ouvi antes. Dou uma batida na porta e Mateo pula de susto.

— Desculpa, cara. Tudo bem aí?

Mateo se levanta e seu rosto está vermelho, como se nós tivéssemos entrado em uma briga e eu tivesse acabado com ele na frente de uma porrada de gente.

— Tudo. Tudo bem. — É uma mentira descarada. — Deixa eu arrumar as coisas aqui. — Ele leva um minuto para soltar a mão do pai, quase como se o homem o estivesse puxando de volta, mas Mateo consegue se soltar. Pega uma prancheta e a apoia em uma prateleira sobre a cama.

— Meu pai em geral deixa a faxina para os domingos, porque odeia chegar em casa do trabalho e ter que trabalhar ainda mais. Nos finais de semana, nós limpamos a casa e depois fazemos maratonas merecidas de séries.

Mateo olha em volta e o resto do quarto me parece bem limpo. Quer dizer, não tão limpo a ponto de a gente comer algo que caiu no chão, mas isso é mais por ser um hospital.

— Se despediu dele?

Mateo assente.

— Mais ou menos. — Ele caminha em direção ao banheiro. — Deixa eu ver se está tudo limpo aqui.

— Tenho certeza de que está.

— É melhor garantir que ele terá copos limpos quando acordar.

— Vão cuidar bem dele aqui.

— Talvez ele precise de um lençol mais quentinho. Não é como se ele pudesse reclamar se estiver com frio.

Caminho até Mateo e o seguro pelos ombros, tentando acalmá-lo, porque ele está tremendo.

— Ele não quer que você fique aqui, está bem?

Mateo franze o cenho e seus olhos ficam vermelhos. Vermelhos de tristeza, não de raiva.

— Não foi isso que eu quis dizer. Eu falo coisas idiotas. Ele não quer que você desperdice seu tempo aqui. Olha, você teve sua oportunidade para se despedir, eu não tive isso com a minha família. Demorei muito tempo tentando decidir o que dizer. Fico feliz por você, mas também cheio de inveja. E, se isso não for o bastante para tirar você daqui, eu preciso de você. Preciso de um amigo ao meu lado.

Mateo olha o quarto à sua volta mais uma vez, sem dúvidas tentando se convencer de que precisa esfregar a privada neste exato momento, ou garantir que todos os copos do hospital estejam impecáveis para que seu pai não acabe recebendo um sujo, mas aperto seus ombros e o acordo desse transe. Ele vai até a cama e dá um beijo na testa do pai.

— Adeus, pai.

Mateo anda de costas, arrastando os pés, e acena uma despedida para o pai dormindo. Meu coração está acelerado, e eu sou um mero observador deste momento. Mateo deve estar prestes a explodir. Repouso a mão sobre seu ombro e ele recua.

— Desculpa — diz ele, na soleira da porta. — Queria muito que ele acordasse hoje, bem a tempo, sabe?

Eu não acredito que isso vá acontecer, mas ainda assim concordo com um gesto de cabeça.

Deixamos o quarto, e Mateo espia uma última vez antes de fechar a porta.

MATEO
4h58

Paro na esquina do hospital.

Ainda dá tempo de voltar correndo para o quarto do meu pai e passar o dia lá. Mas não é justo colocar a vida dos outros no hospital em risco, já que sou uma bomba relógio ativada. Não acredito que estou aqui fora de novo, em um mundo que vai me matar, acompanhado por um Último Amigo que também está ferrado.

Essa coragem não vai durar muito tempo.

— Você está bem? — pergunta Rufus.

Faço que sim com a cabeça. Queria muito poder ouvir música agora, ainda mais depois de cantar no quarto do meu pai. Morro de vergonha porque Rufus me pegou cantando, mas tudo bem, tudo bem. Ele não disse nada, então talvez nem tenha escutado muita coisa. O constrangimento daquilo tudo me deixa ainda mais ansioso para ouvir música, para me esconder em algo que sempre foi muito solitário para mim. Outra favorita do meu pai é "Come What May", que minha mãe cantou para ele e para mim, ainda na sua barriga, durante um banho que eles tomaram juntos antes de a bolsa dela estourar. A frase sobre amar alguém até o fim dos tempos é assustadora. Dá para dizer o mesmo sobre outra música preferida minha, "One Song", do musical *Rent*. É ainda mais esquisito querer tocá-la agora, ainda mais sendo um Terminante, já que é uma música sobre oportunidades perdidas, vidas vazias, e o tempo acabando. Minha frase favorita da música é *"One song before I go..."*. Uma canção antes que eu vá...

— Desculpa se pressionei você para sair — acrescenta Rufus. — Você me pediu para tirar você de lá, mas não sei se estava falando sério.

— Estou feliz por você ter feito isso — confesso.

Era o que meu pai gostaria que eu fizesse.

Olho para os lados antes de atravessar a rua. Não há nenhum carro, mas um homem na esquina está rasgando sacos de lixo de maneira frenética, como se o caminhão de coleta estivesse chegando a qualquer momento para levar o lixo embora. Pode ser que ele esteja procurando algo que jogou fora sem querer, mas a julgar pela perna rasgada da sua calça jeans e pela sujeira no casaco cor de ferrugem, suponho que seja sem-teto. O homem encontra uma laranja comida pela metade, enfia debaixo do braço e continua revirando os sacos de lixo. Ele olha para a gente conforme nos aproximamos da esquina.

— Vocês têm um dólar? Qualquer trocado?

Mantenho a cabeça baixa, assim como Rufus, e passamos direto pelo homem. Ele não nos chama nem diz mais nada.

— Quero dar um dinheirinho para ele — digo a Rufus, embora esteja nervoso de fazer aquilo sozinho. Procuro nos bolsos e encontro dezoito dólares. — Você também tem algum dinheiro para ele?

— Sem querer ser babaca, mas por quê?

— Porque ele precisa — respondo. — Ele está revirando o lixo atrás de comida.

— Talvez ele nem seja sem-teto. Eu já fui enganado assim antes.

Eu paro.

— Também já mentiram para mim. — E também já cometi o erro de ignorar outras pessoas pedindo ajuda, não é justo. — Não estou falando para você dar todas as suas economias para ele, só alguns trocados.

— Quando enganaram você?

— Eu estava no quinto ano, caminhando para a escola. Um cara me pediu um dólar, e quando peguei meu dinheiro da merenda, cinco dólares, ele me deu um soco na cara e levou tudo. — Estou envergonhado de confessar que fiquei arrasado na escola, chorando tanto que meu pai teve que sair do trabalho e ir me visitar na enfermaria para ver como eu estava. Ele chegou a me acompanhar para a escola por duas semanas depois disso e me implorou para que eu fosse mais cuidadoso com estranhos, ainda mais se houvesse dinheiro envolvido. — Só acho que não é meu papel julgar quem precisa de verdade de ajuda ou não, como se eles precisassem dançar ou cantar uma música para provar que merecem. Pedir ajuda quando você precisa deveria ser o bastante. E o que é um dólar? A gente recupera esse dinheiro depois.

Não vamos recuperar esse dinheiro depois, mas se Rufus for esperto (ou paranoico) como eu, ele também deve ter mais dinheiro do que o necessário no banco. Não consigo decifrar sua expressão, mas ele para a bicicleta e leva o apoio de pé ao chão.

— Vamos nessa, então.

Ele procura nos bolsos e encontra vinte dólares em dinheiro. Rufus anda na frente e o sigo, meu coração acelerado, com um pouco de medo de o homem nos atacar. Rufus para a meio metro de distância e gesticula para mim, bem no momento em que o homem se vira e o olhar dele encontra o meu.

Rufus quer que eu fale.

— Senhor, isso é tudo que nós temos. — Pego os vinte dólares de Rufus e entrego o dinheiro.

— Não brinca comigo. — Ele olha em volta, como se eu estivesse pregando uma peça nele. Aceitar ajuda não deveria deixar alguém desconfiado.

— De forma alguma, senhor. — Dou um passo em direção a ele, e Rufus continua do meu lado. — Sei que não é muito, desculpe.

— Isso é...

O homem se aproxima de mim e juro que vou morrer de ataque cardíaco, é como se meus pés estivessem colados em uma pista de corrida e uma dúzia de carros viesse em minha direção em borrões coloridos, mas ele não me machuca. Ele me abraça, deixando a laranja que estava debaixo do braço cair no chão. Levo um minuto para voltar a sentir meus nervos e músculos, mas o abraço, e tudo neste homem, desde sua altura até seu corpo magro, lembra o meu pai.

— Obrigado. Obrigado — repete ele.

Quando o homem me solta, não sei se seus olhos estão vermelhos porque ele não tem uma cama e está muito cansado, ou se está chorando, mas não me intrometo porque ele não precisa provar nada para mim. Queria ter sempre me comportado daquela maneira.

O homem assente para Rufus e guarda o dinheiro no bolso. Ele não pede por mais nada; ele não me bate. Vai embora, os ombros um pouco mais aprumados. Queria ter perguntado seu nome, ou ao menos me apresentado.

— Boa pedida — comenta Rufus. — Tomara que o carma lhe retribua por causa disso, mais tarde.

— Isso não tem nada a ver com carma. Não estou tentando descolar uns pontos de Pessoa Boa. — Não se deve doar para a caridade, ajudar pessoas mais velhas a atravessar a rua, nem resgatar filhotes abandonados na esperança de ser recompensado depois. Posso não conseguir curar o câncer ou acabar com a fome no mundo, mas pequenos atos de gentileza são capazes de se espalhar. Claro que não vou falar nada disso para Rufus, já que o pessoal da minha turma costumava me zoar por dizer esse tipo de coisa, e ninguém deveria se sentir mal por tentar ser bom. — Acho que fizemos o dia dele só por não fingirmos que ele era invisível. Obrigado por enxergar esse homem comigo.

— Só espero ter ajudado a pessoa certa — responde Rufus.

Assim como Rufus não pode esperar que eu seja corajoso do nada, não posso esperar que ele seja generoso do nada.

Estou aliviado por Rufus não comentar a respeito da nossa morte. Roubaria um pouco do valor da situação se aquele homem achasse que só estávamos dando tudo o que tínhamos porque podemos não precisar de mais nada daqui a dez minutos.

Talvez ele consiga confiar mais nos outros depois de ter nos encontrado hoje. E ele, com certeza, me ensinou a confiar também.

DELILAH GREY
5h00

A Central da Morte ligou para Delilah Grey às 2h52 para avisar que ela vai morrer hoje, mas ela não sabe se é verdade. Delilah não está em algum tipo de estágio de negação do luto. Aquilo só poderia ser uma pegadinha cruel do seu ex, um funcionário da Central da Morte tentando assustá-la por ela ter terminado o noivado de anos na noite anterior.

Esse tipo de brincadeira é ilegal. Uma fraude como essa pode deixá-lo na cadeia por, no mínimo, vinte anos e impedi-lo de arrumar outro emprego pelo resto da vida. Fazer uma coisa dessas como funcionário da Central da Morte era, bem… letal.

Delilah não consegue acreditar que Victor seria capaz de abusar do seu poder desse jeito.

Ela deleta o e-mail com o registro da sua ligação com o mensageiro, Mickey, que ela xingou antes de desligar o telefone. Ela pega o celular, tentada a ligar para Victor. Balança a cabeça e coloca o aparelho perto do travesseiro no lado da cama onde Victor sempre dormia quando passava a noite em sua casa. Delilah se recusa a dar ao ex a satisfação de pensar que ela ficou paranoica, o que ela não está. Se ele espera que ela acesse o centraldamorte.com para conferir se seu nome está mesmo registrado no site como uma Terminante, ou que ligue para ele com uma ameaça jurídica até que ele confesse que Mickey é um amigo do trabalho recrutado para assustá-la, Victor vai esperar por muito tempo — e ela tem tempo de sobra.

Delilah está seguindo em frente com seu dia porque, assim como não hesitou na hora de terminar o noivado, não vai hesitar por causa dessa ligação idiota.

Ela vai ao banheiro e escova os dentes enquanto admira o cabelo no espelho. Seu cabelo é vibrante — vibrante *demais*, segundo seu chefe. Há algumas semanas, ela vinha precisando de uma mudança, ignorando a voz interior que a mandava terminar com Victor. Pintar o cabelo era mais fácil. Menos lágrimas envolvidas. Quando a cabeleireira perguntou o que ela queria, Delilah pediu a coloração aurora boreal. A combinação de cor-de-rosa, roxo, verde e azul precisava de um retoque, mas isso poderia esperar até a próxima semana, quando suas tarefas estivessem em dia.

Ela volta para a cama e abre o notebook. Terminar com Victor na noite passada, antes do turno dele, havia a afastado do próprio trabalho. Ela estava escrevendo uma crítica da nova temporada de um seriado para a revista *Infinite Weekly*, onde trabalhava como assistente editorial desde que se formou na faculdade na última primavera. Delilah não é muito fã de *Casa dos hipsters*, mas aquela série atraía mais cliques do que todo o elenco de *Jersey Shore*, e alguém precisava escrever aquele artigo porque os editores estavam ocupados demais cobrindo as franquias mais importantes. Ela estava ciente de como era sortuda por receber todo aquele trabalho, e por ter um emprego no geral, levando em conta que era uma recém-contratada que já havia perdido diversos prazos porque se encontrava preocupada demais planejando o casamento com uma pessoa que conhecia há apenas catorze meses.

Delilah liga a TV para rever aquela estreia de um absurdo imenso — um desafio em uma cafeteria lotada do Brooklyn onde os hipsters precisam escrever contos em grupo usando uma máquina de escrever —, mas antes de ligar o aparelho de DVD, um âncora do noticiário compartilha algo digno de notícia, levando em conta sua área de interesse.

— ... e nós entramos em contato com a assessoria dele em busca de uma declaração. O ator de 25 anos pode ter interpretado o jovem vilão da franquia de sucesso *Scorpius Hawthorne*, sobre um bruxo demoníaco, mas os fãs ao redor do mundo estão demonstrando muito carinho por Howie Maldonado na internet. Nos siga no Twitter e no Facebook para atualizações sobre esta história em andamento.

Delilah pula da cama, o coração acelerado.

Ela não vai esperar por atualizações da história em andamento.

Delilah é quem vai escrever a história.

MATEO
5h20

Vou até o caixa eletrônico na esquina enquanto Rufus me protege. Ainda bem que meu pai teve o bom senso de me mandar ir ao banco para fazer um cartão de débito quando completei dezoito anos. Saco quatrocentos dólares, o limite máximo deste caixa. Meu coração bate forte enquanto guardo o dinheiro em um envelope para Lidia, rezando para que ninguém apareça do nada apontando uma arma para mim e exigindo o dinheiro — sabemos muito bem como isso terminaria. Pego o recibo, decorando que ainda tenho 2.076,27 dólares na minha conta e rasgo o papel. Não preciso de tanto dinheiro. Posso sacar mais para Lidia e Penny em outro caixa eletrônico ou direto no banco, quando estiver aberto.

— Acho que ainda é cedo demais para visitar Lidia — digo. Dobro o envelope e o guardo no bolso. — Ela vai perceber que tem alguma coisa errada. Mas a gente pode ficar esperando no saguão do prédio dela.

— Sem essa, cara. Não vamos ficar sentados no saguão da sua amiga porque você não quer atrapalhar. São cinco da manhã, vamos comer. Uma possível Última Ceia. — Rufus vai na frente. — Meu restaurante preferido fica aberto 24 horas.

— Me parece uma boa ideia.

Sempre fui um grande fã das manhãs. Acompanho um monte de páginas no Facebook sobre as manhãs em outras cidades ("Bom dia, São Francisco!") e países ("Bom dia, Índia!"), e não importa a hora, minha timeline está sempre cheia de fotos de prédios brilhantes, café da manhã e pessoas começando seus dias. Há um ar de novidade que chega com o nascer do sol, e mesmo que exista a possibilidade de eu não viver até o dia firmar ou ver os raios de sol atravessando as árvores do parque, devo encarar o dia de hoje como uma longa manhã. Preciso acordar e começar meu dia.

As ruas estão muito vazias a esta hora. Não tenho aversão a pessoas, só não tenho coragem de cantar na frente dos outros. Se estivesse sozinho agora, é bem provável que botasse uma música depressiva para tocar e cantasse junto. Meu pai me ensinou que está tudo bem se entregar às suas emoções, mas é preciso lutar contra os sentimentos ruins também. No dia seguinte à internação dele no hospital, eu escutei músicas positivas e comoventes, como "Just the Way You Are" do Billy Joel, para que não me sentisse tão desamparado.

Chegamos ao Cannon Café. Há uma placa triangular sobre a porta com um logotipo ilustrado em que um canhão dispara um cheeseburger na direção do nome do restaurante, com batatas fritas explodindo em volta feito fogos de artifício. Rufus acorrenta a bicicleta no parquímetro e o sigo para dentro da lanchonete quase vazia, sentindo na mesma hora o cheiro de ovos mexidos e rabanada.

Uma recepcionista de olhos cansados nos cumprimenta, dizendo que podemos nos sentar em qualquer mesa. Rufus passa por mim e vai direto para o fundo, escolhendo uma cabine para dois ao lado do banheiro. Os bancos de couro azul-marinho estão rasgados em vários lugares, o que me lembra do sofá que tínhamos quando eu era criança; eu puxava o tecido do estofado sem perceber, até que chegou ao ponto em que havia tanto enchimento exposto que meu pai teve que jogá-lo fora, trocando-o pelo sofá que temos até hoje.

— Esse é o meu canto — explica Rufus. — Venho aqui uma ou duas vezes por semana. Dá até para eu dizer coisas tipo "vou querer o de sempre".

— Por que aqui? Esse é o seu bairro? — Me dou conta de que não tenho ideia de onde meu Último Amigo mora, ou de onde ele veio.

— Só nos últimos quatro meses. Acabei indo parar em um lar adotivo.

Não apenas sei muito pouco sobre Rufus, também não fiz nada por ele. Rufus mergulhou de cabeça na missão de me acompanhar durante a minha jornada: me buscou em casa, me levou e tirou do hospital e, em breve, vai comigo até a casa da Lidia. Essa Última Amizade está bem unilateral até o momento.

Rufus desliza o cardápio para mim.

— Tem um desconto para Terminantes na última página. Por incrível que pareça, é tudo de graça.

Isso é novo para mim. Em todas as publicações que li no *ContagemRegressiva*, os Terminantes vão para restaurantes cinco estrelas esperando um tratamento de realeza, cheio de refeições de graça, mas só recebem descontos. Que bom que Rufus voltou para cá.

Uma garçonete chega e nos cumprimenta. Seu cabelo loiro está penteado para trás em um coque apertado, e o broche preso em sua gravata amarela diz "Rae".

— Bom dia — cumprimenta ela com um sotaque sulista. Então tira a caneta de detrás da orelha e tenho um vislumbre da tatuagem em seu cotovelo (nunca vou crescer e superar meu medo de agulhas). Ela gira a caneta entre os dedos. — Ficaram acordados até tarde essa noite?

— Pode-se dizer que sim — responde Rufus.

— Me parece mais uma manhã que começou muito cedo — rebato.

Se Rae está mesmo interessada na diferença entre as duas situações, ela não demonstra.

— O que vão querer?

Rufus observa o cardápio.

— Você não tem um pedido de sempre? — pergunto a ele.

— Vou dar uma mudada hoje. Minha última chance e tal. — Ele solta o cardápio e olha para Rae. — O que você sugere?

— Como assim? Vocês receberam o alerta ou algo do tipo? — Sua risada dura pouco. Ela se vira para mim e abaixo a cabeça até ela se agachar ao nosso lado. — Não brinca. — Ela deixa a caneta e o bloquinho sobre a mesa. — Vocês estão bem, meninos? Doentes? Isso não é uma brincadeira só para conseguirem comida de graça, né?

Rufus balança a cabeça.

— Não, sem brincadeira. Venho sempre aqui e queria dar uma passadinha pela última vez.

— Vocês estão mesmo pensando em comida a uma hora dessas?

Rufus se inclina para ler o broche dela.

— Rae, o que você acha que eu deveria experimentar?

A garçonete se esconde atrás das próprias mãos, dá de ombros e murmura:

— Não sei. Que tal o Especial Completo? Vem batata frita, acompanhamentos, ovos, lombinho, macarrão... Tipo, vem tudo que existe na nossa cozinha.

— Nem brincando eu consigo comer isso tudo. Qual é o seu prato favorito daqui? — pergunta Rufus. — Por favor, não diz peixe.

— Gosto da salada com frango grelhado, mas é porque tenho estômago de passarinho.

— Vou querer uma dessas, então — decide Rufus. Ele olha para mim. — E você, Mateo?

Nem me dou ao trabalho de olhar o cardápio.

— Vou querer o que você sempre pede.

Assim como ele, estou torcendo para que não seja peixe.

— Mas você nem sabe o que é.

— Desde que não seja nuggets de frango, vai ser uma novidade para mim.

Rufus assente. Ele aponta para alguns itens do cardápio e Rae nos diz que voltará em breve, saindo com tanta pressa que deixa o bloquinho e a caneta. Nós a ouvimos dizer ao cozinheiro que nosso pedido é prioridade porque "temos Terminantes na casa". Não sei bem quem é nossa concorrência aqui — o cara nos fundos que já está bebendo café enquanto lê o jornal? Mas admiro a bondade de Rae, e me pergunto se Andrea da Central da Morte já foi como ela antes que o trabalho matasse sua compaixão.

— Posso perguntar uma coisa? — digo para Rufus.

— Não perca energia com perguntas assim. Pode chegar dizendo o que quiser.

Aquilo me parece meio rude, mas é um bom argumento.

— Por que você contou para Rae que estamos morrendo? Não acha que isso pode acabar com o dia dela?

— Talvez. Mas morrer está acabando com o meu dia e não há nada que eu possa fazer em relação a isso — afirma Rufus.

— Não vou contar para Lidia que estou morrendo.

— Isso não faz sentido. Não seja um monstro. Você tem a chance de se despedir, então aproveite.

— Não quero acabar com o dia da Lidia. Ela é mãe solo e já passou por muita coisa desde a morte do namorado.

Talvez eu não seja tão altruísta; talvez não contar a ela seja muito egoísmo, mas não vou conseguir, porque como você fala para a sua melhor amiga que não vai mais estar aqui amanhã? Como a convencer de me deixar sair para que eu tenha uma chance de viver antes de morrer?

Eu me recosto no banco, sentindo nojo de mim mesmo.

— Se essa é a sua decisão, eu a apoio. Não sei se ela vai ficar magoada ou não, você a conhece melhor que eu. Mas olha, precisamos parar de nos importar com como os outros vão reagir às nossas mortes e parar de questionar todas as nossas escolhas — diz ele.

— Mas e se for exatamente isso o que vai acabar com as nossas vidas? O fato de não questionar nossas ações? Você não tem uns pequenos surtos de vez em quando, pensando se a vida era melhor antes da Central da Morte?

Essa pergunta é sufocante.

— Era melhor? — rebate Rufus. — Talvez sim, talvez não. A resposta não importa e não muda nada. Só deixa rolar, Mateo.

Ele tem razão. Sou eu o responsável por isso. Estou me impedindo de avançar. Passei anos vivendo em segurança para garantir uma vida mais longa, e olha no que deu. Estou na volta final sem nunca ter participado da corrida.

Rae retorna com as bebidas, entrega a salada de frango grelhado para Rufus e coloca uma porção de batata-doce frita e rabanada na minha frente.

— Se precisarem de qualquer coisa, é só gritar o meu nome. Mesmo se eu estiver nos fundos ou com outro cliente, sou toda de vocês.

Nós a agradecemos, mas dá para ver que ela hesita em sair, quase como se quisesse se sentar ao nosso lado e conversar mais um pouco. Porém, por fim ela se recompõe e vai embora.

Rufus bate no meu prato com seu garfo.

— O que achou do meu pedido de sempre?

— Eu não como rabanada há anos. Em vez disso, meu pai fazia sanduíche de alface, bacon e tomate com tortilhas tostadas todas as manhãs. — Eu tinha meio que esquecido a existência de rabanadas, mas o cheiro de canela traz de volta lembranças de tomar café da manhã com meu pai na nossa mesa bamba enquanto escutávamos o noticiário ou conversámos sobre as listas dele. — Isso me parece perfeito. Quer um pouco?

Rufus assente, mas não se aproxima do meu prato. Sua cabeça está em outro lugar enquanto ele brinca com a salada, parecendo decepcionado e comendo apenas o frango. Ele larga o garfo e pega o bloco e a caneta que Rae deixou na mesa. Rabisca um círculo grande e diz:

— Queria viajar e tirar fotos pelo mundo.

Rufus está desenhando o planeta, as fronteiras dos países que ele nunca poderá visitar.

— Tipo um fotojornalista?

— Não. Queria fazer algo só meu.

— A gente pode ir na Arena de Viagens — sugiro. — É o melhor jeito de viajar pelo mundo em um único dia. O *ContagemRegressiva* fala muito bem de lá.

— Nunca li esse blog.

— Eu leio todo dia — confesso. — É reconfortante ver outras pessoas se libertando.

Rufus levanta os olhos do seu desenho, balançando a cabeça.

— Seu Último Amigo vai garantir que sua partida seja um estouro. Não um estouro ruim, nem um estouro daquele outro tipo, sabe, uma… explosão, se é que você me entende, mas um estouro bom. Nossa, isso não fez sentido algum.

— Eu entendi. — Acho.

— O que você se imaginava fazendo? Tipo, como profissão? — pergunta Rufus.

— Arquitetura. Queria construir casas e escritórios, estádios e parques. — Não conto a ele sobre como nunca quis trabalhar em nenhum desses escritórios, nem que também sonhava em me apresentar em um dos estádios construídos por mim. — Eu brincava muito de Lego quando era criança.

— Eu também. Minhas naves espaciais sempre desmontavam. Aqueles pilotos de cabeça amarela e sorridentes não tinham a menor chance. — Rufus se estica, pega um pedaço de rabanada e prova, saboreando a garfada com a cabeça baixa e os olhos fechados. É difícil ver alguém provando sua comida preferida pela última vez.

Preciso me recompor.

Em geral, as coisas pioram antes de melhorarem, mas hoje precisa ser diferente.

Quando terminamos de comer, Rufus fica de pé e chama Rae.

— Pode trazer a conta quando tiver um tempinho?

— É por conta da casa — responde ela.

— Por favor, deixe a gente pagar. Seria muito importante para mim — peço.

Espero que ela não ache que estou bancando o culpado.

— Para nós — completa Rufus.

Ele pode não conseguir vir aqui de novo, mas queremos garantir que o lugar ficará aberto para os outros pelo máximo de tempo possível, e dinheiro é o que paga as contas.

Rae assente de maneira enfática e nos entrega a conta. Eu lhe dou meu cartão de débito e, quando ela volta, acrescento uma gorjeta que é o triplo do valor das nossas refeições baratas.

Tenho menos de dois mil dólares depois de pagar a conta. Posso não conseguir mudar a vida de ninguém com esse dinheiro, mas toda ajuda é bem-vinda.

Rufus guarda seu desenho do mundo no bolso.

— Pronto?

Continuo parado.

— Levantar significa sair — digo.

— É verdade.

— Sair significa morrer — acrescento.

— Nada disso. Sair significa sair antes que você morra. Vamos nessa.

Fico de pé, agradecendo a Rae, seu ajudante e a recepcionista enquanto saímos.

Hoje é uma longa manhã. Mas preciso ser o tipo de pessoa que acorda e sai da cama. Olho as ruas vazias à minha frente, caminhando em direção a Rufus e sua bicicleta, caminhando em direção à morte a cada minuto perdido, caminhando contra um mundo que está contra nós.

RUFUS
5h53

Não vou mentir, Mateo é legal, neurótico e uma boa companhia, mas teria sido incrível ter me sentado no Cannon Café pela última vez com os Plutões, conversando sobre tudo de bom e ruim que vivemos juntos. Mas era arriscado demais. Eu sabia das coisas e não queria correr o risco de um deles sair prejudicado.

Mesmo assim, eles bem que podiam me mandar uma mensagem.

Solto minha bicicleta e a empurro pela rua. Atiro o capacete para Mateo que quase o deixa cair.

— Então, para que lado a Lidia mora mesmo?

— Por que você está me dando isso? — pergunta Mateo.

— Para você não abrir a cabeça se cair da bicicleta. — Eu me acomodo no selim. — Seria horrível se seu Último Amigo acabasse matando você.

— Isso não é uma bicicleta para dois.

— Tem apoio para os pés — argumento, indicando a roda traseira.

Tagoe sempre pegava carona ali, confiando que eu não iria bater em nenhum carro e jogá-lo para fora da bicicleta.

— Você quer mesmo que eu fique de pé na parte de trás da bicicleta enquanto você pedala no escuro?

— Enquanto usa um capacete — completo.

Puta merda, eu realmente achei que Mateo estava pronto para se arriscar.

— Não. Essa bicicleta vai ser a causa da nossa morte.

Esse dia estava mesmo deixando o cara pirado.

— Não vai, não. Confia em mim. Pedalei essa bicicleta todos os dias por quase dois anos. Sobe aí, Mateo.

Ele está muito hesitante, isso é óbvio, mas ainda assim coloca o capacete. Sinto uma pressão ainda maior para ser cuidadoso, porque eu odiaria receber um "eu avisei!" no que houver depois da morte. Mateo segura meus ombros, se apoiando neles enquanto monta na bicicleta. Ele está botando a coragem para jogo, e isso me deixa orgulhoso. É quase como tirar um passarinho do ninho — ou até mesmo empurrá-lo, porque ele já deveria ter aprendido a voar anos atrás.

Uma mercearia no fim do quarteirão está abrindo as portas enquanto a lua continua lá no alto, sobre um banco mais para a frente. Eu faço força no pedal quando Mateo pula para fora da bicicleta.

— De jeito nenhum. Vou andando. E acho que você deveria fazer o mesmo. — Ele desafivela o capacete, tira da cabeça e devolve para mim. — Desculpa. Estou com uma sensação esquisita e preciso confiar nos meus instintos.

Eu deveria ter botado o capacete e pedalado. Deixar Mateo visitar Lidia, e ir fazer minhas coisas, seja lá o que fossem. Mas, em vez de seguir meu caminho, penduro o capacete no guidão e desço da bicicleta.

— Vamos andando, então. Não sei quanta vida ainda temos e não quero desperdiçá-la.

MATEO
6h14

Eu já sou o pior Último Amigo de todos os tempos. Chegou a hora de me tornar o pior melhor amigo.

— Isso vai ser horrível — digo.

— Horrível porque você não vai contar sobre a sua morte?

— Ainda não morri. — Viro a esquina. O apartamento de Lidia está a alguns quarteirões de distância. — E não, não é isso.

O céu está finalmente ficando mais claro, a luz alaranjada do meu último nascer do sol prestes a surgir.

— Lidia ficou arrasada quando descobriu que o namorado-futuro-marido ia morrer. Ele nunca chegou a conhecer a Penny.

— Penny é a filha deles, então — presume Rufus.

— É. Ela nasceu uma semana depois da morte de Christian.

— Como foi? A ligação e tal. Se for um assunto muito pessoal não precisa me contar. A ligação da minha família foi um pesadelo e eu não sou muito fã de falar sobre isso também.

Estou prestes a compartilhar a história, desde que ele prometa não contar a ninguém, ainda mais para Lidia, quando me dou conta de que Rufus vai levar essa história para o túmulo. A menos que ele seja um fantasma fofoqueiro, é seguro contar tudo para ele.

— Christian estava viajando para a Pensilvânia para vender umas adagas e espadas esquisitas que ele herdou do avô para um colecionador.

— Adagas e espadas esquisitas em geral valem uma boa grana — comentou Rufus.

— Lidia não queria que ele fosse, porque ela estava tendo uns ataques de histeria, mas Christian jurou que o dinheiro valeria a pena a longo prazo. Eles poderiam comprar um berço melhor, fraldas e leite em pó para os meses seguintes, além das roupinhas. Ele viajou, passou a noite na Pensilvânia e acordou por volta de uma da manhã com o alerta. — Sinto um aperto no peito por reviver essa história, todas as lágrimas e os gritos. Paro um pouco e me apoio em um muro para descansar. — Christian tentou ligar para Lidia, mas ela passou a noite dormindo. Ele mandou mensagens sempre que podia. Pegou carona com um caminhoneiro Terminante, e os dois morreram enquanto tentavam voltar para as suas famílias na cidade.

— Puta merda! — exclama Rufus.

Lidia ficou inconsolável. Ela lia as últimas mensagens frenéticas de Christian de maneira obsessiva e se odiou por não ter acordado com as ligações. Ela teria tido a oportunidade de vê-lo uma última vez através do Véu — um aplicativo de chamadas de vídeo que consome a bateria muito rápido, porém cria uma conexão de rede muito forte para qualquer um que esteja com sinal fraco, como um Terminante no meio da estrada a caminho de casa —, mas ela perdeu aquelas chamadas também.

Não sei se é verdade, mas pelo jeito como Lidia falava de Penny no começo, parecia que ela culpava a filha por deixá-la tão cansada no final da gravidez, a ponto de dormir durante as últimas horas de vida do namorado. Mas sei que ela só estava de luto e não sente mais isso.

Desde então, Lidia largou o ensino médio para cuidar de Penny em tempo integral no apartamento pequeno onde mora com a avó. Ela não é muito próxima dos pais, e os de Christian moram na Flórida. Sua vida já é desafiadora o bastante sem ter que lidar com mais uma despedida. Só quero ver minha melhor amiga pela última vez.

— Isso é de partir o coração — acrescenta.

— Foi mesmo. — Vindo dele, aquilo significa muito. — Deixa eu ligar para ela. — Me afasto um pouco para ter privacidade.

Aperto o botão *Ligar*.

Não consigo acreditar que não estarei aqui com a Penny caso algo ruim aconteça com minha amiga, mas também fico um pouco aliviado por não ter que lidar com o dia em que Lidia receberá seu alerta.

— Mateo? — atende Lidia, ainda sonolenta.

— É, sou eu. Você estava dormindo? Desculpa, pensei que Penny já estaria acordada a uma hora dessas.

— Ah, ela está. Eu que estou sendo a Melhor Mãe do Ano e me escondendo debaixo do travesseiro enquanto ela fala sozinha no berço. Por que você está acordado tão cedo?

— Eu... Fui visitar meu pai. — Não era mentira, afinal.

— Posso passar aí rapidinho? Estou no seu bairro.

— Claro, por favor!

— Legal. Vejo você daqui a pouco.

Chamo Rufus e nós caminhamos para o apartamento dela. É o tipo de lugar onde o zelador fica na escada lendo jornal quando é óbvio que existe muito trabalho a ser feito, tipo varrer e passar pano no chão, consertar a lâmpada que está piscando no corredor e espalhar ratoeiras. Mas Lidia não se importa. Ela até gosta da brisa que passa por aqui nas noites de chuva e acabou se apegando à gata da vizinha, Chloe, que passeia pelos corredores e assusta os ratos. Lar doce lar, sabe como é.

— Vou subir sozinho — digo a Rufus. — Você vai ficar bem aqui embaixo?

— De boa. Tenho que ligar para os meus amigos de qualquer forma. Eles não responderam a nenhuma mensagem desde que eu fui embora.

— Não vou demorar — prometo.

E ele não me diz para levar quanto tempo for preciso.

Subo as escadas correndo, quase caindo de cara em um degrau antes de me segurar no corrimão, pairando a um centímetro do que poderia ter sido minha morte. Não posso me apressar por causa de Lidia no meu Dia Final. A urgência pode acabar me matando. Quase foi o caso agora. Chego no terceiro andar e bato na porta. Penny está gritando lá de dentro.

— ESTÁ ABERTA!

Entro no apartamento, que tem cheiro de leite e roupa lavada. Há um cesto de roupas ao lado da porta, já transbordando. Embalagens vazias de leite para bebê também estão no chão. E dentro do cercadinho está Penny, que não tem a pele marrom-clara como a de sua mãe colombiana, mas o tom pálido de Christian, só que agora ela está vermelha de tanto gritar. Lidia está na cozinha, esquentando uma mamadeira em banho-maria.

— Você foi enviado por Deus — cumprimenta Lidia.

— Eu até daria um abraço em você, mas não escovo os dentes desde domingo.

— Você deveria escovar, então.

— Ei, gostei da camisa! — Lidia prende o bico no topo da mamadeira e a joga para mim, bem no momento em que Penny começa a gritar mais alto. — Pode dar para ela. Penny fica irritada se não segurar a mamadeira. — Lidia amarra o cabelo bagunçado com um elástico e corre para o banheiro. — Ai, meu Deus, vou poder fazer xixi sozinha. Mal posso esperar.

Eu me ajoelho na frente de Penny e ofereço a mamadeira a ela. Seus olhos castanho-escuros são cheios de teimosia, mas quando ela pega a mamadeira da minha mão e se senta em um ursinho de pelúcia, sorri e deixa seus quatro dentes de bebê visíveis antes de começar a mamar. Todos os livros sobre bebês dizem que Penny já passou da idade de tomar leite de bebê, mas ela resiste à mudança. Acho que temos isso em comum.

Lidia sai do banheiro com a escova de dentes enfiada na boca e coloca pilhas em uma borboleta de brinquedo. Ela está me pedindo alguma coisa, mas a espuma de pasta de dente e saliva escorrem pelo queixo e ela vai até a pia da cozinha cuspir.

— Foi mal. Nojento. Quer café da manhã? Você está tão magrinho. Eca, pareci sua mãe agora. — Ela balança a cabeça. — Meu Deus, você entendeu o que eu quis dizer. Pareci maternal agora.

— Sem problemas, Lidia. E já comi, mas obrigado mesmo assim. — Cutuco os pés de Penny enquanto ela bebe, e ela abaixa a mamadeira para rir. E então balbucia alguma coisa que eu tenho certeza de que faz sentido para ela e volta a mamar.

— Adivinha quem recebeu o alerta? — pergunta Lidia, balançando o celular.

Fico paralisado enquanto seguro o pé de Penny. Não tem como Lidia saber que estou morrendo e falar que já sabe com tanta tranquilidade.

— Quem?

— Howie Maldonado! — Lidia olha o celular. — Os fãs estão arrasados.

— Imagino. — Divido o Dia Final com meu vilão fictício favorito. Não sei o que fazer com essa informação.

— Como está o seu pai?

— Estável. Continuo esperando por um daqueles milagres de filme em que ele escuta minha voz e acorda de repente, mas é claro que isso não aconteceu. Agora é só esperar. — Falar sobre isso está me destruindo por dentro.

Sento ao lado do cercadinho e apanho alguns bichos de pelúcia (uma ovelha sorridente, uma coruja amarela) e brinco com eles na frente de Penny antes de fazer cócegas nela. Nunca terei momentos como esse com meus filhos.

— Sinto muito por isso. Mas ele vai se recuperar. Seu pai é fodão. Eu sempre digo a mim mesma que ele só está tirando uma soneca porque é cansativo ser tão fodão assim.

— É provável. Penny já terminou a mamadeira. Posso botar ela para arrotar.

— Enviado por Deus, Mateo. Enviado por Deus.

Limpo o rosto de Penny e a pego no colo, dando tapinhas nas costas dela até escutar o arroto e a risada. Eu faço meu clássico Passinho do Dinossauro, em que ando de um lado para outro como um Tiranossauro Rex com Penny nos braços, porque aquilo sempre parece deixá-la mais relaxada. Lidia se aproxima e liga a TV.

— É, são 6h30. Hora dos desenhos animados, também conhecida como a única hora que eu tenho para limpar a bagunça de ontem antes que tudo vire um inferno de novo. — Lidia sorri para Penny, passa por nós dois e dá um beijinho no nariz dela. — O que a mamãe quis dizer é que a Pequena Penny é um tesouro. — Em um sussurro escondido atrás de um sorriso, ela completa: — Um tesouro que desenterra tudo ao redor.

Dou uma risada e coloco Penny no chão. Lidia entrega a borboleta de plástico para a filha e recolhe as roupas espalhadas.

— Como eu posso ajudar? — ofereço.

— Para começar, não mude nunca. Depois, pode guardar todos os brinquedos ali atrás, no baú, mas não mexe na ovelha senão ela surta. E em troca eu vou te amar para todo o sempre. Vou guardar as roupas dela. Me dá um minutinho ou dez. — Lidia sai com o cesto de roupas.

— Sem pressa.

— Enviado por Deus!

Eu amo Lidia independentemente de como ela esteja. Antes da Penny, ela queria se formar no ensino médio como uma das melhores alunas e ir para a faculdade estudar política, arquitetura e história da música. Ela queria viajar para Buenos Aires e para a Espanha, a Alemanha e a Colômbia, mas aí conheceu o Christian, engravidou e encontrou a felicidade em um novo mundo.

Lidia costumava ser a garota que alisava o cabelo depois da aula toda quinta-feira, sempre deslumbrante sem precisar de maquiagem, que amava invadir fotos de estranhos fazendo caretas. Agora seu cabelo era o que ela chamava de "meio fofo, meio juba", e nunca deixa ninguém postar fotos suas na internet por achar que parece sempre exausta. Acho que minha melhor amiga está ainda mais deslumbrante que antes, porque passou por uma mudança, uma evolução com a qual muitos não conseguiriam lidar. E ela fez tudo sozinha.

Quando termino de guardar os brinquedos no baú, sento com Penny no chão, enquanto ela baba para a TV toda vez em que o personagem do desenho animado faz uma pergunta. Esse é o começo da vida de Penny. E um dia ela vai se ver recebendo uma ligação terrível da Central da Morte, e é horrível como todos nós somos criados para morrer. É verdade, nós vivemos, ou pelo menos temos a chance de tentar viver, mas às vezes o medo torna a vida difícil e complicada.

— Penny, espero que você encontre um jeito de ser imortal, para mandar em tudo por quanto tempo quiser.

Minha visão de utopia é assim: um mundo sem violência e tragédias, onde todo mundo vive para sempre, ou até alcançar uma vida satisfatória e feliz e decidir por conta própria que quer partir para o que nos aguarda depois da morte.

Penny responde balbuciando.

Lidia chega do outro quarto.

— Por que você está desejando imortalidade e dominação mundial para a Penny enquanto ela ainda está aprendendo a dizer "um" em espanhol?

— Porque quero que ela viva para sempre, óbvio. — Sorrio. — E transforme todo mundo em seus capachos.

Lidia arqueia as sobrancelhas. Ela se abaixa, pega a bebê no colo e estende a mão para mim.

— Eu te daria a Penny em troca de saber o que você está pensando. — Nós dois abrimos um sorriso amarelo. — Isso *nunca* vai ter graça, né? Eu *sempre* faço essa piada, torcendo para que seja engraçado pelo fato de o nome dela lembrar dinheiro, mas nunca é.

— Talvez na próxima — digo.

— Para ser sincera, você nem precisa me dizer o que está pensando. Pode levar a Penny de graça. — Ela gira a filha, beija seus olhos e faz cócegas nela. — O que mamãe quis dizer é que você não tem preço, pequena Penny. — Então ela murmura: — A pequena sem preço mais preciosa de todas.

Ela devolve Penny ao chão em frente à TV e continua a limpar a casa.

Minha relação com Lidia não é como aquelas que você vê nos filmes ou talvez como a que você tenha com seus amigos. Nós nos amamos muito, mas não falamos sobre isso o tempo todo. Apenas sabemos. E as palavras podem ser meio constrangedoras às vezes, mesmo quando você conhece a pessoa há oito anos. Porém, hoje tenho que dizer mais que o habitual.

Levanto um porta-retratos caído com uma foto de Lidia e Christian.

— Christian estaria muito orgulhoso de você, sabia? Você é a chance de Penny ser feliz em um mundo onde nada é garantido e nem sempre aqueles que seguem todas as regras são recompensados. Tipo, o mundo vai ferrar da mesma forma quem é bom e quem não é tão bom assim, mas você dedica seus dias a alguém sem esperar nada em troca. Nem todo mundo é como você.

Lidia para de varrer.

— Mateo, de onde vieram esses elogios aleatórios? O que está rolando?

Levo uma garrafa de suco até a pia.

— Está tudo bem. — E tudo vai ficar bem. Ela vai ficar bem. — Preciso ir embora daqui a pouco. Estou meio cansado.

Não estou mentindo.

Um tique surge nos olhos de Lidia.

— Antes de ir, pode só me ajudar com mais algumas tarefas?

Andamos em silêncio pela sala de estar. Ela esfrega uma mancha de aveia em uma almofada, e eu tiro o pó do ar-

-condicionado. Ela recolhe alguns copos, e eu organizo os sapatos de Penny perto da porta. Ela dobra a roupa lavada enquanto eu desmonto algumas caixas de papelão de fraldas.

— Você pode levar o lixo para fora? — pergunta ela, a voz um pouco rouca. — Depois preciso de ajuda para montar aquela estante de livros para bebês que você e seu pai deram para a Penny.

— Tudo bem.

Acho que ela está percebendo.

Coloco o envelope de dinheiro sobre o balcão da cozinha quando ela vai para o quarto.

Enquanto pego o saco de lixo, já sei que não vou conseguir voltar. Vou para o corredor e jogo o saco no duto de lixo. Se eu voltar, não vou mais conseguir sair. E, se eu não sair, vou morrer nesse apartamento, talvez na frente da Penny, e não é assim que quero ser lembrado. A maneira como Rufus encara tudo isso é realmente muito mais esperta e cuidadosa.

Pego meu celular e bloqueio o número de Lidia, para que ela não possa me ligar nem mandar mensagens me pedindo para voltar.

Eu me sinto enjoado e um pouco tonto, descendo as escadas devagar, esperando que Lidia entenda, e me odiando tanto que termino de descer correndo cada vez mais rápido...

RUFUS
6h48

Quem apostou dez dólares que eu passaria meu Dia Final olhando o Instagram? Porque agora essa pessoa está dez dólares mais rica.

Os Plutões ainda não responderam nenhuma mensagem ou ligação minha. Não estou surtando muito porque eles não são Terminantes, mas, caramba, será que alguém pode pelo menos me avisar se a polícia ainda está na minha cola ou não? Aposto que todo mundo foi dormir. Eu também tiraria um cochilo se botassem uma cama na minha frente. Uma poltrona com apoio de braço também serve. Mas não o banco desse saguão onde cabem duas pessoas no máximo. Não vou descansar aqui em posição fetal, não mesmo.

Estou rolando o feed do Instagram, esperando encontrar uma publicação nova do Malcolm (@manthony012), mas não encontro nada além da foto sem filtro de uma garrafa de Coca-Cola com o nome dele, publicada nove horas atrás. Ele é time Pepsi na guerra mundial da Pepsi contra a Coca, mas ficou tão feliz quando encontrou seu nome numa garrafa na geladeira da mercearia que não conseguiu resistir. A cafeína só o deixou ainda mais elétrico antes da briga.

Eu nem deveria chamar o que rolou com o Peck de briga. O cara mal conseguia encostar um dedo em mim por causa do jeito como o pressionei contra o chão.

Estou digitando um pedido de desculpas para Aimee, embora não seja cem por cento sincero, já que o namoradinho de merda dela botou a polícia atrás de mim no meu próprio funeral, quando Mateo aparece descendo as escadas em uma velocidade perigosa. Ele sai disparado até a porta e eu o alcanço. Seus olhos estão vermelhos, e ele está sem fôlego, como se estivesse lutando contra uma forte vontade de chorar.

— Você está bem? — Ele não está, foi uma pergunta estúpida.

— Não. — Mateo empurra a porta do saguão. — Vamos embora antes que a Lidia me siga.

Também quero muito sair dali, é sério, mas esse modo silencioso dele não vai colar comigo. Empurro minha bicicleta ao lado dele.

— Manda ver, coloca tudo para fora. Não fique carregando isso no peito o dia inteiro.

— Eu *não tenho* o dia inteiro! — grita Mateo, como se a ficha de que ele vai morrer aos dezoito anos tivesse enfim caído.

Há um fogo ardendo nele. Mateo para junto ao meio-fio e se senta, sem dar a mínima, talvez esperando ser atingido por um carro que vai dar fim ao sofrimento de uma vez.

O suporte da minha bicicleta toca o chão e Mateo sobe, enquanto passo meus braços por baixo dele e o ajudo. Nos afastamos do meio-fio e nos recostamos na parede; ele está tremendo, como se realmente não quisesse mais estar aqui. Quando ele escorrega até o chão, desço com ele. Mateo tira os óculos e apoia a testa nos joelhos.

— Olha, não vou encher a sua paciência com nenhum discurso inspirador. Eu nem tenho um, e não é o tipo de coisa que eu faço. — Preciso me esforçar nisso. — Mas entendo a frustração que você está sentindo, cara. Felizmente, você tem outras opções. Se quiser voltar para o seu pai ou para a sua amiga, não vou impedir você. Se quiser me largar, não vou atrás de você. É seu último dia, viva como quiser. Mas se quiser ajuda para viver, conte comigo.

Mateo levanta a cabeça e estreita os olhos.

— Isso me pareceu bem inspirador.

— Pois é. Foi mal. — Prefiro ele com óculos, mas ele também fica bonito sem. — O que você quer fazer?

Se ele der o fora, vou respeitar e decidir minha próxima parada. Preciso ver o que está rolando com os Plutões, mas não posso aparecer lá em casa, não sei se ainda estão de olho no local.

— Quero seguir em frente — responde Mateo.

— Boa pedida!

Ele coloca os óculos de volta e, sei lá, se você quiser fazer alguma analogia sobre como ele está enxergando o mundo com novos olhos ou qualquer coisa assim, fique à vontade. Só estou aliviado por não ter que enfrentar esse dia sozinho.

— Desculpa por ter gritado — diz Mateo. — Ainda acho que não me despedir foi a melhor opção, mas vou me arrepender disso pelo resto do dia.

— Eu também não consegui me despedir dos meus amigos.

— O que aconteceu no seu funeral?

Joguei toda aquela conversinha sobre sinceridade e desabafar sobre o que está sentindo, e, ainda assim, não estou mandando a real para ele.

— Foi interrompido. Eu não consegui entrar em contato com meus amigos desde então. Espero que eles me respondam antes que... — Estalo os dedos enquanto os carros passam pela rua. — Quero que eles saibam que estou bem. Que não fique um mistério sobre eu já estar morto ou não. Mas não posso continuar mandando mensagens até que aconteça *seja lá* o que vai acontecer.

— Cria um perfil no *ContagemRegressiva* — sugere Mateo. — Eu já acompanhei muitas histórias lá e posso ajudar você a usar.

Ah, claro que pode. Se formos mesmo usar essa lógica, eu já assisti a pornô o suficiente para me tornar um deus do sexo.

— Deixa pra lá, esse tipo de coisa não é para mim. Nunca entrei na onda do Tumblr nem do Twitter. Só na do Instagram. Minha parada com fotografia é meio nova, só alguns meses. Mas o Instagram é da hora.

— Posso ver sua conta?

— Claro.

Entrego meu celular para ele.

Meu perfil é público porque não ligo de ser visto por um estranho. Mas é muito diferente observar um estranho olhando minhas fotos. Eu me sinto exposto, como se estivesse saindo do banho com alguém me assistindo enrolar a toalha em volta do garotão. Minhas fotos mais antigas são muito amadoras por conta da iluminação ruim, mas não tem como editar e é provável que seja melhor deixar como está.

— Por que são todas em preto e branco?

— Criei essa conta alguns dias depois de me mudar para o lar adotivo. Meu amigo Malcolm tirou essa foto minha, olha só... — Eu me aproximo e deslizo até as primeiras fotos, envergonhado da minha unha suja por meio segundo antes de não dar a mínima. Clico na foto em que estou sentado na cama em Plutão, com o rosto enterrado nas mãos. Malcolm recebe o crédito de fotógrafo. — Era minha terceira ou quarta noite lá. Estávamos nos distraindo com jogos de tabuleiro e minha cabeça surtando por causa da culpa por estar bem... Não, não era isso. Eu estava me divertindo pra caramba, e isso só piorava as coisas. Saí da sala sem dizer nada e Malcolm foi atrás porque eu estava demorando demais a voltar, daí ele registrou meu colapso nervoso.

— Por quê? — pergunta Mateo.

— Ele disse que gostava de acompanhar o crescimento das pessoas, e não apenas fisicamente. Ele se cobra demais, mas é inteligente pra cacete. — Mas, sério, eu dei um bico no joelho do Malcolm quando ele me mostrou aquela foto, semanas mais tarde. Garoto bizarro. — Deixo minhas fotos em preto e branco porque minha vida perdeu a cor depois que eles morreram.

— E você está vivendo sua vida sem se esquecer da deles? — pergunta Mateo.

— Isso mesmo.

— Pensei que as pessoas usavam o Instagram só para dizer que usam o Instagram.

— Eu sou mais à moda antiga.

— Suas fotos parecem mesmo antigas — comenta Mateo. Ele se vira, me observando com olhos arregalados. Então sorri para mim pela primeira vez e, posso falar? Esse não é o tipo de sorriso que você encontra em um Terminante. — Você não precisa do *ContagemRegressiva*, pode publicar tudo aqui mesmo. Dá para criar uma hashtag ou algo do tipo. Mas acho que você deveria publicar sua vida em cores... Para que os Plutões se lembrem de você assim.

— O sorriso vai embora, porque esse é o curso natural nas coisas hoje. — Deixa pra lá. É bobagem.

— Não é bobagem. Gostei muito da ideia. Os Plutões vão poder ver de novo os momentos que vivemos juntos em preto e branco, como um livro de história só que mais legal, e meu Dia Final vai ter seu próprio contraste sem filtro. Você pode tirar uma foto minha sentado aqui? Caso seja a última, quero que todos me vejam vivo.

Mateo sorri de novo, como se fosse ele quem estivesse posando para a foto.

Ele se levanta e aponta a câmera para mim.

Não faço pose. Só fico sentado, recostado na parede, no lugar onde convenci meu Último Amigo a continuar se aventurando e onde ele me deu a ideia de acrescentar um pouco de vida ao meu perfil. Nem mesmo sorrio. Nunca fui um cara de sorrisos, e começar agora seria esquisito. Não quero que me vejam como um estranho.

— Pronto — anuncia Mateo. Então me entrega o celular. — Posso tirar outra se você odiar essa.

Não me importo em aprovar a foto, não gosto tanto assim de mim mesmo. Mas a fotografia ficou surpreendentemente maneira. Mateo captou minha tristeza e meu orgulho ao mesmo tempo, do jeito que meus pais estavam no dia em que Olivia se formou no ensino médio. E a roda da frente da minha bicicleta também apareceu na foto.

— Valeu, cara.

Posto a foto sem filtro. Penso em colocar #DiaFinal na legenda, mas não preciso de comentários tipo "ah, não! descanse em paz!!!!" cheios de falsa empatia ou babacas da internet dizendo "já vai tarde!!!". As pessoas importantes para mim já sabem.

E espero que eles se lembrem de mim como eu fui e não como o cara que deu um soco numa pessoa mais cedo, sem motivo algum.

PATRICK "PECK" GAVIN
7h08

A Central da Morte não ligou para Patrick "Peck" Gavin, porque ele não vai morrer hoje, embora estivesse esperando seu alerta antes de seu agressor receber a própria ligação.

Ele está em casa agora, usando um hambúrguer congelado como compressa em seus hematomas. O cheiro não é dos melhores, mas a enxaqueca está passando.

Peck não deveria ter deixado Aimee na rua, mas ela não queria vê-lo e ele não está exatamente feliz com ela também. Peck usou seu celular antigo e ligou para Aimee, mas a conversa não durou muito até que ela caísse no sono por conta da exaustão, e não foi tão difícil assim desligar na cara dela depois de ouvir que queria dar um jeito de ver Rufus de novo, estar com ele durante seu Dia Final.

Peck tinha certo código que usava para lidar com pessoas como Rufus. Um código que é colocado em ação toda vez que alguém tenta passar por cima de você.

Peck precisava colocar o sono em dia. Mas Rufus não ficaria lá muito bem se ainda estivesse vivo quando Peck acordasse.

RUFUS
7h12

Meu celular vibra e estou achando que são os Plutões, mas a esperança é esmagada quando escuto um toque na sequência. Mateo olha seu celular e recebe a mesma notificação — outra mensagem que nós dois recebemos hoje: Há uma sede Faça-Acontecer por perto: 2 km.

Solto uma bufada.

— Que diabo é isso?

— Você nunca ouviu falar na Faça-Acontecer? — pergunta Mateo. — Foi lançada ano passado.

— Não.

Continuo andando pelo quarteirão, meio ouvindo e meio preocupado com os Plutões, que ainda não me responderam.

— É tipo a Fundação Make-A-Wish. Mas qualquer Terminante pode ir, não é só para crianças. Eles têm umas estações baratas de realidade virtual, projetadas para oferecer a mesma emoção de experiências doidas, tipo pular de paraquedas ou participar de uma corrida de carros e outras coisas arriscadas que Terminantes não podem viver em segurança no seu Dia Final.

— Então é uma versão copiada e piorada da Fundação Make-A-Wish?

— Não acho que seja tão ruim assim — comenta Mateo.

Olho meu celular de novo para ver se perdi alguma mensagem. Assim que desço da calçada, Mateo leva o braço ao meu peito.

Eu olho para a direita. Ele olha para a direita. Eu olho para a esquerda. Ele olha para a esquerda.

Nenhum carro. A rua está vazia.

— Eu sei atravessar a rua — afirmo. — Meio que passei a vida inteira andando, sabia?

— Você estava no celular.

— Eu sabia que não tinha nenhum carro vindo — rebato.

Atravessar a rua já é algo intuitivo para mim. Se não tem carros, você vai. Se tem, você não vai... ou vai, mas bem rapidinho.

— Desculpa — diz Mateo. — Quero fazer esse dia durar.

Ele está no seu limite, eu sei. Mas precisa largar do meu pé em algum momento.

— Eu entendo. Mas andar? Isso eu sei fazer sozinho.

Olho para os lados mais uma vez antes de atravessar a rua vazia. Se tem alguém que deveria estar nervoso, é o cara que viu sua família inteira se afogar dentro de um carro. Acho que nunca me sentiria confortável dentro de um carro pelos próximos anos, mas aí tem o Malcolm, que adora lareiras apesar de ter perdido os pais num incêndio. Não consigo ser assim. Mas também não vou ficar olhando para direita-esquerda-esquerda-direita igual ao Mateo enquanto andamos até a calçada do outro lado, como se houvesse 99 por cento de chances de um carro aparecer do nada e nos atropelar em 0,5 segundos.

O celular de Mateo toca.

— O pessoal da Faça-Acontecer também faz ligações agora? — pergunto.

Mateo balança a cabeça.

— Lidia está me ligando do celular da avó. Será que eu devo... — Ele guarda o aparelho no bolso, ignorando a chamada.

— Foi esperto da parte dela. Pelo menos está tentando entrar em contato. Eu ainda não recebi merda nenhuma dos meus amigos.

— Continue tentando.

Por que não? Estaciono minha bicicleta apoiada na parede e faço uma chamada de vídeo com Malcolm e Tagoe. Nenhum dos dois atende. Faço outra chamada para Aimee e, quando estou prestes a desligar e mandar uma foto mostrando o dedo do meio para todos os Plutões, ela atende, a respiração ofegante, o cabelo grudado na testa. Ela está em casa.

— Eu caí de sono! — Aimee balança a cabeça. — Que horas são? Você está vivo... Você... — Ela desvia o olhar por um segundo, notando a metade do rosto de Mateo. Ela se inclina para a frente como se a câmera do celular fosse uma janela por onde pode passar a cabeça para ver mais de perto. Como quando eu tinha treze anos e folheava revistas procurando por fotos de garotas de saia e garotos de short, inclinando a página para ver o que tinha por baixo. — Quem é esse?

— Esse é o Mateo — respondo. — Meu Último Amigo.

Mateo acena para a câmera.

— E essa é minha amiga Aimee. — Não digo que ela é a garota que partiu meu coração, porque não quero deixar ninguém desconfortável. — Eu liguei para você um monte de vezes.

— Desculpa. Foi uma loucura depois que você saiu — explica Aimee, esfregando os olhos com o punho. — Voltei para casa algumas horas depois e meu celular estava sem bateria, daí botei para carregar, mas caí no sono antes que ele voltasse.

— O que diabo aconteceu?

— Malcolm e Tagoe foram presos. Eles não calaram a boca e Peck entregou os dois, já que eles estavam com você.

Apressado, eu me afasto de Mateo, pedindo para que ele fique onde está. Ele parece meio assustado; lá se vai minha esperança de morrer sem achar que sou um merda.

— Eles estão bem? Foram para qual delegacia?

— Não sei, Roof, mas você não deveria ir atrás a não ser que queira passar seu último dia em uma cela onde sabe-se lá o que vai acontecer contigo.

— Que palhaçada. Eles não fizeram nada! — Levanto o punho para socar a janela de um carro, mas me seguro. Não sou assim, juro. Não saio por aí socando coisas nem pessoas. Com Peck, foi apenas um deslize, mais nada. — E o que aconteceu com o Peck?

— Ele me seguiu até minha casa, mas eu não queria falar com ele.

— Você terminou com ele, né?

Ela não responde.

Se nós estivéssemos falando no telefone, sem vídeo, eu não teria me decepcionado com o jeito como ela me olhou. Poderia fingir que ela estava assentindo com a cabeça, se preparando para terminar com ele se ainda não tivesse feito isso. Mas não é o que estou vendo.

— É complicado — responde Aimee.

— Sabe, Ames, não pareceu complicado ou confuso quando você terminou comigo. Isso tudo é uma merda, mas não existe uma decepção maior do que você dando as costas para os Plutões por causa de um garoto metidinho a rebelde que mandou eles para a cadeia. Nós deveríamos permanecer todos juntos, e daqui a pouco eu não vou mais estar aqui e você vai mesmo dizer na minha cara que quer manter aquele filho da puta na sua vida? — Que se dane partir o *meu* coração, essa garota já arrancou o *próprio* coração faz tempo. — Eles são inocentes.

— Rufus, eles não são cem por cento inocentes, você sabe disso, não sabe?

— Beleza, vou nessa. Preciso voltar para o meu amigo de verdade.

Aimee implora para que eu não desligue, mas desligo mesmo assim. Não acredito que meus amigos estão na cadeia por causa de uma burrice minha, e não acredito que ela não me avisou mais cedo.

Eu me viro para contar tudo ao Mateo, mas ele não está mais ali.

AIMEE DUBOIS
7h18

Aimee desiste de tentar ligar para Rufus. Existem três explicações possíveis para ele não estar atendendo, classificadas da maior esperança para o maior medo:

Ele está ignorando, mas vai ligar de volta.

Ele bloqueou seu número e não tem o menor interesse em falar com ela.

Ele morreu.

Aimee entra no Instagram de Rufus, deixando comentários para que ele ligue de volta. Ela carrega o celular, aumenta o volume, e veste uma camiseta velha de Rufus e um short.

Aimee começou a se interessar por exercícios quando foi morar em Plutão. Quando ela invadiu o quarto dos seus pais adotivos, procurando algo para roubar de Francis, que não a havia recebido muito bem, ela encontrou os halteres de Jenn Lori e deu uma chance ao levantamento de peso. Seus pais biológicos, presos por assaltarem um cinema, inspiravam seus impulsos cleptomaníacos, mas Aimee descobriu que se sentia mais poderosa ao se exercitar do que quando roubava os outros.

Aimee já sente saudade de sair para correr com Rufus enquanto ele pedala.

E ela sempre vai se lembrar de quando o ensinou a fazer flexões do jeito certo.

Ela não faz ideia do que o futuro reserva.

MATEO
7h22

Sigo correndo pelo quarteirão, me afastando de Rufus.

Vou ficar sem um Último Amigo, mas talvez morrer sozinho pode ser um Dia Final razoável para uma pessoa que passou a vida inteira na solidão.

Não sei no que Rufus se meteu para que seus amigos acabassem sendo presos. Talvez ele esperasse poder me usar como álibi. Mas agora eu já fui.

Paro para recuperar o fôlego. Sento no degrau de entrada de uma creche e pressiono meu peito dolorido com a mão.

Talvez seja melhor voltar para casa e jogar videogame. Escrever mais cartas. Até gostaria de ainda estar no ensino médio, em uma das aulas do sr. Kalampoukas, que sempre fez com que eu sentisse como se alguém me enxergasse. Embora estar em um laboratório com adolescentes que mexem no celular enquanto misturam substâncias químicas seja uma experiência horrível, como foi no semestre passado, não era meu Dia Final.

— MATEO!

Rufus está pedalando quarteirão abaixo, o capacete pendurado no guidão. Fico de pé e volto a andar, mas não adianta de nada. Rufus para ao meu lado, passando a perna esquerda por cima do selim e saltando da bicicleta, que cai enquanto ele me pega pelo braço. Seu olhar encontra o meu, e quando percebo que não está furioso, e sim assustado, tenho certeza absoluta de que ele não será o motivo do meu fim.

— Você está louco? — pergunta Rufus. — A gente não pode se separar.

— E você não pode ser um completo desconhecido — respondo. Já passamos algumas horas juntos. Fui com ele no seu restaurante favorito, onde ele me contou o que gostaria de ser se ainda tivesse muitos anos pela frente. — Mas, pelo visto, você está fugindo da polícia e não comentou nada comigo.

— Não sei se a polícia está atrás de mim — confessa Rufus. — Eles devem saber que sou Terminante, e não é como se eu tivesse roubado um banco, então eles não vão criar uma força-tarefa para me encontrar.

— Mas o que você *fez*?

Rufus me solta e olha em volta.

— Vamos conversar em outro lugar. Conto tudo para você. O acidente que matou minha família e a burrice que eu fiz essa noite. Sem segredos.

— Vem comigo.

Eu vou escolher o lugar. Até confio em Rufus, mas, enquanto não souber a história inteira, não quero ficar completamente sozinho com ele de novo.

Entramos em silêncio no Central Park, passando pelas pessoas que madrugaram. Vejo ciclistas e corredores à nossa volta, então me sinto confortável, ainda mais com Rufus mantendo certa distância e permanecendo no gramado, onde um golden retriever corre atrás do dono. O cachorro me lembra a história que eu estava lendo no *ContagemRegressiva* quando recebi meu alerta, mas tenho certeza de que esse cão não é o mesmo da publicação.

Continuo em silêncio porque quero me acomodar antes que Rufus comece a se explicar, porém, quanto mais avançamos pelo parque, mais quieto eu fico, porque estou encantado, em especial quando damos de cara com uma estátua de bronze dos personagens de *Alice no País das Maravilhas*. Piso em folhas verde-escuras, amassando-as, ao me aproximar da Alice, do Coelho Branco e do Chapeleiro Maluco.

— Há quanto tempo isso está aqui? — Eu me sinto envergonhado por perguntar. Tenho certeza de que não é uma estátua nova.

— Sei lá. Provavelmente desde sempre. Você nunca viu isso antes?

— Não. — Admiro Alice sentada em um cogumelo gigante.

— Nossa. Você é tipo um turista na sua própria cidade.

— Só que turistas sabem mais sobre a minha cidade do que eu — respondo.

Isso é um achado inesperado. Meu pai e eu sempre preferimos o Althea Park, mas passamos muito tempo no Central Park também. Ele adora ver as peças de Shakespeare quando são encenadas aqui no parque. Peças de teatro nunca foram a minha praia, mas fui com ele a uma e achei divertido, porque o teatro me lembrava dos coliseus dos meus livros de fantasia preferidos e dos duelos entre gladiadores romanos nos filmes. Queria ter descoberto esse pedacinho do País das Maravilhas quando criança, só para poder escalar até o topo do cogumelo com Alice e imaginar minhas próprias aventuras.

— Você encontrou isso hoje — diz Rufus. — Já é uma vitória.

— Tem razão.

Ainda não acredito que essa estátua estava aqui o tempo todo, porque quando você pensa em parques, pensa em árvores, chafarizes, lagos e parquinhos. É meio bonito o jeito como um parque pode surpreender, e me dá esperança de que eu posso surpreender o mundo também.

Mas nem todas as surpresas são bem-vindas.

Sento no cogumelo ao lado do Coelho Branco e Rufus ao lado do Chapeleiro Maluco. Seu silêncio é desconfortável, como aqueles nas aulas de história em que estudávamos eventos monumentais dos tempos A.C.M. Meu professor, o sr. Poland, nos dizia que "tínhamos sorte" por podermos contar com os serviços da Central da Morte. Ele nos passava trabalhos em que tínhamos que reimaginar momentos históricos com mortes significativas — a praga, as Guerras Mundiais, o 11 de Setembro etc. — e elaborar como as pessoas teriam se comportado se a Central da Morte existisse para distribuir os alertas. Para ser sincero, esses deveres me faziam sentir culpado por ter crescido num período com um avanço tão transformador, tipo como hoje nós temos remédios que curam doenças comuns que mataram muitas pessoas no passado.

— Você não matou ninguém, né? — pergunto, enfim.

Só existe uma resposta capaz de me fazer ficar aqui. A outra vai me fazer ligar para a polícia para que ele possa ser detido antes de matar qualquer outra pessoa.

— *Claro que não.*

Estabeleci um parâmetro tão generoso que foi fácil para ele estar a salvo.

— O que você fez, então?

— Agredi uma pessoa — responde Rufus. Ele encara a bicicleta lá na frente, estacionada na calçada. — O namorado novo da Aimee. Ele estava falando mal de mim e fiquei furioso, porque parecia que minha vida estava acabando de muitas formas diferentes. Eu me sentia menosprezado, frustrado, perdido, então precisava descontar em alguém. Mas não sou assim. Foi só um deslize.

Acredito nele. Ele não é monstruoso. Monstros não buscam você em casa para ajudar você a viver; eles amarram você na cama e comem você vivo.

— Errar é humano — digo.

— E meus amigos é que estão sendo punidos. A última lembrança deles será a minha fuga pelos fundos da casa porque a polícia invadiu meu velório. Eu os abandonei... Passei os últimos quatro meses me sentindo abandonado por causa da morte da minha família, e num piscar de olhos fiz a mesma coisa com a minha nova família.

— Você não precisa me contar sobre o acidente, se não quiser — falo.

Ele já se sente culpado o bastante, e assim como eu nunca forçaria uma pessoa sem-teto a me contar a história da sua vida para que eu possa decidir se ela merece minha ajuda, não preciso que Rufus reviva mais momentos tristes só para garantir minha confiança.

— Não quero falar sobre isso — afirma Rufus. — Mas preciso.

RUFUS
7h53

Tenho sorte de ter um Último Amigo, em especial com os meus na cadeia e minha ex-namorada bloqueada. Posso falar sobre a minha família e manter a memória deles viva.

O céu está ficando nublado, e uma brisa forte vem em nossa direção, mas, até agora, nenhuma gota de chuva.

— Meus pais acordaram com o alerta da Central da Morte no dia 10 de maio. — Já me sinto mal. — Eu e Olivia estávamos jogando cartas quando escutamos o telefone tocar, então corremos para o quarto deles. Minha mãe estava no telefone segurando a onda enquanto meu pai estava do outro lado do quarto, xingando em espanhol e chorando. Foi a primeira vez que vi meu pai chorar.

Aquilo foi brutal. Não é como se ele fosse do tipo machão, mas eu achava que chorar era coisa para gente fresca, o que é uma coisa bem estúpida de se pensar.

— Então o mensageiro da Central pediu para falar com meu pai, e minha mãe perdeu a cabeça. Parecia aquelas situações em que você acha que tudo não passa de um pesadelo. Não tem nada mais assustador do que ver seus pais surtando. Entrei em pânico, mas sabia que pelo menos continuaria tendo Olivia. — Eu não deveria ter ficado tão sozinho. — Então a Central da Morte pediu para falar com Olivia, e papai desligou na cara da pessoa e lançou o telefone longe. — Acho que lançar telefones estava na nossa genética.

Mateo está prestes a perguntar alguma coisa, mas se contém.

— Pode falar.

— Deixa pra lá — diz ele. — Não é importante. Bem, eu estava me perguntando se você ficou nervoso para saber se também estava na lista naquela noite. Você conferiu o banco de dados na internet?

Confirmo com um aceno da cabeça. A centraldamorte. com pode ser útil às vezes. Digitar o número da minha identidade e não encontrar meu nome na lista daquela noite me deu um tipo esquisito de alívio.

— Não me parecia certo a minha família toda morrer e eu não. Merda, falando assim parece que eu estava sendo deixado de fora de uma viagem de férias da família, mas passamos juntos o Dia Final deles e eu já estava com saudade. E Olivia mal conseguia olhar para mim.

Entendo. Não era minha culpa se eu continuasse vivendo, e não era culpa dela ela estar morrendo.

— Vocês dois eram próximos?

— Pra caramba. Ela era um ano mais velha que eu. Meus pais estavam guardando dinheiro para que nós dois pudéssemos estudar na Antioch University, na Califórnia, esse semestre. Ela tinha uma bolsa de estudos parcial, mas frequentou por um tempo a universidade comunitária aqui para que a gente não se separasse até que eu pudesse ir com ela.

Estou sem fôlego, do mesmo jeito que fiquei quando estava em cima do Peck mais cedo. Meus pais tentaram convencer Olivia a ir para Los Angeles sem mim, a não continuar estudando aqui na cidade em um lugar que ela odiava, mas ela recusou. Todo dia, tarde ou noite, eu sempre penso que ela ainda poderia estar viva se tivesse escutado nossos pais. Ela só queria recomeçar junto comigo.

— Olivia foi a primeira pessoa para quem eu me assumi.

— Ah.

Eu não sei se ele está fingindo que não viu isso no meu perfil do Último Amigo, se está impactado com essa parte da história entre minha irmã e eu ou se não reparou nessa parte do meu perfil e é o tipo de babaca que se importa com quem as outras pessoas beijam. Espero que não. Somos amigos agora, de verdade, isso não é forçado. Conheci esse garoto há algumas horas porque um designer criativo em algum lugar do mundo desenvolveu um aplicativo para criar conexões. E eu odiaria ter que me desconectar.

— *Ah* o quê?

— Nada. Sério.

— Posso perguntar uma coisa? — Vamos resolver isso de uma vez.

— Você chegou a se assumir para os seus pais? — pergunta Mateo.

Fugindo de uma pergunta com outra pergunta. Clássico.

— No nosso último dia juntos, sim. Não dava mais para segurar. — Meus pais nunca me abraçaram tanto quanto no Dia Final deles. Tenho muito orgulho de ter contado e aproveitado aquele momento com eles. — Minha mãe ficou bem triste, porque nunca teria a oportunidade de conhecer sua futura nora ou seu futuro genro. Eu ainda estava meio desconfortável, então só dei uma risada e perguntei a Olivia se havia algo que ela queria que todos nós fizéssemos, torcendo para que ela me odiasse um pouquinho menos. Meus pais queriam se livrar de mim.

— Eles só queriam proteger você, né?

— É, mas eu queria aproveitar cada minuto com eles, mesmo se aquilo fosse me deixar com a lembrança de todos morrendo bem na minha frente. Eu era inocente e não sabia o que estava falando. — Aquela estupidez também morreu.

— E o que aconteceu depois? — pergunta Mateo.

— Você não vai querer saber os detalhes. Vai ser melhor para você não saber.

— Se você tem que carregar esse fardo, eu vou carregar também.

— Bem, você que está pedindo.

Conto tudo a ele: como Olivia quis ir pela última vez à cabana perto de Albany, aonde sempre íamos no aniversário dela. A estrada estava escorregadia durante a ida e o carro caiu no rio Hudson. Eu estava no banco do carona, porque achei que aquilo aumentaria nossas chances de sobrevivência em uma batida se meus pais não estivessem os dois na frente. Mas não fez diferença alguma.

— Deu tudo na mesma — digo a Mateo, antes de continuar falando sobre a derrapagem, o jeito como atravessamos a cerca de segurança da estrada e caímos no rio... —

Às vezes eu esqueço a voz deles. — Só se passaram quatro meses, mas é verdade. — Elas se misturam com as vozes das pessoas ao meu redor, mas eu poderia reconhecer aqueles gritos em qualquer lugar. — Sinto arrepios no braço só de lembrar.

— Você não precisa continuar, Rufus. Desculpa. Eu não deveria ter encorajado você a continuar falando sobre isso.

Mateo sabe como tudo termina, mas a história ainda não acabou. Faço uma pausa, porque já contei o principal e estou chorando um pouco, e preciso me conter para que ele não fique assustado. Mateo apoia a mão no meu ombro e me dá um tapinha nas costas, me lembrando das outras pessoas que tentaram me confortar por mensagens no Facebook, mas não sabiam o que dizer ou o que fazer, porque nunca haviam perdido alguém do mesmo jeito que eu.

— Está tudo bem. Vamos falar sobre outra coisa, tipo... — Mateo olha em volta. — Pássaros e prédios velhos e...

Eu me recomponho.

— Foi basicamente isso. Acabei conhecendo Malcolm, Tagoe e Aimee. Nós nos tornamos os Plutões e aquele era o tipo de companhia de que eu precisava. Todos nós estávamos perdidos e já tínhamos aceitado que, por um tempo, não seríamos encontrados. — Seco os olhos com o punho e me viro para Mateo. — E agora você está empacado comigo até o fim. Não fuja de novo ou você pode acabar sendo sequestrado e se tornar a inspiração para algum filme ruim de suspense.

— Não vou a lugar nenhum — afirma Mateo. Ele me oferece um sorriso gentil. — O que vamos fazer agora?

— Eu topo qualquer coisa.
— Vamos fazer acontecer?
— Achei que a gente já estava fazendo acontecer, mas por que não?

MATEO
8h32

No caminho até a estação da Faça-Acontecer, Rufus para diante de uma loja de artigos esportivos. Na vitrine, vejo imagens de um ciclista, uma esquiadora e uma dupla de corredores, com sorrisos de celebridade e nada de suor.

Rufus aponta para a mulher com equipamento de esqui.

— Eu sempre mandava fotos de pessoas esquiando para Olivia. Nós esquiávamos todo ano, lá em Windham. Você vai achar bobagem o fato de que a gente sempre voltava para lá. Mas meu pai deu de cara em uma pedra na nossa primeira viagem e quebrou o nariz; ficamos muito chocados por ele não ter morrido, mesmo sem o alerta da Central da Morte. Minha mãe torceu o tornozelo na viagem seguinte. Dois anos depois, tive uma concussão após esquiar ladeira abaixo. Sou muito ruim em frear e quase atropelei outro garoto, então mudei para a esquerda no último segundo e bati numa árvore igual a um personagem de desenho animado.

— Você tem razão — digo. — Eu não faço ideia de por que vocês continuaram esquiando.

— Olivia bateu o martelo sobre isso depois que fui levado para o hospital. Mas, mesmo assim, continuamos subindo até Windham sempre que dava, porque amávamos as montanhas, a neve, as brincadeiras perto da lareira na cabana. — Rufus volta a caminhar. — Espero que esse lugar seja seguro e divertido como era lá.

Minutos depois, chegamos na estação da Faça-Acontecer. Rufus para e tira uma foto da entrada, com uma faixa azul pendurada sobre a porta: EMOÇÃO SEM RISCOS! Ele publica a foto colorida em seu Instagram.

— Olha! — Ele me entrega o celular. Está aberto nos comentários da foto anterior. — As pessoas estão me perguntando por que acordei tão cedo.

Vejo uns dois comentários de Aimee, implorando para que ele atenda o celular.

— O que aconteceu com Aimee?

Ele balança a cabeça.

— Já estou cansado da Aimee. Por causa do namorado dela, Malcolm e Tagoe estão na cadeia por algo que eu fiz, e ela continua namorando o cara. Ela não é nem um pouco leal.

— Não é porque você ainda gosta dela?

— Não — rebate Rufus.

Ele acorrenta a bicicleta a um parquímetro.

Não importa se ele está falando a verdade ou não. Deixo o assunto de lado e entramos.

Não esperava que o lugar fosse parecer uma agência de viagens. A parede atrás da recepção é metade pôr do sol alaranjado, metade azul meia-noite, com fotos emolduradas de pessoas fazendo atividades diversas, como escalada e surfe. É esteticamente agradável, acho. Atrás do balcão, uma jovem negra está escrevendo em um caderno que ela afasta assim que nos vê. A jovem usa uma camisa polo amarela e seu crachá diz DEIRDRE. Eu já li esse nome antes, acho que em algum livro de fantasia.

— Bem-vindos à Faça-Acontecer — começa Deirdre, nem tão animada, nem tão fria. O tom ideal de seriedade. Ela nem pergunta se somos Terminantes. Só desliza um catálogo em nossa direção. — No momento, temos uma fila de espera de meia hora para o passeio de balão e o nado com tubarões.

— Como assim…? — Rufus se vira para mim, e depois para Deirdre. — Nadar com tubarões é o tipo de coisa que as pessoas acham mesmo que estão perdendo?

— É uma atração bem popular — comenta Deirdre. — Você não nadaria com tubarões se soubesse que eles não podem morder você?

Rufus bufa.

— Não costumo me aventurar na água assim.

Deirdre assente, como se compreendesse toda a bagagem emocional de Rufus.

— Sem problemas. Caso tenham alguma dúvida, é só me chamar.

Rufus e eu nos sentamos e folheamos o catálogo. Além do passeio de balão e do nado com tubarões, a estação oferece saltos de paraquedas, carros de corrida, uma trilha de parkour, tirolesa, passeios a cavalo, BASE jumping, rafting, asa delta, escalada em pedra e em gelo, trilhas de mountain biking, windsurf e muitas outras coisas. Eu considero por um momento se um dia a empresa vai expandir seu catálogo e incorporar aventuras fictícias, tipo fugir de dragões, lutar contra um ciclope e voar num tapete mágico.

Não vamos estar vivos para saber.

Melhor deixar pra lá.

— Quer tentar trilhas de mountain biking? — pergunto.

Sei que ele ama pedalar e a atividade não envolve água.

— Não. Quero fazer algo novo. Que tal saltar de paraquedas? — responde ele.

— Acho perigoso. Mas, se tudo der errado, passe minha história adiante.

Eu não ficaria surpreso se conseguisse morrer em um lugar que promete emoções sem riscos.

— Deixa comigo.

Deirdre nos entrega um contrato de seis páginas, o que não é tão incomum para empresas que atendem Terminantes, mas, definitivamente, é muito comum o jeito como mal olhamos o formulário, porque não é como se fôssemos estar aqui para processá-los, caso algo dê errado. Há muitos acidentes bizarros que podem acontecer a qualquer momento. Cada minuto que permanecemos vivos é um milagre.

A assinatura de Rufus é um garrancho. Só consigo entender as duas primeiras letras antes de o resto se transformar em um emaranhado de curvas que parece os gráficos de venda de uma empresa que está sempre alternando entre o sucesso e o fracasso.

— Pronto. Já abri mão do meu direito de arrumar confusão caso eu morra.

Deirdre não ri. Pagamos 240 dólares cada, o tipo de valor que se pode cobrar de pessoas que vão perder suas economias de uma forma ou de outra.

— Me sigam — instrui ela.

O corredor longo me lembra o centro de armazenamento onde meu pai trabalhava, só que os armários de lá não estavam cheios de gritos de felicidade e risadas. Pelo menos não que eu saiba. (Brincadeirinha.) As salas aqui são como as de karaokê, só que algumas têm o dobro ou até o triplo do tamanho. Espio cada janela enquanto descemos pelo corredor, em zigue-zague como uma bolinha de fliperama, vendo Terminantes com óculos de realidade virtual em cada sala. Alguns estão sentados em carros de corrida que tremem, mas continuam parados no mesmo lugar. Outro Terminante está "escalando uma montanha" enquanto um funcionário na mesma sala manda mensagens pelo celular. Um casal está se beijando em um balão de ar quente que flutua a menos de dois metros de altura, mas não no céu. Um homem sem óculos chora enquanto segura as costas de uma garota risonha no topo de um cavalo, e não dá para identificar qual deles é Terminante, caso os dois não sejam, mas aquilo me deixa tão triste que paro de bisbilhotar dentro das salas.

A nossa não é muito grande, mas tem uns ventiladores enormes, tapetes de segurança apoiados nas paredes e uma instrutora vestida como aviadora, com o cabelo cacheado castanho amarrado em um rabo de cavalo. Vestimos equipamentos idênticos e cintos de segurança, nós três parecendo personagens de *X-Men*, e Rufus pede à moça, Madeline, para tirar uma foto nossa. Não sei se devo passar o braço ao redor dele, então copio sua pose e apoio a mão na cintura.

— Ficou boa? — pergunta Madeline, apontando a tela do celular para a gente.

Parecemos estar levando tudo muito a sério, como se nos recusássemos a morrer antes de salvar o mundo de toda a sua feiura.

— Da hora — diz Rufus.

— Posso tirar mais fotos enquanto vocês saltam!

— Isso seria muito legal.

Madeline nos explica como tudo funciona. Vamos colocar os óculos, a experiência virtual vai começar, e a sala em si será a responsável por fazer com que tudo pareça o mais real possível. Madeline afivela os cintos nos ganchos de suspensão, e subimos uma escada até uma prancha que parece um trampolim, só que a menos de dois metros do chão.

— Quando estiverem prontos, é só apertar o botão nos óculos e saltar — anuncia Madeline, arrastando os tapetes para baixo da gente. — Vai dar tudo certo. — Ela liga os ventiladores de alta potência e a sala fica barulhenta devido ao vento.

— Pronto? — pergunta Rufus, colocando os óculos.

Faço o mesmo e confirmo. Aperto o botão verde ao lado das lentes. A realidade virtual começa. Estamos dentro de um avião com a porta aberta, e um homem em 3-D faz sinal de positivo para que eu pule em direção ao céu azul. Estou com medo de pular, não para fora do avião, mas em direção ao espaço aberto de fato à minha frente. A fivela pode quebrar, mesmo que eu esteja me sentindo cem por cento seguro.

Rufus grita por alguns segundos, pulando alguns metros para longe de mim, e de repente fica quieto.

Levanto meus óculos, torcendo para não encontrar Rufus no chão com o pescoço quebrado, mas ele está flutuando no ar, sendo soprado de um lado para outro pelos ventiladores. Eu não deveria ter visto Rufus desse jeito, mas eu precisava saber que ele estava bem, mesmo que isso estrague um pouquinho a experiência. Ainda quero a mesma adrenalina que Rufus está sentido, então coloco os óculos de novo, conto até três e pulo. Eu me sinto leve enquanto cruzo os braços sobre o peito, como se estivesse descendo em um tobogã e não em queda livre atravessando uma nuvem atrás da outra, o que, no fim das contas, também não estou fazendo de verdade. Estico os braços tentando tocar os tufos de nuvem, como se fosse possível pegar um pedaço e enrolar nas mãos, como uma bola de neve.

Minutos mais tarde, a magia acaba. Vejo o campo verde do qual estamos nos aproximando e deveria ficar aliviado por estar quase lá, quase em segurança de novo, mas nunca houve um perigo de verdade para começo de conversa. Não é empolgante. É seguro demais.

Exatamente o que eu pedi quando entrei aqui.

O Mateo Virtual pousa junto comigo, meus pés derrapando no tapete. Eu me forço a sorrir para Rufus, que sorri de volta para mim. Agradecemos a Madeline pela ajuda, removemos o equipamento de aviação e estamos liberados.

— Foi divertido, né? — digo.

— A gente deveria ter esperado pelo mergulho com tubarões — comenta Rufus enquanto passamos por Deirdre em direção à saída.

— Obrigado, Deirdre — me despeço.

— Parabéns por fazerem acontecer — responde Deirdre, com um aceno.

É esquisito ser parabenizado por estar indo embora, mas acho que ela não pode nos convidar a voltar outro dia.

Assinto para ela e sigo Rufus para fora.

— Achei que você tivesse se divertido! Você até comemorou — comento.

Ele está removendo a corrente da bicicleta que, infelizmente, ninguém roubou.

— No primeiro pulo, sim. Mas fica meio esquisito depois de um tempo. Você gostou mesmo daquilo? Prometo não julgar, só que vou julgar mesmo assim.

— Achei a mesma coisa que você.

— A ideia foi sua — diz Rufus, empurrando a bicicleta pelo quarteirão. — Chega de ideias suas por hoje.

— Desculpa.

— Estou brincando, cara. Foi interessante, mas o objetivo desse lugar é não ter nenhuma vítima, e esse tipo de diversão sem riscos não é nada divertida. A gente deveria ter lido umas avaliações de outros clientes antes de gastar nosso dinheiro.

— Não há muitas avaliações on-line. — Quando seu serviço é exclusivo para Terminantes, não dá para esperar muitas resenhas. Quer dizer, não consigo imaginar nenhum

Terminante disposto a gastar seu tempo precioso elogiando ou criticando a empresa. — Sinto muito mesmo. Não porque desperdiçamos dinheiro, mas porque desperdiçamos tempo — digo.

Rufus para e pega o celular.

— Não foi uma perda de tempo. — Ele me mostra a foto onde nós dois estamos com o equipamento e a publica no Instagram. Na legenda, ele usa #ÚltimoAmigo. — Acho que essa vai ganhar umas dez curtidas.

LIDIA VARGAS
9h14

A Central da Morte não ligou para Lidia Vargas, porque ela não vai morrer hoje. Mas, se fosse, ela teria avisado a todas as pessoas que ama, diferente do seu melhor amigo, que não contou para ela que está morrendo.

Lidia descobriu tudo. As pistas estavam espalhadas para que ela juntasse peça por peça: Mateo aparecendo supercedo; os elogios que ele disse do nada sobre como ela era uma mãe incrível; o envelope com quatrocentos dólares no balcão da cozinha; ter sido bloqueada por ele, algo que ela o ensinou a fazer.

Nos primeiros minutos depois que Mateo desapareceu, Lidia surtou, ligou para sua Abuelita e implorou para que saísse da farmácia onde trabalha e voltasse para casa. Em vez de responder a todas as perguntas da Abuelita, Lidia usou o celular da avó para ligar para Mateo, mas ainda assim ele não atendeu. Ela rezou para que fosse porque ele já possuía o número da Abuelita salvo nos contatos, e não porque ele já tinha morrido.

Ela não ia pensar desse jeito. Mateo não vai viver uma vida longa, o que é uma merda, porque ele é a alma mais brilhante do universo, mas vai viver um dia longo. Ele pode morrer às 23h59, nem um minuto antes.

Penny está chorando, e Abuelita não entende o que aconteceu. Lidia conhece todos os choros da filha e sabe como acalmá-la. Se a bebê está com febre, Lidia a pega no colo e canta em seu ouvido. Se ela cai, Lidia a levanta e entrega um brinquedo que tenha luzes piscantes ou que cante alguma musiquinha; infelizmente, alguns brinquedos fazem as duas coisas. Se Penny está com fome ou precisa ter a fralda trocada, os próximos passos são simples. Mas Lidia não pode ligar para Mateo só para dar um oizinho de novo e de novo porque ele bloqueou seu número.

Lidia entra no Facebook. Ela usava sua conta para manter contato com os amigos do colégio, mas agora ela só publica fotos de Penny para a família de Christian para não ter que mandar mensagens para os pais, avós, tias e tios, ou aquela prima dele que está sempre pedindo por conselhos amorosos.

Lidia visita o perfil de Mateo, quase desértico exceto por dezenove amigos em comum; duas fotos incríveis do nascer do sol no Brooklyn, que foram inicialmente publicadas na página "Bom dia, Nova York!"; um artigo sobre um instrumento criado pela NASA que possibilita escutar os sons do espaço; e uma atualização de meses atrás, que não recebeu nem de longe todo o amor que o garoto merecia por ter sido aceito na universidade on-line que tanto queria. É óbvio que Mateo nunca havia sido bom em compartilhar sua vida, mas sempre dava para contar com os comentários dele nas fotos ou nas demonstrações de apoio que ele deixava em suas publicações. Se é importante para você, é importante para ele.

Lidia odeia saber que Mateo está lá fora sozinho. Não se trata mais do início dos anos 2000, quando as pessoas morriam sem nenhum tipo de aviso. A Central da Morte está aqui para preparar os Terminantes e seus entes queridos, não para que um Terminante dê as costas para as pessoas que o amam. Ela queria que Mateo a deixasse ser parte da sua vida, até o último minuto.

Ela vai até as fotos do amigo, começando pela mais recente: ele e Penny tirando um cochilo no mesmo sofá em que Lidia está sentada agora; Mateo carregando Penny pela sala dos répteis no zoológico, onde os dois ficaram com medo de alguma cobra acabar escapando; Mateo e seu pai na cozinha de Lidia, quando o pai dele os estava ensinando a fazer *pegao*; Mateo pendurando a decoração para a festinha de um ano de Penny; Mateo, Lidia e Penny sorrindo no banco de trás do carro de Abuelita; Mateo com seu capelo e beca de formatura, abraçando Lidia, que havia levado flores e balões para ele. Lidia sai do álbum de fotos. As lembranças são muito dolorosas quando ela sabe que o amigo ainda está por aí, vivo. Ela encara a foto de perfil dele, uma tirada por Lidia no quarto dele, enquanto Mateo observava pela janela, esperando que o carteiro entregasse seu Xbox Infinity.

Amanhã, a uma hora dessas, Lidia vai publicar uma atualização sobre o falecimento do amigo. As pessoas vão entrar em contato com ela para oferecer os pêsames, assim como fizeram quando Christian morreu. E, depois que todos se lembrarem do Mateo, seja das aulas em comum ou da mesa no refeitório, eles vão correr para a página dele e deixar comentários como se fosse um memorial digital. Sobre como eles desejam que Mateo descanse em paz. Sobre como ele era novo demais para morrer. Sobre como queriam ter conversado mais com ele enquanto estava vivo.

Lidia nunca vai saber como Mateo está vivendo seu Dia Final, mas ela espera que o melhor amigo encontre o que quer que esteja procurando.

RUFUS
9h41

Damos de cara com sete telefones públicos abandonados em uma vala, embaixo de um viaduto que dá para o norte, em direção à ponte de Queensboro.

— A gente precisa entrar aqui.

Mateo está prestes a protestar, mas ergo o dedo e ele se cala rapidinho.

Deixo a bicicleta no chão e rastejamos por um buraco na cerca de arame. Canos enferrujados, sacos de lixo cheios fedendo a comida velha e merda, além de rastros de chiclete mascado, estão espalhados ao redor dos orelhões. Há um grafite de uma garrafa de Pepsi dando uma surra numa garrafa de Coca-Cola; tiro uma foto, posto no Instagram e marco o Malcolm, para que ele sabia que está comigo no meu Dia Final.

— É tipo um cemitério — comenta Mateo.

Ele pega um par de tênis do chão.

— Se você encontrar algum dedão aí dentro, a gente sai voando.

Mateo inspeciona os tênis por dentro.

— Nenhum dedão nem qualquer outra parte do corpo.
— Ele joga os calçados no chão. — Ano passado esbarrei com um cara com o nariz sangrando e descalço.

— Um sem-teto?

— Não. Ele devia ter a nossa idade. Apanhou e foi assaltado, então eu dei meus tênis para ele.

— É claro que deu — respondo. — Não se fazem mais caras como você.

— Ah, eu não falei isso para receber elogios. Foi mal. Só fiquei curioso para saber por onde ele anda agora. Duvido que eu conseguiria o reconhecer, o rosto dele estava coberto de sangue.

Mateo balança a cabeça, como se quisesse espantar a lembrança.

Eu me abaixo perto de um dos telefones públicos e vejo uma mensagem escrita com caneta permanente azul no lugar em que o telefone costumava ficar: SAUDADE, LENA. ME LIGA.

Vai ser difícil a Lena ligar para você, Pessoa Sem Um Telefone De Verdade.

— Que achado bizarro — comento, empolgado pra caramba enquanto vou até o próximo orelhão. — Eu me sinto meio Indiana Jones.

Mateo sorri em minha direção.

— Que foi? — pergunto.

— Eu era obcecado por esses filmes quando era criança. Tinha me esquecido deles. Até agora.

Ele me conta histórias sobre como o pai escondia tesouros pelo apartamento, e como os tesouros sempre eram o vidro com moedas que eles usavam na lavanderia. Mateo usava o chapéu de caubói da fantasia de Woody e um cadarço como laço. Sempre que estava perto de encontrar o vidro com as moedas, seu pai colocava uma máscara mexicana que ganhou de um vizinho e jogava Mateo no sofá para uma luta épica.

— Que maneiro! Seu pai parece um cara legal.

— Eu tive sorte — diz Mateo. — Enfim, acabei roubando o holofote de você. Desculpa.

— Sem essa, de boa. Não é um momento digno de holofote, algo que merece um discurso. Não vou começar a falar sobre como remover os orelhões das ruas é o começo da desconexão universal ou qualquer bobagem dessas. Só acho isso aqui muito incrível. — Tiro algumas fotos no celular. — É meio doido, né? Orelhões vão parar de existir. Nem sei o número de ninguém de cabeça.

— Eu só sei o do meu pai e o da Lidia — responde Mateo.

— Se eu fosse parar atrás das grades, estaria ferrado em dobro. Saber o número de alguém não ia fazer diferença, de qualquer forma. Ligar para outra pessoa deixaria de custar só uma ficha telefônica. — Levanto meu celular. — Não estou nem usando uma câmera de verdade! Aquelas que usam rolo de filme vão entrar em extinção também, espera para ver.

— Correios e cartas escritas à mão vão em seguida — acrescenta Mateo.

— Locadoras e tocadores de DVD — digo.

— Telefones fixos e secretárias eletrônicas — completa ele.

— Jornais. Relógios de parede e de pulso. Tenho certeza de que alguém já está trabalhando em um produto que faça a gente saber as horas de maneira automática.

— Livros físicos e bibliotecas. Não vão acabar tão cedo, mas, uma hora ou outra vai ser a hora deles, não acha? — Mateo fica quieto, quem sabe pensando naquela saga do Scorpius Hawthorne que mencionou no seu perfil. — Não podemos esquecer dos animais ameaçados de extinção.

Eu já tinha me esquecido deles.

— Você está certo. Supercerto. Tudo vai acabar, todas as coisas e as pessoas estão morrendo. Os humanos são péssimos, cara. Achamos que somos indestrutíveis e infinitos só porque podemos pensar e cuidar de nós mesmos, diferente de orelhões e livros, mas aposto que os dinossauros também acreditavam que iriam durar para sempre.

— Nós nunca agimos — diz Mateo. — Apenas reagimos quando percebemos que o tempo está acabando. — Ele aponta para si mesmo. — Eu sou a prova disso.

— Acho que somos os próximos da lista, então. Antes dos jornais e dos relógios de pulso e das bibliotecas. — Atravesso o buraco na cerca de volta e me viro para ele. — Mas você está ligado que ninguém mais usa telefones fixos, né?

TAGOE HAYES
9h48

A Central da Morte não ligou para Tagoe Hayes, porque ele não vai morrer hoje, mas ele nunca vai se esquecer de como foi ver seu melhor amigo recebendo o alerta. A expressão no rosto de Rufus vai assombrar Tagoe por muito mais tempo do que qualquer cena grotesca que ele tenha visto nos seus filmes de terror preferidos.

Tagoe e Malcolm ainda estão na delegacia, compartilhando uma cela que tem o dobro do tamanho do quarto deles.

— Eu jurava que esse lugar teria cheiro de mijo — diz Tagoe.

Ele está sentado no chão, porque o banco é muito fraco e range toda vez que ele se mexe.

— Só vômito mesmo — retruca Malcolm, roendo as unhas.

Tagoe planeja jogar fora a calça que está vestindo assim que chegar em casa. Ele tira os óculos, deixando Malcolm e a mesa do delegado desfocados. É um hábito frequente dele, que indica a todos que precisa dar um tempo de tudo o que está acontecendo ao seu redor. A única vez que aquilo deixou Malcolm irritado foi quando Tagoe tirou os óculos durante uma partida de Cards Against Humanity; Tagoe nunca admitiu que só fez aquilo porque a carta que ele estava segurando fazia piada sobre suicídio, e aquilo o fez pensar no homem que o havia abandonado.

Não saber se Rufus ainda está bem e vivo faz o pescoço de Tagoe doer.

Ele tenta evitar seu tique nervoso com frequência, porque o jeito como ele contorce o pescoço a todo instante não é apenas desconfortável, mas também faz com que ele pareça assustador e selvagem. Certa vez, Rufus perguntou qual era a sensação daquele impulso, então Tagoe pediu para Rufus, Malcolm e Aimee prenderem a respiração e não piscarem pelo máximo de tempo possível. Tagoe não precisava ter feito aquele exercício com os Plutões para saber o alívio que eles sentiriam quando enfim pudessem respirar e piscar. Mas, quando seu pescoço o puxa para todo lado, Tagoe sente pequenas rachaduras, e sempre imagina seus ossos esfarelando a cada virada da cabeça.

Ele coloca os óculos de volta e pergunta:

— O que você faria se recebesse a ligação?

Malcolm solta um grunhido.

— Provavelmente a mesma coisa que o Roof. Só que não convidaria minha ex-namorada que está namorando o cara que eu acabei de atacar para o meu funeral.

— Não dá para questionar que foi aí que ele errou — concorda Tagoe.

— E você? — pergunta Malcolm.

— A mesma coisa.

— Você iria... — Malcolm para de falar. Não é como das vezes em que ele estava ajudando Tagoe a vencer um bloqueio criativo enquanto o amigo escrevia o roteiro de *Médico substituto* e estava envergonhado da sua ideia sobre o médico demoníaco usando um estetoscópio capaz de ouvir os pensamentos dos pacientes. Essa ideia era excelente. Mas, agora, o que Malcolm quase falou era o tipo de coisa que com certeza deixaria Tagoe irritado.

— Eu não iria procurar minha mãe nem tentar descobrir como meu pai morreu — completa Tagoe.

— Por que não? Se eu descobrisse quem foi o cuzão que queimou minha casa, seria a primeira vez na minha vida que eu me meteria numa briga.

— Só me importo com quem quer estar presente na minha vida. Tipo o Rufus. Lembra como ele estava nervoso quando saiu do armário para a gente, porque não queria parar de dividir o quarto, já que a gente sempre se divertia junto? Esse é o tipo de pessoa que eu quero na minha vida. E quero ser parte da vida dele. Não importa quanto tempo ainda resta para ele.

Tagoe tira os óculos de novo e deixa o pescoço se contorcer sem parar.

KENDRICK O'CONNELL
10h03

A Central da Morte não ligou para Kendrick O'Connell, porque ele não vai morrer hoje. Ele pode não ter perdido a vida, mas acabou de perder o emprego na lanchonete. Kendrick continua com seu avental, sem dar a mínima. Ele sai da loja e acende um cigarro.

Kendrick nunca foi um cara sortudo. Nem mesmo quando se deu bem no ano passado, depois que seus pais enfim se divorciaram, não demorou muito para sua sorte secar por completo. Seus pais combinavam tão bem quanto um pé de adulto num sapato de criança; mesmo aos nove anos, Kendrick já percebia aquilo. Kendrick não sabia das coisas naquela época, mas tinha certeza de que amor não significava seu pai dormindo no sofá e sua mãe não se importando ao descobrir que o marido a traía com garotas mais novas de Atlantic City. (Kendrick tem certo problema com não se meter na vida dos outros, e seria muito mais feliz se fosse um pouco mais ignorante.)

O primeiro cheque da pensão alimentícia chegou bem no momento em que Kendrick precisava de tênis novos;

a sola do seu par antigo havia descolado na frente, e seus colegas de turma tiravam sarro sem dó, porque seu sapato "falava" toda vez que ele andava — abre, fecha, abre, fecha. Kendrick implorou à mãe pelo par de Jordans recém-lançados, e ela gastou trezentos dólares no calçado só porque Kendrick "precisava ter algum tipo de vitória". Ao menos foi isso que ela falou para o avô paterno do menino, que era um homem horrível... mas essa história não é importante no momento.

Kendrick se sentiu com três metros de altura ao usar os tênis novos, até que... um grupo de garotos de um 1,80 metro o atacaram e arrancaram os calçados dos seus pés. Seu nariz estava sangrando, e voltar para casa usando apenas as meias era doloroso, mas tudo foi resolvido por um garoto de óculos que deu a Kendrick uma embalagem de lenços que ele carregava na mochila e os próprios tênis, sem pedir nada em troca. Kendrick nunca viu o garoto de novo, nunca perguntou seu nome, mas aquilo não importava. O importante era nunca mais apanhar de novo.

Foi quando Damien Rivas, na época seu colega de turma e atualmente alguém que se orgulha de ter abandonado a escola, fez com que Kendrick se sentisse forte. Foi necessário apenas um final de semana com Damien para que Kendrick aprendesse a quebrar o punho de qualquer um que se metesse com ele. Damien o soltou na rua, como um pit bull feroz atacando estudantes desavisados. Kendrick abordava qualquer um, imobilizando e derrubando com um único golpe.

Kendrick se tornou o Rei do Nocaute, e é isso que ele é hoje.

Um Rei do Nocaute desempregado.

Um Rei do Nocaute sem ninguém para bater, já que sua gangue se separou depois que o terceiro membro do grupo, Peck, arrumou uma namorada e tentou dar um jeito na própria vida.

Um Rei do Nocaute em um reino de pessoas que continuavam o provocando com suas vidas cheias de propósito, como se implorassem por um maxilar deslocado.

MATEO
10h12

— Sei que eu não devo inventar mais ideias…

— Lá vem — diz Rufus.

Ele está pedalando ao meu lado, querendo que eu suba naquela armadilha mortal com ele. Não fiz isso antes e não vou fazer agora. Mas não posso deixar minha paranoia impedir que ele ande de bicicleta sozinho.

— No que você está pensando? — acrescenta ele.

— Queria ir ao cemitério visitar minha mãe. Só a conheço pelas histórias do meu pai e queria poder passar um tempo com ela. Aquele cemitério de orelhões mexeu comigo, acho. — Meu pai visitava minha mãe sozinho, porque eu ficava nervoso demais para acompanhá-lo. — A não ser que tenha mais alguma coisa que você queira fazer.

— Você quer mesmo ir ao cemitério no dia da sua morte?

— Quero — respondo.

— Eu topo. Qual cemitério?

— O Cemitério Evergreens, no Brooklyn. É perto do bairro onde minha mãe cresceu.

Vamos pegar o metrô da linha A na estação de Columbus Circle, até a Broadway Junction.

Passamos por uma loja de conveniência e Rufus quer entrar.

— Do que você precisa? Água?

— Só vem comigo — chama Rufus.

Ele empurra a bicicleta pelos corredores e para quando encontra os brinquedos em promoção. Algumas arminhas de água, massinha de modelar, bonecos de ação, bolas de vôlei, adesivos e Legos. Rufus pega um conjunto de Legos.

— Pronto! — exclama ele.

— Não entendi... Ah.

— Se prepare, arquiteto! — Rufus caminha até o caixa.

— Quero ver do que você é capaz.

Esse pequeno milagre me faz sorrir, um que eu nem pensaria em conceder a mim mesmo. Puxo minha carteira, mas ele recusa.

— Sem essa, é por minha conta. Eu estava te devendo pela ideia do Instagram — rebate.

Ele compra o Lego e nós saímos da loja. Rufus guarda a sacola plástica na mochila e caminha ao meu lado. Ele me conta sobre como sempre quis um animal de estimação, mas nada tipo um gato ou cachorro, porque ele tem uma alergia mortal a esses animais, porém um fodão tipo uma cobra ou um divertido como um coelho. Contanto que a cobra e o coelho não tivessem que dividir um quarto, eu apoiaria as duas escolhas.

Chegamos na estação de metrô de Columbus Circle. Ele desce as escadas com a bicicleta, e passamos pela catraca, pegando o trem da linha A momentos antes da partida.

— Bem na hora — digo.

— Poderíamos chegar muito mais rápido de bicicleta — brinca Rufus. Ou, pelo menos, eu acho que é brincadeira.

— Poderíamos chegar no cemitério muito mais rápido no carro da funerária.

Assim como o trem que pegamos no meio da noite, esse aqui está bem vazio, uma dúzia de passageiros talvez. Sentamos de costas para um pôster da Arena de Viagens pelo Mundo.

— Para quais lugares você gostaria de viajar? — pergunto.

— Um monte. Queria poder fazer umas coisas bem legais, tipo surfar no Marrocos, voar de asa delta no Rio de Janeiro e talvez nadar com golfinhos no México. Veja bem, golfinhos, não tubarões — diz Rufus. Se nós pudéssemos sobreviver ao dia de hoje, sinto que ele passaria um bom tempo zombando dos Terminantes que escolhem nadar com tubarões. — Mas também queria poder fotografar lugares aleatórios pelo mundo, locais que não recebem muito reconhecimento porque não têm uma história tão legal quanto a da Torre de Pisa ou do Coliseu, mas que são incríveis mesmo assim.

— Gosto muito dessa ideia. O que você acha de...

As luzes do trem piscam e tudo desliga, até mesmo os dutos de ventilação. Estamos no subterrâneo e na escuridão total. Um anúncio vindo dos alto-falantes nos informa que vamos passar por um leve atraso e que o sistema deve normalizar em breve. Um garotinho está chorando enquanto um homem xinga por causa de mais um atraso do metrô. Mas tem algo muito esquisito nisso tudo; Rufus e eu temos preocupações muito maiores do que apenas nos atrasarmos para algum compromisso. Eu não havia reparado em nenhuma pessoa suspeita no trem, porém agora estamos presos aqui. Alguém pode nos esfaquear e ninguém veria nada até as luzes se acenderem de novo. Eu me arrasto em direção ao Rufus, minha perna encosta na dele, e o protejo com meu corpo, porque talvez possa garantir mais tempo de vida para ele, tempo o bastante para que possa ver os Plutões se eles forem soltos ainda hoje, talvez possa até protegê-lo da morte, talvez eu possa ser o herói, talvez Rufus seja a exceção à regra que diz que a Central da Morte está sempre certa.

Algo brilha ao meu lado, como uma lanterna.

A luz vem do celular de Rufus.

Minha respiração está muito pesada, meu coração bate acelerado e não me sinto melhor nem mesmo quando Rufus massageia meus ombros.

— Ei, está tudo bem. Isso acontece o tempo todo.

— Não acontece, não — respondo.

Os atrasos, sim, mas o apagão não é comum.

— Você tem razão, não acontece. — Ele pega sua mochila e tira os Legos de dentro dela, jogando algumas peças no meu colo. — Aqui. Monta alguma coisa agora, Mateo.

Não sei se ele também acredita que estamos prestes a morrer e quer que eu crie alguma coisa antes que isso aconteça, mas obedeço. Meu coração ainda está muito acelerado, mas paro de tremer quando seguro a primeira peça. Não tenho ideia do que construo, mas deixo minhas mãos alinharem a esmo a fundação feita com peças maiores, porque tem literalmente um holofote sobre mim no meio de um vagão no maior breu.

— Para onde você gostaria de viajar? — pergunta Rufus.

Eu me sinto sufocado pela escuridão e pela pergunta.

Queria ter sido corajoso o bastante para viajar. Agora que não tenho mais tempo para ir a lugar algum, eu iria para qualquer lugar: quero me perder no deserto da Arábia Saudita; me pegar correndo dos morcegos debaixo da ponte Congress Avenue em Austin, Texas; passar a noite na Ilha Hashima, uma instalação de mineração de carvão no Japão, às vezes chamada de Ilha Fantasma; conhecer a Ferrovia da Morte na Tailândia, porque mesmo com um nome desses, há uma chance de sobreviver aos penhascos e pontes de madeira; e tudo que é lugar. Quero escalar todas as montanhas, descer todos os rios, explorar todas as cavernas, atravessar todas as pontes, correr em todas as praias, visitar todas as cidades, estados, países. Todos os lugares. Eu deveria ter feito muito mais do que assistir a documentários e vlogs sobre esses lugares.

— Quero ir para qualquer lugar que me dê adrenalina — respondo. — Voar de asa delta no Rio parece incrível.

Na metade da construção, me dou conta do que estou montando: um santuário. Isso me lembra a minha casa, o lugar onde me escondi da agitação, mas enxergo o outro lado da moeda também, e sei que minha casa me manteve vivo por todos esses anos. Não apenas vivo, mas feliz também. A culpa não é da casa.

Quando termino, no meio de uma conversa com Rufus sobre como os pais dele quase o chamaram de Kane por conta do lutador preferido da sua mãe, meus olhos se fecham e minha cabeça tomba. Eu acordo com um sobressalto.

— Desculpa. Você não está me entediando. Eu gosto de conversar com você. Só estou, hum, muito cansado. Exausto, mas sei que não devo dormir porque não tenho tempo para cochilos. — Mas esse dia está mesmo sugando toda a minha energia.

— Feche os olhos um pouquinho — diz Rufus. — O trem ainda está parado, por que você não descansa? Acordo você quando chegarmos no cemitério. Prometo.

— Você deveria dormir.

— Não estou cansado.

É mentira, mas sei que ele vai teimar comigo por causa disso.

— Tudo bem.

Inclino a cabeça para trás, segurando o santuário de brinquedo no colo. A luz do celular não está mais em mim. Posso sentir Rufus me observando, embora isso talvez seja coisa da minha cabeça. No começo, parece meio esquisito, mas depois fica legal, mesmo se eu estiver errado, porque sinto como se eu tivesse um guarda-costas protegendo meu tempo.

Meu Último Amigo vai ficar comigo até o final.

RUFUS
10h39

Preciso fotografar o Mateo dormindo.

Isso é meio bizarro, eu sei. Mas preciso imortalizar a expressão sonhadora no rosto dele. O que não parece nem um pouco menos bizarro. Merda. Mas também quero captar esse momento. Quantas vezes você já se pegou em um trem durante um apagão com um garoto de dezoito anos e sua casa de Lego a caminho do cemitério para visitar o túmulo da mãe? Isso mesmo. Essa vai para o Instagram.

Fico de pé para ter um enquadramento mais amplo. Miro a câmera na escuridão e tiro a foto, e a luz do flash me cega. Um segundo depois, sem brincadeira, as luzes do vagão se acendem, a ventilação volta ao normal e o trem retoma seu percurso.

— Sou um mago — murmuro.

Na moral, descubro que tenho superpoderes bem no meu Dia Final. Queria que alguém tivesse filmado aquilo, poderia viralizar fácil.

A foto ficou incrível. Vou publicar quanto tiver sinal de internet.

Foi bom ter tirado a foto de Mateo dormindo naquele exato momento — é, eu sei, é bizarro, já sabemos disso —, porque agora a expressão em seu rosto está mudando, o olho esquerdo tremendo. Ele parece desconfortável, e sua respiração fica pesada. Tremendo. Puta merda, talvez ele seja epiléptico. Não sei, ele não me avisou nada sobre isso. Eu deveria ter perguntado. Estou prestes a perguntar se alguém no vagão sabe o que fazer caso ele esteja tendo uma convulsão quando Mateo murmura um "Não" e continua repetindo a palavra. Sem parar.

Mateo está tendo um pesadelo.

Sento ao seu lado e seguro seu braço para salvá-lo.

MATEO
10h42

Rufus me acorda com uma sacudida.

Não estou mais na montanha; voltei para o vagão. As luzes estão acesas e estamos em movimento.

Respiro fundo enquanto me viro para a janela, como se esperasse mesmo que fosse encontrar pedras rolando e pássaros sem cabeça voando na minha direção.

— Teve um pesadelo, cara?

— Sonhei que estava esquiando.

— Culpa minha. O que aconteceu no sonho?

— Começou comigo descendo em uma daquelas pistas para iniciantes.

— A *bunny slope*?

Confirmo com um aceno da cabeça e continuo:

— Mas de repente ficou muito íngreme, e as colinas ficaram mais geladas e derrubei meus bastões de esqui. Quando me virei para procurar por eles, vi uma pedra enorme rolando na minha direção. De repente, o barulho foi ficando alto, e mais alto, e eu queria me jogar para o lado, em cima de um monte de neve, mas entrei em pânico. Eu deveria virar em mais uma colina quando vi meu santuário de Lego, só que era grande como uma cabana, mas meu equipamento de esqui desapareceu e eu voei para longe da montanha enquanto pássaros sem cabeça voavam em círculos no céu e continuei caindo cada vez mais.

Rufus sorri.

— Não é engraçado! — protesto.

Ele se aproxima de mim, seu joelho batendo no meu.

— Você está bem agora. Prometo que hoje não vai mais precisar se preocupar com pedras rolando atrás de você nem com cair das montanhas com neve.

— E todo o resto?

Rufus dá de ombros e fala:

— Acho que os pássaros sem cabeça também não vão aparecer.

É horrível saber que essa foi a última vez que eu sonhei.

E nem foi um sonho bom.

DELILAH GREY
11h08

A revista *Infinite Weekly* irá obter a última entrevista de Howie Maldonado.

Delilah, não.

— Eu sei tudo sobre Howie Maldonado — argumenta Delilah, mas sua superior, a editora-chefe Sandy Guerrero, não está convencida disso.

— Você é nova demais para fazer um perfil dessa importância — declara Sandy, caminhando em direção a um carro preto enviado pela equipe de Howie.

— Eu sei que trabalho no pior cubículo com o computador mais antigo do mundo, mas isso não significa que não seja qualificada para, pelo menos, ser sua assistente durante a entrevista — rebate Delilah.

Seu tom acaba soando ingrato e arrogante, mas ela não vai se desculpar. Sabe que ainda vai longe nesse mercado se souber reconhecer o próprio valor (e se conseguir assinar essa matéria). Pode ter sido a boa reputação de Sandy na área que convenceu o empresário do ator a escolher a *Infinity Weekly* em vez da revista *People*, mas Delilah tinha crescido não apenas com os livros do Scorpius Hawthorne, mas também com os filmes, todos os oito, o que acabou originando seu amor pela profissão. De fangirl a fangirl assalariada.

— Fico feliz em informar a você que Howie Maldonado não será a última pessoa a morrer — diz Sandy, abrindo a porta do carro e tirando os óculos escuros. — Você tem a vida inteira pela frente para homenagear celebridades.

Delilah ainda não conseguia acreditar em como Victor jogara sujo nessa madrugada, com aquela pegadinha da Central da Morte.

Sandy encara o cabelo colorido de Delilah, que desejou ter seguido as dicas do seu editor e pintado de castanho de novo, nem que fosse para não ser julgada agora.

— Você sabe quantos MTV Movie Awards o Howie já ganhou? — questiona Delilah. — Ou em qual esporte ele competiu quando era criança? Quantos irmãos ele tem? Quantos idiomas ele fala?

Sandy não responde a uma pergunta sequer.

Delilah responde a todas elas:

— Dois prêmios de Melhor Vilão. Esgrima. Filho único. Ele fala inglês e francês... Sandy, por favor. Prometo que não vou deixar meu entusiasmo atrapalhar você. Nunca vou ter outra oportunidade de conhecer o Howie.

A morte dele significava, para ela, a oportunidade profissional que só se tem uma vez na vida.

Sandy balança a cabeça e respira fundo.

— Está bem. Ele concordou com a entrevista, mas não há garantias. É óbvio. Reservamos uma área privada em um restaurante no centro e ainda estamos esperando o empresário confirmar se Howie concordou com o esquema. O mais cedo que ele consegue se encontrar com a gente é às duas.

Delilah está pronta para se sentar no carro quando Sandy balança o dedo.

— Ainda temos tempo antes da entrevista — aponta Sandy. — Por favor, consiga um exemplar do livro do Howie, aquele que ele *escreveu*. — O sarcasmo na voz de Sandy é tão afiado que ela nem precisa fazer aspas no ar. — Serei a mãe do ano se conseguir um exemplar autografado para o meu filho. — Sandy fecha a porta e abaixa o vidro. — Se eu fosse você, pararia de perder tempo.

O carro vai embora e Delilah apanha o celular, andando em direção à esquina enquanto procura as livrarias mais próximas. Tropeça na calçada e cai de cara na rua. Um carro buzina ao se aproximar dela e para a alguns centímetros do seu rosto. Seu coração acelera e os olhos se enchem d'água.

Mas ela sobreviveu, porque Delilah não vai morrer hoje. Pessoas caem o tempo todo.

Delilah não é exceção, ela lembra a si mesma, mesmo não sendo uma Terminante.

MATEO
11h32

O tempo começa a fechar conforme caminhamos para o Cemitério Evergreens. Não venho aqui desde os doze anos, no Dia das Mães, e não conseguiria acertar qual das entradas nos leva ao túmulo dela mais rápido nem se minha vida dependesse disso, então tenho certeza de que vamos acabar dando algumas voltas. A brisa carrega o cheiro de grama recém-aparada.

— Pergunta esquisita: você acredita em vida após a morte?

— Isso não é esquisito se pensar que já estamos morrendo — diz Rufus.

— Certo.

— Resposta esquisita: acredito em duas vidas após a morte.

— Duas?

— Duas.

— Como elas são? — pergunto.

Enquanto caminhamos entre as lápides — algumas tão desgastadas que mal dá para ler os nomes, outras com cruzes tão altas que parecem espadas fincadas nas pedras — e sob a copa dos carvalhos grandes, Rufus me conta sua teoria sobre o pós-morte.

— Acho que já estamos mortos, cara. Não todo mundo, só os Terminantes. Essa coisa toda de Central da Morte é fantasiosa demais para ser verdade. Saber quando é o nosso último dia só para podermos viver direito? Fantasia pura. A primeira vida após a morte começa quando a Central nos avisa que vamos viver o dia sabendo que é o último; assim podemos aproveitar ao máximo, acreditando que ainda estamos vivos. Daí podemos começar a vida seguinte sem nenhum arrependimento. Entende?

Faço que sim com a cabeça.

— Interessante — comento.

Sua ideia de vida após a morte é bem mais impressionante e pensada do que a do meu pai. Ele acredita na clássica ilha no céu com portões de ouro. Ainda assim, é melhor uma vida pós-morte comum do que nenhuma, que é o que Lidia acredita.

— Mas não seria melhor se já soubéssemos que estamos mortos sem ter que enfrentar o medo de como isso vai acontecer? — acrescento.

— Não. — Rufus empurra a bicicleta ao redor de um querubim de pedra. — Isso acabaria com todo o propósito da coisa. A intenção é que pareça real e todos os riscos devem, sim, assustar você, e as despedidas devem, sim, ser tristes. Senão seria artificial demais, como a Faça-Acontecer. Se você vive do jeito certo, um dia é o suficiente. Se ficarmos mais tempo que isso, viramos fantasmas que assombram e matam, e ninguém quer isso.

Rimos entre os túmulos de desconhecidos e, apesar de estarmos falando sobre nossas vidas após a morte, eu me esqueço por um segundo de que também vamos acabar parando no cemitério.

— E como é o próximo nível? A gente chega lá subindo de elevador? — pergunto.

— Não. Seu tempo acaba e, sei lá, você some ou qualquer coisa assim, e reaparece no que as pessoas chamam de "paraíso". Não sou religioso. Acredito que existe algum criador e um lugar onde os mortos ficam de boa, mas não chamo tudo isso de Deus e paraíso.

— Eu também! Acho o mesmo dessa coisa de Deus. — E talvez o resto da teoria de Rufus também esteja certo. Talvez eu já esteja morto e fui colocado ao lado de um garoto que pode mudar tudo como uma forma de prêmio por ter arriscado fazer algo novo, tipo testar o app Último Amigo. Talvez. — Como você imagina a vida após a morte?

— Pode ser do jeito que a pessoa quiser. Sem limites. Se você curte anjos e auréolas e cachorros fantasmas, então beleza. Se você quer voar, é possível. Se quiser voltar no tempo, fique à vontade.

— Você pensou muito sobre isso, né?

— Altas conversas de madrugada com os Plutões — responde Rufus.

— Espero que a reencarnação seja real — comento.

Já estou achando que essa coisa de ter um dia para fazer tudo não é o bastante. Uma vida apenas não é o bastante. Toco nos túmulos, me perguntando se alguém que está aqui já reencarnou. Talvez eu seja um dos reencarnados. Se for o caso, decepcionei meu eu do passado.

— Eu também. Quero mais uma chance, mas não estou contando com isso. E você, como imagina a vida após a morte?

Mais à frente, vejo uma tumba grande que parece uma chaleira azul-clara, e sei que a lápide da minha mãe está a algumas fileiras atrás dela. Quando eu era mais novo, costumava fingir que essa tumba de chaleira era uma lâmpada do gênio. Desejar que minha mãe voltasse para completar nossa família nunca funcionou.

— Minha noção de vida após a morte é tipo um cinema em que você pode rever sua vida inteira do começo ao fim. E vamos supor que minha mãe me convide para o cinema dela: eu poderia assistir a como ela viveu. Só espero que alguém saiba quais partes devem ser interrompidas com uma tela escura, pois não quero passar meu pós-morte inteiro traumatizado.

— Nunca consegui convencer Lidia dessa ideia, mas ela já tinha admitido que era bem legal. — Ah! E tem também uma transcrição de tudo que você já disse desde que nasceu e...

Fico quieto, porque chegamos ao lugar certo, e no espaço ao lado da minha mãe há um homem cavando outra cova enquanto um funcionário instala uma lápide com meu nome e datas de nascimento e de morte.

E eu ainda nem morri.

Minhas mãos tremem e quase derrubo meu santuário.

— E...? — pergunta Rufus, e logo prossegue com um: — Ai...

Caminho em direção ao meu túmulo.

Sei que as covas podem ser cavadas com um cronograma adiantado, mas só se passaram onze horas desde que recebi o alerta. Sei que minha lápide final ainda vai levar uns dias para ficar pronta, mas a versão temporária nem é o que está me deixando tão perturbado. É o fato de que ninguém deveria ver alguém cavando a sua cova.

Perco as esperanças logo depois de acreditar que Rufus poderia mudar minha vida. Ele larga a bicicleta no chão, caminha até o coveiro e apoia a mão sobre o ombro dele.

— Oi. Você pode nos dar alguns minutos?

O coveiro barbudo, vestindo uma camisa xadrez imunda, se vira para mim e então de volta para a lápide da minha mãe.

— Essa é a mãe do garoto? — Ele volta ao trabalho.

— É, e você está cavando a cova dele agora — acrescenta Rufus enquanto as árvores farfalham e a pá pega mais uma leva de terra.

— Caramba! Meus pêsames e tal, mas se eu parar aqui não vai mudar nada, só vai me atrasar. Quero terminar mais cedo para poder sair da cidade e…

— Eu não me importo! — Rufus dá um passo para trás, cerrando os punhos, e eu tenho medo de que esteja prestes a enfrentar esse cara. — Então me ajuda aqui… Só dez minutos! Vai cavar a cova de alguém que não esteja por perto!

O outro cara, aquele que estava instalando minha lápide, arrasta o coveiro para longe. Os dois resmungam sobre "esses Terminantes de hoje em dia", porém mantêm distância.

Quero agradecer aos homens e ao Rufus, mas sinto que estou afundando, tonto. Consigo me manter de pé e alcanço a lápide da minha mãe.

ESTRELLA ROSA-TORREZ
7 DE JULHO DE 1969
17 DE JULHO DE 1999
MÃE E ESPOSA AMADA
PARA SEMPRE EM NOSSOS CORAÇÕES

— Me dá um minuto com a minha mãe? — Eu nem sequer me viro, porque estou preso encarando o Dia Final dela e o dia em que eu nasci.

— Vou ficar por perto — diz Rufus.

É possível que ele não vá muito longe, talvez se afaste apenas alguns metros, ou talvez ele nem mesmo se mexa, mas confio nele. Ele vai estar aqui quando eu me virar.

O ciclo se fecha entre minha mãe e eu. Ela morreu no dia em que eu nasci, e agora eu serei enterrado ao seu lado. Estaremos reunidos. Quando eu tinha oito anos, achava esquisito como ela recebeu o título de mãe "amada", já que ela só foi mãe enquanto me carregou por nove meses; dez anos depois, eu não penso mais assim. Mas não conseguia entender como ela pôde ter se sentido minha mãe se nunca teve a oportunidade de brincar comigo, de abrir os braços enquanto eu dava meus primeiros passos e caía em cima dela, de me ensinar a amarrar o cadarço, nada disso nem nada mais. Porém, meu pai sempre me lembrava, de uma forma muito gentil, que ela não pôde fazer nada daquilo porque o parto foi complicado, "muito difícil", como ele dizia, e ela se certificou de que eu ficaria bem em vez de cuidar de si mesma. Por isso, ela com certeza merecia o título de "mãe amada".

Eu me ajoelho na frente da lápide da minha mãe.

— Ei, mãe. Está empolgada para me conhecer? Sei que foi você quem me fez, mas, se pararmos para pensar, ainda somos desconhecidos. Tenho certeza de que você já pensou nisso. Você já deve ter passado muito tempo no seu cinema enquanto os créditos finais passavam, porque você morreu enquanto eu chorava nos braços de alguma enfermeira. Talvez aquela enfermeira pudesse ter ajudado a controlar a sua hemorragia se não estivesse me segurando. Sei lá. Me desculpa se você teve que morrer para que eu pudesse viver, eu sinto muito mesmo. Espero que você não peça para os seguranças me manterem longe de você quando eu finalmente morrer.

"Mas sei que você não é assim, por causa das histórias que o papai me contou. Uma das minhas preferidas é a de quando você foi visitar sua mãe no hospital, alguns dias antes da morte dela, e a companheira de quarto tinha Alzheimer e ficava perguntando para você se queria saber um segredo. E você dizia sim e sim, repetidas vezes, mesmo já sabendo que ela escondia chocolate dos filhos quando eram pequenos, porque ela era viciada em doces. — Apoio a palma da mão na lápide e isso é o mais perto que já cheguei de segurar a mão dela. — Mãe, será que eu vou encontrar um amor aí em cima, já que nunca tive a oportunidade de encontrar aqui embaixo?"

Ela não responde. Não sinto um calor misterioso tomando conta de mim, nenhuma voz ao vento. Mas tudo bem. Vou descobrir em breve.

— Por favor, cuide de mim hoje, mãe, pela última vez, porque sei que ainda não estou morto como o Rufus acha que estamos, e queria ter um dia que mudasse minha vida. Daqui a pouco a gente se vê.

Levanto e me viro para a minha cova, que deve ter apenas um metro de profundidade e ainda está irregular. Entro no buraco, me sento, e apoio as costas no lado que o coveiro ainda não terminou. O santuário está no meu colo e aposto que pareço um garotinho brincando de Lego no parque.

— Posso entrar aí também? — pergunta Rufus.

— Só tem espaço para um. Arrume sua própria cova.

Rufus entra mesmo assim, chuta meu pé e se espreme, apoiando a perna na minha para caber no espaço.

— Não tem cova para mim. Vou ser cremado como a minha família.

— Você ainda tem as cinzas deles? Nós podemos espalhá-las em algum lugar. O fórum "Partindo em Cinzas" no *ContagemRegressiva* é muito popular e...

— Eu e os Plutões já fizemos isso mês passado — interrompe Rufus; eu devia me controlar com essas histórias sobre desconhecidos da internet. — Espalhamos as cinzas na frente do nosso prédio antigo. Continuei me sentindo supervazio depois, mas eles estão em casa agora. E quero que os Plutões espalhem as minhas cinzas em outro lugar.

— Onde você gostaria de espalhá-la? Em Plutão?

— No Althea Park — responde Rufus.

— Eu amo esse parque.

— Como você conhece?

— Eu ia muito lá quando era mais novo, ia sempre com meu pai. Ele me ensinava sobre tipos diferentes de nuvens, e eu ficava gritando o nome de cada uma enquanto me sentava num balanço e subia em direção ao céu. Por que você gosta tanto de lá?

— Não sei. Mas sempre acabei indo para lá por algum motivo. Foi onde beijei uma garota, Cathy, pela primeira vez. Aonde fui depois que minha família morreu, e quando terminei minha primeira maratona de ciclismo.

Cá estamos nós, dois garotos sentados em um cemitério enquanto começa a garoar, compartilhando histórias na minha cova malterminada, como se não fôssemos morrer hoje. Esses momentos breves de esquecimento e alívio são o bastante para me dar forças para o resto do dia.

— Pergunta esquisita: você acredita em destino? — digo.

— Resposta esquisita: acredito em dois destinos.

— Sério?

— Não. — Rufus sorri. — Não acredito nem mesmo em um. E você?

— Como você explica a gente ter se encontrado? — pergunto.

— Nós dois baixamos um aplicativo e concordamos em nos encontrar.

— Mas olha só para a gente. Minha mãe e seus pais morreram. Meu pai está em coma. Se nossos pais estivessem aqui agora, não teríamos nos encontrado no Último Amigo. — O aplicativo é feito para adultos, não para adolescentes. — Se você consegue acreditar em duas vidas após a morte, consegue acreditar no universo brincando de marionete. Não consegue?

Rufus assente e a chuva começa a cair com mais força. Ele se levanta primeiro e estende a mão. Eu a aceito. A poesia por trás de Rufus me tirando da minha própria cova não me passa despercebida. Saio do buraco e caminho até a lápide da minha mãe, beijando seu nome gravado. Deixo meu santuário de brinquedo apoiado na pedra. Eu me viro bem a tempo de encontrar Rufus me fotografando; registrar momentos é mesmo o ponto forte dele.

Olho para a minha lápide pela última vez.

AQUI JAZ
MATEO TORREZ JR.
17 DE JULHO DE 1999

Meu Dia Final será acrescentado em breve: 5 de setembro de 2017.

Meu epitáfio também. Não tem problema que o espaço esteja em branco agora. Eu sei o que vai estar escrito ali, e vou fazer o máximo para viver conforme prometi: *Ele viveu para todos*. As palavras vão se desgastar com o tempo, mas elas serão verdadeiras.

Rufus empurra a bicicleta pelo caminho molhado e lamacento, deixando as marcas do pneu para trás. Eu o sigo, me sentindo mais pesado a cada passo que me afasta da minha mãe e da cova aberta, sabendo que em breve estarei aqui de novo.

— Você me convenceu sobre o destino — diz Rufus. — Agora termina de me contar sobre a sua versão de vida após a morte.

E é isso que faço.

PARTE TRÊS

O começo

O homem não deve temer a morte, mas deve ter medo de nunca começar a viver.

— Marco Aurélio, imperador romano

MATEO
12h22

Doze horas atrás, recebi a ligação me avisando que vou morrer hoje. Do meu próprio jeito, já me despedi um monte de vezes: do meu pai, da minha melhor amiga, da minha afilhada, mas o adeus mais importante foi o que dei para o Mateo do Passado, que deixei para trás quando meu Último Amigo veio me buscar para enfrentarmos um mundo que está contra nós. Rufus já fez tanto por mim, e aqui estou eu para ajudá-lo a enfrentar qualquer demônio que esteja o perseguindo. Só que não é o caso de sacar alguma espada de fogo ou atirar alguma estrela de lâminas como nos livros de fantasia. A companhia dele me ajudou, e talvez a minha também possa ajudá-lo a vencer qualquer mágoa.

Doze horas atrás, recebi a ligação me avisando que vou morrer hoje, e me sinto mais vivo agora do que me sentia antes.

RUFUS
12h35

Não sei para onde Mateo está me levando, mas está tudo bem, porque a chuva parou e me sinto com as energias renovadas, pronto para qualquer coisa depois do supercochilo que tirei no metrô enquanto voltávamos para a cidade. Uma droga eu não ter sonhado, mas também não tive nenhum pesadelo. Não dá para ganhar todas.

Estou riscando a Arena de Viagens da lista porque é megalotada a essa hora do dia, como Mateo lembrou. Se nos restam poucas horas de vida, é melhor não perder tempo em filas. Precisamos esperar que o tempo dos outros Terminantes acabe, basicamente. É um jeito meio merda de se pensar, mas não estou errado. Espero que nossa próxima atividade não seja um desperdício tão grande quanto o Faça-Acontecer. Aposto que é algum tipo de trabalho comunitário, ou talvez ele esteja conversando em segredo com Aimee e organizou um encontro para que eu possa me acertar com ela antes de bater as botas.

Já estamos há cerca de dez minutos em Chelsea, no parque perto do cais. Estou sendo o tipo de cara que odeio, aquele que anda na ciclovia quando é evidente que existe uma calçada só para pedestres e pessoas praticando corrida. Isso com certeza vai ferrar meu placar de carma. Mateo me leva até o cais, e eu paro.

— Vai tentar me empurrar? — pergunto.

— Você tem pelo menos vinte quilos de vantagem sobre mim. Está seguro. Você me disse que não adiantou de muita coisa espalhar as cinzas dos seus pais e da sua irmã. Pensei que talvez pudesse encontrar algum tipo de desfecho aqui.

— Eles morreram do outro lado da cidade — explico.

Estou torcendo para que as barreiras em que batemos o carro e capotamos, no acidente mais bizarro de todos, já tenham sido consertadas. Mas vai saber?

— Não precisa ser no local do acidente. Talvez só o rio seja o bastante.

— Não estou entendendo aonde você quer chegar com isso.

— Também não sei e, se você não se sentir confortável, podemos dar meia-volta e fazer outra coisa. Ir ao cemitério me trouxe uma paz que eu não estava esperando, e queria que você sentisse essa mesma maravilha.

Dou de ombros.

— Já estamos aqui mesmo. Manda ver com a maravilha.

Não há nenhum barco no cais, o que é um grande desperdício, como um estacionamento vazio. Em julho, fui ao cais que fica mais no centro da cidade com Aimee e Tagoe, porque eles queriam ver as estátuas à beira-mar, e voltei lá uma semana depois com Malcolm, que perdeu o primeiro passeio por causa de uma intoxicação alimentar.

Caminhamos pela extensão do cais. Ele não é feito de tábuas de madeira. Se fosse, eu ficaria nervoso demais para seguir em frente. Estou pegando a paranoia do Mateo, contagiosa como um resfriado. O cais é firme e feito de cimento, não é uma estrutura frágil que pode quebrar a qualquer momento, mas pode apostar que estou deixando o otimismo me enganar direitinho. Quando chegamos ao fim, me apoio no corrimão de metal e me debruço para ver a correnteza do rio em ação.

— Como você está se sentindo? — pergunta Mateo.

— Como se esse dia inteiro fosse uma peça que o mundo está pregando em mim. Você é um ator e a qualquer momento meus pais, Olivia e os Plutões vão surgir de detrás de um carro para me assustar. E eu nem ficaria chateado. Antes de mais nada, abraçaria todo mundo, e *só depois* mataria todo mundo.

É uma ideia engraçada, tirando a parte do massacre.

— Isso me parece o que alguém muito irritado faria — comenta ele.

— Passei muito tempo irritado com a minha família por ter me abandonado, Mateo. Todo mundo sempre fala sobre aquela coisa de Culpa do Sobrevivente e até entendo, mas...
— Eu nunca falei sobre isso com os Plutões, nem mesmo com Aimee quando nós namorávamos, porque é horrível.
— Mas quem abandonou os outros fui eu, sabe? Eu que consegui escapar do carro afundando e nadei para longe. Até hoje não sei se fiz aquilo por vontade própria ou se foi algum instinto forte. Tipo como quando você não consegue manter a mão na boca do fogão sem que seu cérebro obrigue

você a tirá-la dali. Teria sido fácil pra caramba afundar com eles, mesmo sem ter recebido o alerta da Central da Morte. Se era tão fácil assim quase morrer, talvez eles pudessem ter se esforçado mais um pouco para ser a exceção e sobreviver. Talvez a Central da Morte estivesse errada!

Mateo se aproxima e apoia a mão no meu ombro.

— Não pense assim. Existe um monte de fóruns no *ContagemRegressiva* sobre Terminantes que acreditam ser especiais. Quando a Central da Morte liga, não tem discussão. É o fim do jogo. Não tinha nada que você ou eles pudessem ter feito.

— Eu poderia ter dirigido — rebati, afastando a mão dele. — Foi ideia da Olivia, já que eu ia junto com eles. Assim não teríamos um Terminante ao volante. Mas eu estava nervoso demais e irritado demais e solitário demais. Eu podia ter ganhado pelo menos algumas horas para eles. Talvez assim não tivessem desistido quando a situação ficou feia. Assim que eu saí do carro, eles só ficaram lá parados, Mateo. Não resistiram. — Só se preocuparam em me tirar dali. — Meu pai se esticou para abrir a minha porta de imediato, minha mãe fez a mesma coisa do banco de trás. Eu conseguia abrir a porta sozinho, minha mão não estava presa nem nada assim. Fiquei em transe, porque a porra do carro voou para dentro do rio, mas consegui reagir a tempo. Já eles apenas desistiram assim que a porta do meu lado abriu. Nem *Olivia* tentou escapar.

Fui obrigado a esperar em uma ambulância, enrolado em uma toalha que tinha cheiro de alvejante, enquanto uma equipe retirava o carro do rio.

— Isso nunca foi culpa sua. — Mateo está olhando para baixo. — Vou lhe dar um minuto sozinho, mas vou ficar aguardando. Espero que seja isso que você quer. — Ele sai, empurrando minha bicicleta, antes que eu possa responder.

Acho que um minuto não será o bastante. Isto é, até eu ceder, chorando mais alto do que em semanas e socando o corrimão. Continuo com os golpes, batendo no corrimão porque minha família morreu, batendo porque meus melhores amigos estão presos, batendo porque minha ex-namorada traiu nossa confiança, batendo porque acabei de fazer um novo amigo incrível e nós não temos nem um dia inteiro para passarmos juntos. Paro, sem fôlego, como se tivesse acabado de derrotar uns dez caras numa luta. Nem quero uma foto do rio Hudson, então dou meia-volta e o deixo para trás, caminhando em direção ao Mateo, que empurra a bicicleta em círculos.

— Você ganhou — admito. — Foi uma ideia boa mesmo.

Ele não se gaba, como Malcolm faria, nem me provoca, como Aimee fazia todas as vezes que ela vencia algum jogo.

— Foi mal pelo surto — acrescento.

— Você *precisava* surtar.

Ele continua andando em círculos. Fico meio tonto de olhar.

— Verdade.

— Se precisar surtar de novo, estou aqui. Último Amigo até morrer.

DELILAH GREY
12h52

Delilah se apressa para chegar na única livraria na cidade que, por milagre, ainda possui um exemplar do livro de ficção científica de Howie Maldonado, *O gêmeo perdido na Baía dos Ossos*.

Ela corre em direção à loja, mantendo distância do meio-fio, ignorando a cantada de um homem careca carregando uma bolsa de academia, e passando por dois garotos com uma bicicleta.

Delilah está rezando para que Howie Maldonado não adiante a entrevista antes que ela consiga chegar lá, quando se dá conta de que há muito mais em jogo ao se tratar da vida moribunda de Howie.

VIN PEARCE
12h55

A Central da Morte ligou para Vin Pearce à 00h02 para avisar que ele vai morrer hoje, o que não é lá grande surpresa.

Vin está puto porque a mulher bonita de cabelo colorido e vibrante o ignorou, puto porque nunca chegou a se casar, puto porque foi rejeitado por todas as mulheres do Necro hoje de manhã, puto com seu ex-treinador que atravancou seus sonhos, puto porque esses dois garotos com uma bicicleta estão no caminho da destruição que ele vai causar. O garoto com equipamento de ciclista anda devagar, ocupa toda a calçada com a bicicleta que ele está empurrando — bicicletas foram feitas para ser pedaladas! E não empurradas feito um carrinho de bebê. Vin força a passagem, sem pensar em consequências, esbarrando no ombro do garoto.

Este solta uma bufada, mas seu amigo o segura pelo braço, mantendo-o afastado.

Vin gosta de ser temido. Ele ama sentir isso no cotidiano, mas amava muito mais no ringue de luta. Quatro meses atrás, Vin começou a sentir dores musculares, mas se recusou a aceitar sua fraqueza. Levantar pesos era um sacrifício com poucos resultados; sequências de vinte flexões se tornaram quatro, isso em um dia de sorte; e seu treinador o afastou do ringue por tempo indeterminado porque seria impossível continuar lutando. Doenças sempre marcaram a sua família — havia anos que o pai morrera depois de ser diagnosticado com esclerose múltipla, a tia morreu de gravidez ectópica, e por aí vai —, mas Vin acreditava ser melhor, mais forte. Ele estava destinado à grandiosidade, tinha certeza disso, com campeonatos mundiais e riquezas inacreditáveis. Mas a fibromialgia o derrubou e ele perdeu tudo.

Vin entra na academia onde passara os últimos sete anos treinando a fim de se tornar o próximo campeão mundial de levantamento de peso, o cheiro de suor e tênis suados trazendo inúmeras lembranças. A única que importa agora é a de quando seu treinador o mandou esvaziar o armário e lhe sugeriu uma nova carreira, tipo comentarista de luta ou até treinador também.

Insultante.

Vin se esgueira até a sala do gerador de energia e retira da bolsa de academia uma bomba caseira.

Vin vai morrer onde se fez. E não vai morrer sozinho.

MATEO
12h58

Passamos pela vitrine de uma livraria com clássicos e lançamentos recentes apoiados em cadeiras infantis, como se os livros estivessem se divertindo numa sala de espera, prontos para serem comprados e lidos. Esse tipo de leveza veio a calhar depois daquele esbarrão provocador do homem com a bolsa de academia.

Rufus tira uma foto da vitrine.

— Podemos entrar.

— Não vou demorar mais de vinte minutos — prometo.

Entramos na Livraria Aberta. Eu amo como o nome da loja me traz esperança.

Essa é a melhor pior ideia de todas. Eu não tenho tempo para ler nenhum desses livros. Mas nunca entrei nessa livraria porque compro meus livros pela internet ou pego na biblioteca da escola. Talvez uma estante desabe e esse será o meu fim — doloroso, mas existem jeitos piores de morrer.

Esbarro numa mesa alta enquanto estudo um relógio antigo no topo de uma estante, derrubando os livros fazendo propaganda de volta às aulas. Peço desculpas ao livreiro

— Joel, segundo seu crachá —, ele diz que não tem problema ao me ajudar a arrumar tudo.

Rufus deixa a bicicleta na frente da loja e me segue pelos corredores. Leio as recomendações dos funcionários, livros de gêneros diferentes sendo elogiados em notas com as caligrafias mais diversas, algumas mais legíveis que outras. Tento evitar a seção sobre luto, mas dois livros chamam a minha atenção. Um é *Olá, Deborah, minha velha amiga*, a biografia de Katherine Everett-Hasting que causou bastante controvérsia. O outro é um guia que está sempre na lista dos mais vendidos e todo mundo está falando a respeito, *Conversando sobre a morte quando você descobre que vai morrer de repente*, escrito por algum homem que ainda está vivo. Não dá para entender.

Vejo muitos dos meus preferidos nas seções de mistério e de literatura jovem.

Paro diante dos romances, onde há uma dúzia de livros embrulhados em papel pardo com o carimbo "Encontro às cegas com um livro". Existem algumas pistas sobre cada história que podem despertar seu interesse. Por exemplo, o perfil de alguém que você conhece na internet. Como meu Último Amigo.

— Você já namorou alguém? — pergunta Rufus.

A resposta está bem óbvia. É legal da parte dele me dar o benefício da dúvida.

— Nunca. — Só fiquei a fim de algumas pessoas, mas é constrangedor admitir que eram sempre personagens de livros e séries de TV. — Não aproveitei isso. Talvez na próxima vida.

— Talvez — repete Rufus.

Sinto que ele quer me dizer mais alguma coisa; talvez queira fazer uma piada sobre como eu deveria baixar o Necro para não morrer virgem, como se sexo e amor fossem a mesma coisa. Mas ele não diz nada.

Também posso estar equivocado.

— Aimee foi sua primeira namorada? — pergunto.

Pego um dos livros embrulhados com uma ilustração de um criminoso fugindo, segurando uma placa gigante que diz: VOU ROUBAR SEU CORAÇÃO.

— Foi meu primeiro relacionamento — responde Rufus, girando um mostruário com cartões-postais de Nova York. — Mas já tive uns rolos com colegas da minha antiga escola. Nunca deu em nada, mas eu tentei. Você chegou a se aproximar de alguém? — Ele retira um cartão com uma foto da ponte do Brooklyn. — Você pode mandar um cartão-postal para a pessoa de quem você esteve a fim.

Cartões-postais.

Sorrio enquanto pego um, dois, quatro, seis, doze.

— Nossa, você foi a fim de muita gente — brinca Rufus.

Vou até o caixa, onde Joel me atende de novo.

— A gente devia mandar esses cartões para as pessoas, sabe? — Mantenho o tom vago porque não quero revelar para o livreiro que os clientes na sua frente estão morrendo aos dezessete e dezoito anos. Não quero estragar o dia dele.

— Os Plutões, colegas de classe…

— Eu não tenho o endereço de ninguém — comenta Rufus.

— Manda para a escola. Eles têm o endereço de todos que já estudaram lá.

É o que eu quero fazer. Compro o livro misterioso e os cartões-postais, agradeço a Joel pelo atendimento e saímos da loja. Rufus falou que o segredo dos relacionamentos dele sempre foi a comunicação. Eu até posso fazer isso com os cartões, mas preciso falar em voz alta também.

— Eu tinha nove anos quando fiz, pela primeira vez, uma pergunta ao meu pai sobre o amor — digo, olhando de novo para os cartões, cheios de lugares na minha própria cidade que jamais visitei. — Eu queria saber se o amor estava debaixo do sofá ou em cima do armário, onde eu ainda não conseguia alcançar. Ele não disse que "o amor vem de dentro" nem que "o amor está sempre ao seu redor".

Rufus empurra a bicicleta ao meu lado enquanto passamos pela academia.

— Agora fiquei curioso. O que ele respondeu?

— Que amor é um superpoder que todos nós temos, mas nem sempre sabemos controlar. Principalmente quando vamos ficando mais velhos. Às vezes ele vai fugir do controle, e eu não devia me assustar se meu poder atingisse uma pessoa que me surpreenda. — Meu rosto está ardendo, e queria ter o superpoder do bom senso, porque esse não é o tipo de coisa que eu deveria dizer em voz alta. — Isso foi meio idiota. Desculpa.

Rufus para e sorri.

— Não, eu gostei! Obrigado por me contar essa história, Super Mateo.

— Na verdade, é Mega Master Mateo. Tem que aprender se quiser ser meu ajudante. — Deixo de encarar os cartões-postais. Eu gosto muito dos olhos de Rufus. Castanhos e cansados, mesmo depois de ter dormido um pouco. — Como você sabe quando o amor é amor mesmo?

— Eu...

Vidros se estilhaçam e, de repente, somos jogados para trás pelo ar enquanto chamas atingem uma multidão aos berros. É agora. Sou atirado contra a lateral de um carro, meu ombro bate no retrovisor. Minha visão fica turva — escuridão, fogo, escuridão, fogo. Meu pescoço estala quando me viro e Rufus está ao meu lado, seus olhos castanhos lindos fechados; ele está cercado pelos cartões-postais da ponte do Brooklyn, da Estátua da Liberdade, da Union Square e do Empire State Building. Eu me arrasto até ele e fico tenso ao encostar em sua pele. Com a mão, sinto os batimentos fortes de seu coração; o coração dele, assim como o meu, está desesperado para não parar de pulsar, ainda mais no meio de todo esse caos. Nossa respiração está acelerada, irregular e aterrorizada. Não tenho ideia do que aconteceu, só que Rufus está se esforçando para abrir os olhos e as outras pessoas estão gritando. Mas não todos. Vejo corpos no chão, rostos beijando o cimento, e ao lado de uma mulher de cabelo colorido e vibrante que está tentando se levantar, há mais uma, só que seus olhos encaram o céu enquanto seu sangue escorre em direção a uma poça de chuva.

RUFUS
13h14

Ei! Pouco mais de doze horas atrás aquele cara da Central da Morte me ligou para avisar que hoje é dia de partir. Estou sentado na calçada, abraçando meus joelhos como fiz na ambulância quando minha família morreu, tremendo pra caramba por causa da explosão, do tipo que você só vê em filmes de ação. Sirenes de viaturas e ambulâncias fazem a maior barulheira, e os bombeiros tentam conter a academia em chamas, mas para muita gente já é tarde demais. Terminantes precisam começar a usar uns colares especiais, ou uns coletes, qualquer coisa que sinalize sua condição, impedindo que todo mundo vá para o mesmo lugar. Poderia ter sido o fim para mim e Mateo um ou dois minutos atrás. Talvez tivesse sido, talvez não. Mas uma coisa eu sei: pouco mais de doze horas atrás, recebi uma ligação me avisando que vou morrer hoje, e achei que eu já tinha aceitado isso, mas nunca na vida tive tanto medo do que vai rolar mais tarde.

MATEO
13h28

O fogo foi apagado.

Meu estômago passou os últimos vinte minutos gritando de fome, como se desse para pedir uma pausa no meu Dia Final para comer uma refeição decente sem perder um tempo valioso, e como se eu e Rufus não tivéssemos quase morrido em uma explosão que levou alguns Terminantes.

Testemunhas estão falando com os policiais e não sei o que eles teriam para contar. A explosão que destruiu a academia aconteceu do nada.

Sento ao lado de Rufus, com a bicicleta dele e minha sacola da livraria. Os cartões-postais estão espalhados ao nosso redor e eles podem muito bem ficar no chão. Não tenho tempo para escrever nada quando existem Terminantes aqui que já se encontram em sacos pretos e a caminho do necrotério.

Não posso confiar no dia de hoje.

RUFUS
13h46

Preciso seguir em frente.

Mais do que nunca, eu só queria me sentar com os Plutões e bater papo sobre qualquer coisa, mas a melhor alternativa que tenho para me animar é dar uma volta de bicicleta. Foi o que fiz depois que meus pais e Olivia morreram, e quando Aimee terminou comigo, e hoje de manhã depois de bater no Peck e receber o alerta. Assim que nos afastamos do caos, subo na bicicleta, testando os freios. Mateo desvia o olhar do meu.

— Por favor, suba — peço.

É a primeira vez que falo qualquer coisa desde que fomos lançados de um lado para outro como um lutador de luta-livre.

— Não — responde Mateo. — Desculpa. Não é seguro.

— Mateo.
— Rufus.
— *Mateo.*
— *Rufus.*

— Por favor, Mateo. Preciso pedalar depois do que acabou de acontecer e não quero me separar de você. Nós deveríamos estar vivendo, ponto final. Sabemos como isso vai acabar para nós dois, mas não quero olhar para trás e achar que desperdiçamos um momento sequer. Isso não é um sonho *e nós não vamos acordar*.

Não sei o que mais posso fazer. Ficar de joelhos e implorar? Não sou desse tipo, mas eu tentaria se isso o fizesse vir comigo.

Mateo parece enjoado.

— Só se você prometer ir devagar, está bem? E evitar descer qualquer ladeira ou atravessar qualquer poça d'água.

— Prometo.

Entrego meu capacete para ele, que a princípio recusa, mas de jeito nenhum eu estaria mais em risco do que ele. Mateo prende o capacete, pendura a sacola da livraria no guidão, sobe no apoio das rodas de trás e segura meus ombros.

— Estou apertando muito forte? Com capacete ou sem, eu só não quero cair.

— Relaxa, está tudo bem.

— Beleza.

— Pronto?

— Pronto.

Começo a pedalar devagar, sentindo minha panturrilha arder por carregar o peso de duas pessoas; é como subir uma ladeira. Encontro um ritmo bom e deixo a polícia, os cadáveres e a academia destruída para trás.

DEIRDRE CLAYTON
13h50

A Central da Morte não ligou para Deirdre Clayton porque ela não vai morrer hoje, mas ela vai provar que eles estão errados.

Deirdre está na beirada do terraço do prédio de oito andares onde mora. Dois entregadores a observam — ou interessados em salvá-la com o sofá que eles estão trazendo numa mudança para o prédio, ou apostando se ela é ou não uma Terminante. O sangue e os ossos quebrados na calçada servirão como prova.

Essa não é a primeira vez que Deirdre foi para um lugar tão alto. Sete anos atrás, quando ainda estava no ensino médio e alguns meses depois que os serviços da Central da Morte se tornaram disponíveis ao público, Deirdre foi desafiada a brigar depois da aula, e quando Charlotte Simmons, alguns comparsas e outros alunos que só conheciam Deirdre como "aquela lésbica com os pais mortos" chegaram no que deveria ser o tal campo de batalha, Deirdre estava no terraço. Ela nunca entendeu como o seu jeito de amar poderia provocar tanto ódio nos outros, e se recusava a permanecer no mundo por mais tempo para encontrar o amor que fazia tantas pessoas a odiarem. Só que, naquela vez, ela contava com sua melhor amiga de infância para convencê-la a desistir da ideia.

Hoje Deirdre está sozinha, joelhos tremendo e lágrimas escorrendo, porque por mais que ela queira acreditar que dias melhores virão seu emprego não deixa. Deirdre trabalha no Faça-Acontecer, cobrando Terminantes por aventuras e experiências falsas, *memórias* falsas. Ela não entende por que esses Terminantes não estão em casa com as pessoas que amam, ainda mais aqueles dois adolescentes de hoje que, enquanto iam embora, conversavam sobre como a experiência virtual tinha sido decepcionante. É perda de tempo.

Os garotos lhe lembraram um conto que ela terminara de escrever pela manhã, uma história escrita sem a intenção de ser dividida com os outros, que a mantinha distraída quando o trabalho estava quieto demais. O enredo se passava num mundo alternativo onde a Central da Morte tinha uma outra linha de negócios chamada Central da Vida, e essa área informava aos Terminantes quando eles iriam reencarnar, para que amigos e familiares soubessem como encontrá-los na vida seguinte. As protagonistas são irmãs gêmeas de quinze anos, Angel e Skyler, que ficam arrasadas ao descobrir que uma delas vai morrer e de imediato procuram a Central da Vida para descobrir quando Skyler irá reencarnar. Angel está triste porque vai levar sete anos para reencontrar a irmã, quando Skyler irá reencarnar como o filho de uma família australiana. Skyler morre salvando a vida da irmã, e o conto termina com Angel arrasada enquanto deposita uma nota de cem dólares em um cofre de porquinho, juntando dinheiro para que dali a sete anos ela possa ir para a Austrália receber sua irmã de volta ao mundo — embora no corpo de um bebê.

Deirdre achara que continuaria aquela história, mas agora isso não lhe importa mais. A Central da Vida não existe, e ela não vai ficar esperando que a Central da Morte avise quando chegar sua hora. O mundo está cheio de violência, medo, crianças morrendo sem sequer terem vivido, e ela não quer fazer parte disso.

Vai ser tão fácil pular...

Ela fica num pé só, o corpo inteiro treme, pronta para cair a qualquer instante. Certa vez ela escalou um prédio no trabalho, na estação de parkour virtual, mas aquilo fora uma ilusão.

A morte está profetizada no nome de Deirdre, aquela heroína da mitologia irlandesa que tirou a própria vida.

Ela olha para baixo, pronta para voar, quando dois garotos de bicicleta viram a esquina — eles se parecem os dois de hoje mais cedo.

Deirdre se volta para si mesma, bem profundamente, além de onde a desesperança e as mentiras vêm fácil, sob a verdade mais sincera: ela aceita o alívio impactante que virá assim que se jogar. Vê os dois garotos vivendo, e isso faz com que se sinta um pouco menos morta por dentro.

A força de vontade pode não ser o bastante para causar sua morte, e ela sabe disso por causa das inúmeras manhãs em que acordou mal. Porém, diante da oportunidade de provar que a Central da Morte está errada, Deirdre toma a decisão certa e vive.

MATEO
13h52

Esta bicicleta não é a pior coisa do mundo.

Aperto o ombro de Rufus quando ele faz uma curva fechada, desviando de alguns entregadores que estão olhando para o céu em vez de carregarem um sofá para dentro de um prédio, e continuamos avançando pela rua.

Eu me senti meio instável no começo, mas conforme Rufus atinge uma velocidade alta o bastante para sentirmos a brisa, me sinto grato por estar confiando o controle a ele.

É libertador.

Não creio que ele vá pedalar mais rápido do que já estamos indo, mas é bem mais empolgante do que o paraquedismo no Faça-Acontecer. É verdade, andar de bicicleta é muito mais emocionante do que, abre aspas, pular de um avião, fecha aspas.

Se eu não fosse tão covarde, ou um Terminante, eu me inclinaria sobre Rufus, apoiando meu peso nele. Abriria os braços e fecharia os olhos, porém é arriscado demais, então continuo me segurando nele, o que é bom também. Mas quando chegarmos ao nosso destino, vou fazer um gesto pequeno e corajoso.

RUFUS
14h12

Pedalo mais devagar assim que chegamos no Althea Park. Mateo solta meus ombros e, de imediato, a bicicleta fica mais leve. Freio. Eu me viro para ver se ele caiu de cara no chão ou rachou o crânio apesar do capacete, mas ele está correndo na minha direção com um sorriso no rosto; ele está bem.

— Você pulou?

— Pulei! — Mateo tira o capacete.

— Você não queria que eu andasse de bicicleta, e agora está pulando dela com um movimento só?

— Só aproveitei o momento.

Eu queria dizer que foi influência minha, mas Mateo tinha isso dentro dele o tempo todo, sempre querendo fazer algo empolgante, mas com medo de se soltar e ir com tudo.

— Está se sentindo melhor? — pergunta Mateo.

— Um pouco — admito.

Desço da bicicleta e caminho devagar em direção a um parquinho deserto enquanto uns caras que parecem ser universitários jogam handebol em uma quadra próxima, pulando sobre poças d'água ao correrem atrás da bola toda vez que alguém a joga para longe. Meu short de basquete está ensopado e sujo de lama do cemitério, a calça jeans de Mateo também, então para a gente não há problema em sentar no banco molhado.

— Odeio que a gente tenha passado por aquilo.

— Pois é. Ninguém quer ver outras pessoas morrerem, mesmo se forem todos desconhecidos.

— Isso meio que me tirou da minha enganação, sabe? A coisa toda de estou-pronto-para-o-que-vai-acontecer é conversa fiada, estou morrendo de medo. A gente pode morrer de vez nos próximos trinta segundos por uma bala perdida ou o que seja, e eu odeio esse fato. E sempre que minha mente começa a pirar desse jeito, eu acabo vindo pra cá. Nunca falha.

— Mas alguns bons momentos já trouxeram você até aqui. Como quando você terminou sua primeira maratona. — Ele respira fundo. — E seu primeiro beijo com uma garota.

— Tem razão. — O beijo deixa ele irritado, é? Acho que meus instintos estavam certos. Fico parado por um bom tempo, observando esquilos escalando as árvores e pássaros correndo uns atrás dos outros no chão. — Você já jogou Gladiador?

— Conheço o jogo — responde ele.

— Certo. Mas você já jogou?

— Já vi outras pessoas jogando.

— Então, não.

— Não.

Eu me levanto, puxo Mateo pelo punho e o levo até as barras de alongamento.

— Desafio você a uma partida de Gladiador.

— Eu não posso recusar, posso?

— De jeito nenhum.

— Nós acabamos de sobreviver a uma explosão.

— O que é uma dorzinha a mais depois disso?

Jogar Gladiador no trepa-trepa do parquinho não é como aquela loucura toda das disputas antigas no Coliseu, mas já vi algumas pessoas da escola se machucarem. Dois jogadores, os gladiadores, se penduram nas barras e tentam derrubar o oponente. É uma das brincadeiras de infância mais selvagens que existe, divertida demais. Nós dois somos altos, dá para alcançar a barra ficando apenas na ponta dos pés, mas dou um salto e ergo o corpo para cima como se estivesse fazendo flexão na barra. Mateo pula e a agarra, mas não tem força nenhuma na parte superior do corpo, então cai de pé depois de dez segundos. Pula de novo, e consegue se segurar dessa vez. Conto até três enquanto nos balançamos em direção um ao outro, diminuindo a distância entre nós. Dou um chute e ele desvia para o lado, quase caindo. Levanto as pernas, enroscando o torso dele. Mateo tenta se soltar enquanto eu o balanço, mas nada feito. Minhas mãos já estão meio doloridas, então quando ele se solta, morrendo de rir, caio com ele no tapete. Tombo com um baque, o impacto irradiando pelo meu corpo, mas a dor não me mata. Estamos lado a lado, rindo enquanto massageamos nossas pernas e cotovelos doloridos. Nossas costas estão molhadas e nós escorregamos toda vez que tentamos levantar. Como dois idiotas. Mateo consegue primeiro e me ajuda a ficar de pé.

— Eu ganhei, né? — digo.

— Acho que foi empate — responde ele.

— Revanche?

— Estou de boa. Tenho certeza de que vi a minha vida inteira passando diante dos meus olhos quando nós caímos.

Sorrio.

— Deixa eu mandar a real, Mateo. — Eu digo muito o nome dele, mesmo quando está óbvio que a conversa é só entre nós dois, porque é um nome tão maneiro. Sério. *Mateo*. — Os últimos meses foram pesados. Sempre senti que minha vida estava acabando, mesmo sem o alerta. Tive dias em que eu achava que podia mostrar que a Central da Morte estava errada e ir pedalando rio adentro. Mas, além de estar assustado agora, também estou irritado porque vou perder muita coisa. Tempo... e outras coisas, tipo...

— Você não está pensando em se matar, né? — pergunta Mateo.

— Eu não sou uma ameaça a mim mesmo, prometo. Não quero que isso tudo acabe. Por favor, prometa que você não vai morrer antes de mim. Não vou conseguir ver isso.

— Só se você me prometer a mesma coisa.

— Não dá para nós dois prometermos.

— Então não vou prometer — anuncia Mateo. — Não quero que você me veja morrer, mas também não vou conseguir ver você morrer.

— Isso é muito zoado. Você quer mesmo ser o Terminante que não realizou o último desejo de outro Terminante?

— Me forçar a ver você morrer não é uma coisa que eu possa prometer. Você é meu Último Amigo e isso me destruiria.

— Você não merece morrer, Mateo.

— Acho que ninguém merece.

— Só serial killers, certo?

Ele não responde, porque provavelmente acha que não vou gostar da resposta. No fim das contas, isso só prova ainda mais o que estou querendo dizer: Mateo não merece morrer.

Uma bola de handebol quica em nossa direção e Mateo corre para pegá-la. Um cara vem buscá-la também, mas Mateo a pega primeiro e joga para ele.

— Valeu! — diz o garoto.

O camarada é muito pálido, como se não saísse do apartamento o bastante. Que dia chuvoso de merda para sair de casa e jogar no parque. Acho que ele tem dezenove ou vinte anos, mas não descarto a possibilidade de ter a nossa idade.

— Sem problemas — responde Mateo.

O cara está dando meia-volta quando vê minha bicicleta.

— Maneira! É uma Trek?

— É. Boa para corridas *off-road*. Você também tem uma?

— A minha quebrou. O cabo do freio arrebentou e o selim estava frouxo. Vou comprar outra quando arrumar um emprego que pague mais que oito dólares a hora — explica ele.

— Pode pegar a minha — digo. Eu consigo fazer isso. Caminho até a bicicleta que me carregou durante uma corrida brutal e para todos os lugares aonde eu quis ir, e a empurro em direção ao garoto. — É seu dia de sorte, sério. Meu amigo não gosta muito de me ver pedalando, então pode ficar com ela.

— Você está falando sério?

— Tem certeza? — pergunta Mateo.

Confirmo.

— É sua — garanto ao garoto. — Aproveite. Vou me mudar em breve e não vou poder levar comigo.

O cara joga a bola para os amigos, que o estavam chamando de volta para o jogo. Ele se senta na bicicleta e brinca com o guidão.

— Peraí, você não roubou isso aqui de ninguém, certo?

— Não.

— Está quebrada? É por isso que você vai se livrar dela?

— Não está quebrada. Olha, você quer ou não quer?

— Beleza, beleza. Posso pagar para você de alguma maneira?

Balanço a cabeça.

— Estamos de boa — respondo.

Mateo entrega o capacete para o garoto, e ele não o coloca antes de pedalar de volta até os amigos. Pego o celular e tiro umas fotos dele andando na minha bicicleta de costas para mim conforme fica de pé sobre os pedais, e os amigos jogam handebol. Um retrato incrível daqueles garotos — um pouco mais velhos que eu, mas ainda são garotos, não tem o que discutir —, jovens demais para se preocuparem com qualquer merda do tipo alertas da Central da Morte. Eles sabem que o dia vai terminar como geralmente termina.

— Mandou bem — elogia Mateo.

— Já dei minha última volta nela. Estou de boa. — Tiro mais algumas fotos: a partida de handebol, as barras onde jogamos Gladiador, o escorregador amarelo, os balanços. — Vem comigo.

Quase volto para a bicicleta antes de lembrar que acabei de abrir mão dela. Eu me sinto mais leve, como se minha sombra tivesse pedido demissão, se afastado e mandado o sinal da paz como despedida. Mateo me segue até os balanços.

— Você disse que vinha aqui com seu pai, certo? Ficava dando nomes para as nuvens e tal? Vamos nos balançar.

Mateo se senta no balanço, segura a corrente como se sua vida dependesse disso — eu sei —, dá alguns passos para trás e pega impulso quando vai para a frente, as pernas esticadas como se estivessem prontas para chutar uma porta abaixo. Tiro uma foto antes de também me sentar num balanço, enrolando os braços na corrente, e ainda consigo mais algumas fotos. É arriscado para mim e para o celular — mais uma vez, eu sei —, mas a cada quatro imagens desfocadas, consigo uma boa. Mateo aponta para as nuvens nimbus escuras, e fico bobo por ter a oportunidade de viver esse momento com alguém que não merece morrer.

Vai chover de novo daqui a pouco, mas por enquanto continuamos indo para a frente e para trás, e me pergunto se ele está pensando que dois Terminantes no balanço pode significar que o brinquedo vai quebrar e nos matar, ou se vamos balançar tão alto que acabaremos voando para uma queda digna de tirar a vida, mas me sinto seguro.

Diminuímos a velocidade e grito para ele:

— Os Plutões precisam espalhar minhas cinzas aqui!

— Seu lugar de mudança! — grita Mateo de volta enquanto vai para trás no balanço. — Alguma outra grande mudança hoje? Além do óbvio?

— Sim!

— Qual?

Sorrio para ele até os balanços pararem.

— Abri mão da minha bicicleta. — Sei que não é isso que ele está perguntando, mas não vou cair nessa. Ele precisa dar o primeiro passo. Não vou roubar esse momento dele, é importante demais. Continuo sentado e ele se levanta. — É esquisito pensar que essa é a última vez que estarei nesse parque, em carne e osso, com o coração batendo.

Mateo olha em volta; também é a última vez dele aqui.

— Você já ouvir falar daqueles Terminantes que se tornam árvores? Parece um conto de fadas, eu sei. A Urna Viva oferece aos Terminantes a oportunidade de ter suas cinzas depositadas em uma caixa biodegradável com uma semente de árvore que absorve os nutrientes das cinzas e tal. Eu achava que isso fosse invenção, mas não é. É ciência.

— Então, em vez de ter minhas cinzas espalhas no chão onde algum cachorro vai fazer cocô, posso continuar vivendo como uma árvore?

— Isso, e outros adolescentes vão entalhar corações no seu tronco, e você vai produzir oxigênio. As pessoas gostam de ar — diz Mateo.

Está garoando, então me levanto do balanço, a corrente se agitando às minhas costas.

— Vamos para algum lugar seco, esquisitão.

Voltar como uma árvore seria muito maneiro, como se eu estivesse crescendo no Althea Park de novo, mas nunca vou dizer isso em voz alta, porque, na boa, não dá para sair por aí falando que quer ser uma árvore e esperar que os outros levem você a sério.

DAMIEN RIVAS
14h22

A Central da Morte não ligou para Damien Rivas porque ele não vai morrer hoje, o que ele acha uma pena, já que não está muito impressionado com a maneira como tem vivido nos últimos tempos. Damien sempre foi viciado em adrenalina. Cada verão, uma montanha-russa nova assim que atingia a altura exigida. Roubar doces em farmácias e dinheiro da carteira do pai. Brigar com aqueles que são o Golias do seu Davi. Fundar uma gangue.

Jogar dardos tendo somente a si mesmo como adversário não é lá muito emocionante.

Conversar com Peck no celular, muito menos.

— Chamar a polícia é coisa de merdinha — diz Damien, alto o bastante para o viva-voz captar. — Me obrigar a chamar a polícia vai contra tudo em que eu acredito.

— Eu sei. Você só gosta da polícia quando ela está atrás de você — retruca Peck.

Damien assente, como se Peck pudesse vê-lo, e acrescenta:

— A gente tinha que ter resolvido isso por conta própria.

— Tem razão. A polícia nem conseguiu pegar o Rufus. Já devem ter desistido por ele ser Terminante.

— Vamos vingar você — diz Damien, tomado por uma onda de empolgação e um senso de propósito.

Ele anda contido durante todo o verão, e agora está cada vez mais perto de se soltar.

Ele imagina o rosto de Rufus no lugar do alvo dos dardos. Ele atira um e acerta no centro. Bem no meio dos olhos de Rufus.

MATEO
14h34

Está chovendo de novo, mais forte do que quando estávamos no cemitério. Eu me sinto como o passarinho de que cuidei quando era criança, aquele afogado pela chuva. Aquele que deixou o ninho antes de estar preparado.

— Acho melhor a gente buscar abrigo — comento.

— Está com medo de pegar um resfriado?

— Com medo de entrar para a estatística de pessoas atingidas por um raio.

Passamos um tempo debaixo da marquise de uma pet shop, os filhotes na vitrine nos distraindo de decidirmos o que fazer em seguida.

— Tive uma ideia para honrar o seu lado explorador — continuo. — A gente pode andar de metrô pela linha inteira. Tem tanta coisa que ainda não vi na minha própria cidade. A gente pode acabar dando de cara com algo incrível. Esquece, é uma ideia idiota.

— Não é idiota, não! Entendi direitinho o que você está falando! — Rufus vai na frente, me guiando até a estação de metrô mais próxima. — Além do mais, nossa cidade é gigantesca. Uma pessoa pode morar aqui a vida inteira e nunca conseguir andar por todos os quarteirões em todos os bairros. Uma vez, sonhei que estava numa viagem de bicicleta intensa, as rodas brilhavam no escuro e minha missão era iluminar a cidade inteira antes da meia-noite.

Sorrio.

— E você conseguiu?

O sonho é a própria corrida contra o tempo.

— Que nada, acho que comecei a sonhar com sexo ou alguma coisa assim, e acabei acordando — responde Rufus.

Ele provavelmente não é virgem, mas eu não pergunto, porque não é da minha conta.

Estamos voltando para o centro da cidade. Quem sabe até onde conseguiremos chegar? Talvez a gente fique no trem até a última estação, pegue um ônibus, ande nele até uma parada ainda mais distante. Talvez a gente acabe em outro estado, tipo Nova Jersey.

O metrô chega, as portas se abrem, nós corremos da plataforma para o interior do vagão, encontrando dois assentos vazios no canto.

— Vamos jogar alguma coisa — sugere Rufus.

— Gladiador de novo, não.

Rufus balança a cabeça.

— Não. É uma brincadeira chamada Viajante que eu costumava jogar com Olivia. Você precisa inventar uma história sobre outro passageiro, aonde a pessoa está indo e quem ela é. — Ele se vira, o corpo pressionando o meu enquanto aponta de maneira discreta para uma mulher com uniforme hospitalar azul por baixo do casaco, segurando uma sacola de compras. — Ela está indo para casa para tirar um cochilo e ouvir música pop enquanto se prepara para seu primeiro dia de folga em nove dias. Ela ainda não sabe, mas seu bar preferido vai estar fechado para reforma.

— Que saco — digo.

Rufus se vira para mim, fazendo um círculo com a mão para me encorajar a continuar.

— Ah! — acrescento. — Ela vai voltar para casa, onde vai se deparar com seu filme favorito passando em algum canal de TV a cabo e depois vai responder e-mails atrasados dos amigos durante os intervalos comerciais.

Ele sorri.

— Que foi? — pergunto.

— O começo da noite dela estava bem aventureiro.

— Ela estava tirando um cochilo.

— Reunindo energia para dançar a noite inteira!

— Achei que ela ia querer ver o que os amigos estavam fazendo. Ela deve perder muitas mensagens e ligações, já que está ocupada demais salvando vidas e fazendo partos. Ela precisa disso, acredite em mim. — Indico uma garota com fones de ouvido maiores do que um punho fechado e o cabelo platinado. Ela está desenhando algo colorido em seu tablet usando uma caneta azul. Aponto para ela. — Ela ganhou esse tablet de aniversário na semana passada e queria muito usá-lo para jogar e fazer chamadas de vídeo com os amigos, mas descobriu um aplicativo de design e começou a mexer nele quando estava entediada. Virou sua nova obsessão.

— Gostei dessa — comenta Rufus.

O trem para, e a garota tem dificuldades para não deixar cair uma ilustração de sua bolsa. Ela sai do vagão com um salto no instante em que as portas estão se fechando, como numa cena de um filme de ação.

— E agora ela vai para casa, atrasada para uma chamada de vídeo com os amigos porque estava ocupada demais tentando acertar esse design — encerro.

Continuamos brincando de Viajante. Rufus aponta para uma garota com uma mala e acha que ela está fugindo, mas eu o corrijo. Ela está, na verdade, voltando para casa depois de uma briga com a irmã e elas vão fazer as pazes. Quer dizer, dá para qualquer um ver que é o que está acontecendo ali. Outro passageiro, ensopado, teve problemas com o carro e precisou abandonar sua van — não, espera, sua Mercedes, de acordo com Rufus, porque uma viagem de metrô é um exercício de humildade para aquele cara rico. Alguns estudantes da NYU entram no vagão segurando guarda-chuvas, quem sabe voltando da aula, com a vida inteira pela frente, e nós jogamos uma rodada relâmpago para prever o que cada um deles vai se tornar: uma juíza da vara de família no meio de uma família de artistas; uma comediante em Los Angeles, onde as pessoas irão gostar de suas piadas sobre o trânsito; uma agente de talentos que não vai ter muito sucesso por alguns anos, mas enfim terá seu momento de brilhar; um roteirista para um programa de TV infantil sobre monstros que praticam esportes; um instrutor de paraquedismo, o que é engraçado, porque ele tem um bigode enrolado nas pontas que vai ficar parecendo um segundo sorriso contra o vento toda vez em que ele saltar.

Se mais alguém estivesse jogando Viajante, o que iria prever para mim e para Rufus?

Rufus encosta no meu ombro, apontando para a saída quando as portas se abrem.

— Ei, essa não é a estação onde a gente se inscreveu numa academia de ginástica do nada?

— O quê?

— É, sim! Você queria ficar bombado depois que aquele babaca esbarrou em você no show do Bleachers — diz Rufus enquanto as portas se fecham.

Eu nunca estive em um show do Bleachers, mas entendo a brincadeira agora.

— Você está confundindo, Rufus. O cara esbarrou em mim no show do Fun. Ei, essa é a estação de quando nós fizemos nossas tatuagens.

— É. Aquele tatuador, o Barclay…

— Baker! — corrijo. — Lembra? Baker, o tatuador que desistiu do curso de medicina.

— Issoooo! Baker estava de bom humor naquele dia e fez uma promoção de "Pague uma, leve duas" para a gente. Eu fiz uma roda de bicicleta no antebraço — ele toca o local —, e você fez…?

— Um cavalo-marinho macho.

Rufus parece bastante confuso, como se fosse pedir um tempo para cofirmar se ainda estávamos jogando a mesma brincadeira.

— Ah… E você escolheu isso por que mesmo?

— Meu pai gosta muito de cavalos-marinhos machos. Ele me criou sozinho, lembra? Não acredito que você esqueceu o significado da tatuagem no meu ombro. Não, pulso. Isso, no meu punho. É mais legal.

— Não acredito que você esqueceu onde fica sua tatuagem.

Quando chegamos à estação seguinte, Rufus nos leva ao futuro.

— Olha só, aqui é a estação em que desço para ir trabalhar. Quando estou no escritório, pelo menos, e não em algum resort pelo mundo aonde me mandam para que eu possa escrever uma matéria. É insano que eu escreva sobre um prédio que você projetou e construiu.

— Insano, Rufus.

Olho para baixo, onde minha tatuagem de cavalo-marinho deveria estar.

No futuro, Rufus é um blogueiro de viagens e eu sou um arquiteto. Temos tatuagens que fizemos juntos. Já fomos a tantos shows que eles se embolam na nossa cabeça. Nesse momento, quase queria que nós não fôssemos tão criativos, porque essas memórias de mentira da nossa amizade parecem incríveis. Imagina só... poder reviver algo que nunca viveu antes.

— Precisamos deixar nossa marca — digo, me levantando do banco.

— Vamos lá fora mijar em algum hidrante?

Coloco o livro secreto que comprei sobre o assento.

— Não sei quem vai encontrar isso. Mas não é legal saber que alguém vai pegar se nós deixarmos aqui?

— Verdade. Esse vai ser um banco especial — diz Rufus, também se levantando.

O trem para e as portas se abrem. A vida deve ser mais do que apenas imaginar um futuro para si mesmo. Não posso só sonhar com o futuro; preciso me arriscar a criá-lo.

— Tem uma coisa que eu queria muito fazer — digo.

— Vamos nessa — responde Rufus com um sorriso.

Saímos do trem antes que as portas se fechem, quase esbarrando em duas garotas, e nos dirigimos para fora da estação de metrô.

ZOE LANDON
14h57

A Central da Morte ligou para Zoe Landon à 00h34 para avisar que ela vai morrer hoje. Zoe estava solitária, morando em Nova York há apenas oito dias e pronta para começar a estudar na NYU *hoje*. Ela mal desfizera as malas, muito menos conseguira novas amizades. Mas, ainda bem, o aplicativo Último Amigo estava a um clique de distância. Sua primeira mensagem foi para um garoto chamado Mateo, mas ele nunca respondeu. Talvez tivesse morrido. Talvez tivesse a ignorado. Talvez tivesse encontrado um Último Amigo.

Assim como Zoe acabou encontrando.

Zoe e Gabriella entram no trem antes que as portas se fechem, desviando de dois garotos que estão no caminho. As duas correm para o banco vazio no canto, mas ficam hesitantes quando encontram um objeto embrulhado ali. Retangular. Toda vez que Zoe entra no metrô, há placas encorajando as pessoas a relatarem se encontrarem alguma coisa — e, bem, Zoey encontrou *alguma coisa*.

— Isso não é um bom sinal — diz Zoe. — Acho melhor você descer na próxima estação.

Gabriella, destemida porque não recebeu o alerta hoje, pega o objeto.

Zoe se encolhe.

— É um livro — explica Gabriella. — Ah! É um livro surpresa! — Ela se senta e observa a ilustração de um criminoso fugitivo. — Amei essa arte de capa.

Zoe se senta ao seu lado. Acha o desenho apenas fofo, mas respeita a opinião de Gabriella.

— É minha vez de contar um segredo para você — fala Gabriella. — Se você quiser.

Ao longo do dia, Zoe compartilhou todos os seus segredos com Gabriella. Todos os segredos que ela fizera seus amigos de infância jurarem que não contariam a ninguém. Aqueles de partir o coração, que ela jamais compartilhou com alguém porque falar sobre eles era muito difícil. Juntas, as duas riram e choraram, como se tivessem sido melhores amigas a vida inteira.

— Vou levar seu segredo para o túmulo — lembra Zoe.

Ela não ri, Gabriella também não. Zoe aperta a mão da amiga para que ela saiba que vai ficar tudo bem. Uma promessa baseada em nada além de intuição. Sem qualquer evidência de uma vida após a morte.

— Não é um segredo muito grande, mas eu sou o Batman... do universo do grafite em Manhattan — revela Gabriella.

— Ah, agora eu fiquei empolgada, Batman... do universo do grafite em Manhattan.

— Sou especialista em grafite motivacional dos Últimos Amigos. Em alguns lugares, já desenhei com canetinha em placas e cartazes no metrô, mas o grafite é minha verdadeira paixão. Já fiz tags para todos os Últimos Amigos que conheci. Em qualquer lugar. Nessa última semana, cobri paredes com as silhuetas fofas do aplicativo em um McDonald's, dois hospitais e um abrigo que distribui sopão. Espero que todo mundo use. — Gabriella tamborila os dedos no livro. A princípio, Zoe achou que as cores ao redor das unhas dela fossem a esmaltação malfeita, mas agora ela sabe o que de fato são. — Enfim. Eu amo arte e vou colocar uma tag com seu nome em uma caixa de correio ou qualquer lugar do tipo.

— Talvez na Broadway? Nunca vou ter meu nome nos letreiros luminosos, mas ainda assim estarei lá — diz Zoe.

Ela visualiza o próprio pedido. Só de pensar nisso, sente o coração feliz, mas também um vazio.

Passageiros levantam os olhos dos jornais e dos joguinhos de celular para a encararem. Alguns com indiferença, outros com pena. Tristeza pura nos olhos de uma mulher negra com um penteado afro deslumbrante.

— Sinto muito a sua perda — consola a mulher.

— Obrigada — responde Zoe.

A mulher volta a atenção para o celular.

Zoe se aproxima de Gabriella.

— Acho que deixei o clima esquisito — comenta ela com a voz bem mais baixa do que antes.

— Fale o que quiser enquanto há tempo — diz Gabriella.

— Vamos ver que livro é esse. — Zoe está curiosa. — Abre aí.

Gabriella o entrega à amiga.

— Não, abre *você*. É seu...

— É meu Dia Final, não meu aniversário. Não preciso de um presente, e não é como se eu fosse conseguir ler um livro inteiro nas próximas... — Zoe confere o relógio e fica tonta. Ainda restam, no máximo, nove horas, e ela é o tipo de pessoa que lê *muito* devagar. — Considere esse presente deixado aqui por outra pessoa como o meu presente para *você*. Obrigada por ser minha Última Amiga.

A mulher no banco da frente se volta para elas. Seus olhos estão arregalados.

— Desculpa interromper, mas fico muito feliz de saber que vocês são Últimas Amigas. Fico feliz por você ter encontrado alguém no seu Dia Final. — Ela aponta para Gabriella. — E por você ajudar a melhorar esses dias. É uma coisa linda de se ver.

Gabriella passa o braço em volta do ombro de Zoe e a puxa mais para perto. As duas agradecem à mulher.

Óbvio que Zoe iria encontrar os nova-iorquinos mais simpáticos só no seu Dia Final.

— Vamos abrir juntas — sugere Gabriella, voltando a atenção para o livro.

— Combinado.

Zoe torce para que Gabriella continue fazendo amizade com Terminantes enquanto puder.

A vida não deve ser vivida na solidão. Muito menos os Dias Finais.

MATEO
15h18

Ver a Lidia de novo é um grande risco, mas é um risco que quero correr.

O ônibus para e nós deixamos os passageiros saírem antes de embarcarmos. Pergunto ao motorista se ele recebeu o alerta hoje e ele nega. A viagem deve ser segura. Ainda assim, podemos morrer no trânsito, sei disso, mas as chances de o ônibus sofrer perda total, matando a nós dois e deixando as outras pessoas gravemente feridas é bem baixa.

Pego o celular de Rufus emprestado para ligar para Lidia. Minha bateria está acabando, com quase trinta por cento, e quero economizar para que o hospital consiga entrar em contato comigo caso meu pai acorde. Eu me dirijo a um assento no final do ônibus e digito o número de Lidia.

Ela atende quase de imediato, mas ainda espera um instante antes de falar qualquer coisa, igual a como ela fazia nas semanas logo após a morte de Christian.

— Alô?
— Oi — digo.
— Mateo!

— Desculpa, eu...

— Você me bloqueou! Eu que ensinei você como se faz isso!

— Eu precisava...

— Como você pôde não me contar?

— Eu...

— Mateo, eu sou a sua melhor amiga, porra; Penny, não escute o que a mamãe está dizendo; e você não me avisa que recebeu o alerta, porra?

— Eu não queria...

— Cala a boca. Você está bem? Como estão as coisas?

Sempre imaginei Lidia como uma moeda girando no ar. Coroa é quando ela está tão nervosa que parece estar dando as costas para você, e cara é quando ela enxerga você da forma mais nítida possível. Acho que dessa vez deu cara, mas vai saber.

— Estou bem, Lidia. Estou com um amigo. Um amigo novo.

— Quem é? Como vocês se conheceram?

— Pelo app Último Amigo. O nome dele é Rufus. É um Terminante também.

— Quero ver você.

— Também quero ver você. Por isso que liguei. Você acha que consegue deixar Penny com alguém e me encontrar na Arena de Viagens?

— Abuelita já está aqui. Liguei para ela algumas horas atrás, eu estava surtando, e ela saiu do trabalho mais cedo. Vou para a arena agora, mas, por favor, vá em segurança. Não corra. Ande devagar, exceto quando estiver atravessando a rua. Só atravesse quando o sinal estiver verde para pedestres e apenas quando não tiver nenhum carro à vista, mesmo se ele estiver parado no sinal vermelho. Não faça movimentos bruscos a não ser que alguém por perto pareça suspeito.

— Já estou no ônibus com o Rufus — digo.

— Dois Terminantes num ônibus? Você está pedindo para morrer! Mateo, as probabilidades são terríveis. Essa coisa pode capotar.

Sinto o rosto queimando um pouco.

— Eu não estou pedindo para morrer — sussurro.

— Desculpa. Vou calar a boca agora. Por favor, tenha cuidado. Preciso ver você pela últ... Preciso ver você, está bem?

— A gente vai se ver. Prometo.

— Não quero desligar — diz ela.

— Nem eu.

Nós não desligamos. Poderíamos e deveríamos usar o tempo para conversar sobre nossas lembranças e encontrar motivos para pedirmos perdão caso eu não consiga manter minha promessa, mas não, conversamos sobre como Penny acabou de bater com um brinquedo grande na cabeça e não chorou, como a guerreirinha que é. Uma nova memória para me fazer rir, tão boa quanto refletir sobre as antigas, acho. Talvez seja até melhor. Não quero acabar com a bateria do Rufus caso os Plutões tentem falar com ele, então eu e Lidia combinamos de desligar ao mesmo tempo. Pressionar o botão vermelho acaba com o meu humor e volto a sentir o mundo pesado.

PECK
15h21

Peck está reunindo a gangue de novo.

A gangue sem nome.

Peck significa "bicada", e ele recebeu esse apelido porque seus socos não possuem poder algum. Seus golpes provocam mais irritação do que dano, como um passarinho bicando você. Se o objetivo for derrubar alguém, chame o Rei no Nocaute. Peck é bom em botar os outros para correr quando a ocasião pede, mas em geral Damien e Kendrick não são tão próximos dele, porque o consideram peso morto. O que torna Peck valioso é seu acesso a uma arma letal.

Ele anda até o armário, sentindo os olhos de Damien e Kendrick acompanhando-o. Agora Peck vai abrir sua própria versão de uma boneca russa. Ele abre o armário se perguntando se tem coragem de seguir adiante. Abre o cesto de roupa suja, se perguntando se aceita o fato de que nunca mais verá Aimee, sabendo que ela jamais irá perdoá-lo se descobrir que ele foi o responsável por aquilo. Abre a última caixa, uma de sapatos, sabendo que, para variar, precisa respeitar a si mesmo.

Peck ganhará respeito ao descarregar essa arma em quem o desrespeitou.

— O que a gente faz agora? — pergunta Damien.

Peck abre o Instagram, entra no perfil de Rufus e fica puto ao encontrar mais comentários de Aimee dizendo o quanto ela já está com saudades. Ele continua atualizando a página, sem parar.

— Agora a gente espera.

MATEO
15h26

A chuva vira garoa quando o ônibus para na frente da Arena de Viagens pelo Mundo, na 30th Street com a 12th Avenue. Desço do ônibus primeiro e, atrás de mim, ouço um ganido.

— PORRA!

Eu me viro a tempo de apoiar o braço no corrimão e impedir que Rufus caia de cara no chão e me leve junto. Ele é um pouco musculoso, então meus ombros reclamam de ter que aguentar seu peso, mas Rufus ajuda na hora de ficarmos de pé.

— Piso molhado — diz ele. — Foi mal.

Chegamos.

Sãos e salvos.

Nós contamos um com o outro. Vamos estender esse dia ao máximo, como se fosse um solstício de verão.

A Arena de Viagens sempre me lembrou o Museu de História Natural, só que com metade do tamanho e bandeiras internacionais penduradas ao redor da cúpula. O rio Hudson está a apenas alguns metros de distância, mas não comento isso com Rufus. A capacidade máxima da arena é de três mil pessoas, o que é mais do que o suficiente para Terminantes, seus acompanhantes, pessoas com doenças sem cura, e qualquer um que esteja a fim de aproveitar a experiência.

Decidimos comprar os ingressos enquanto esperamos por Lidia.

Um funcionário nos ajuda. Existem três filas organizadas por urgência: uma para pessoas doentes; uma para quem, como nós, está morrendo hoje por alguma causa desconhecida; e a terceira para visitantes entediados com a vida. Basta olhar as outras filas para descobrir qual é a nossa. A da direita está repleta de risadas, selfies e pessoas no celular mandando mensagens. A fila da esquerda não tem nada disso. Uma mulher jovem com um lenço enrolado na cabeça se apoia em um tanque de oxigênio; outros não param de tossir; algumas pessoas estão desfiguradas ou com queimaduras graves. Eu me sinto sufocado por tristeza, não apenas por eles, nem mesmo por mim, mas pelos outros à nossa frente que acordaram em suas vidas seguras e vão entrar em perigo nas próximas horas, talvez minutos. Sem falar nos que não conseguiram chegar vivos até essa hora do dia.

— Por que não podemos ter uma chance? — pergunto a Rufus.

— Uma chance para quê? — Ele está olhando ao redor, tirando fotos da arena e das filas.

— Uma chance de ter outra chance. Por que não podemos bater na porta da Morte e implorar ou tentar negociar ou propor uma queda de braço ou uma competição de quem pisca primeiro em troca de uma chance de continuarmos vivos? Eu entraria até mesmo numa briga pela oportunidade de decidir como vou morrer. Escolheria morrer dormindo — confesso.

E só pegaria no sono depois de viver com muita coragem, como o tipo de pessoa que as outras gostam de embrulhar num abraço, e elas até iriam se aninhar sob meu queixo ou no meu ombro, enquanto conversamos sobre como éramos felizes por estar vivos, um com o outro, sem sombra de dúvidas.

Rufus abaixa o celular e seus olhos se concentram nos meus.

— Você acha mesmo que ganharia da Morte numa queda de braço?

Dou uma risada e desvio o olhar, porque o contato visual faz meu rosto arder. Um Uber aparece e Lidia salta do banco traseiro. Frenética, ela procura por mim, e mesmo que hoje não seja o Dia Final dela, fico nervoso quando um ciclista quase esbarra na minha amiga, como se aquilo fosse deixá-la inconsciente e ela acabaria indo parar no hospital com meu pai.

— Lidia!

Saio correndo da fila quando ela me vê. Quase tropeço de empolgação, como se tivessem passado anos desde a última vez que nos vimos. Ela me abraça e me aperta, quase como se tivesse acabado de me salvar de um carro afundando, ou me segurado depois de eu ter caído de um acidente de avião. Ela diz tudo no abraço: todos os agradecimentos, todos os eu te amos, todas os pedidos de desculpas. Eu a aperto de volta para agradecê-la, para que ela sinta meu amor, para que me desculpe, e tudo mais que existe nas profundezas e transborda desses sentimentos. É o momento mais doce da nossa amizade desde que ela me deixou segurar a Penny recém-nascida. Lidia dá um passo para trás e, em seguida, um tapa na minha cara.

— Você deveria ter me contado!

Ela me puxa de volta para mais um abraço.

Minha bochecha arde, mas apoio o queixo no ombro dela mesmo assim, e ela tem cheiro de alguma coisa com canela que Penny deve ter comido hoje, porque Lidia ainda veste as roupas largas de quando a encontrei de manhã. Sem interromper o abraço, balançamos enquanto eu procuro por Rufus na fila, e é evidente que ele está chocado com o tapa que recebi. É estranho como Rufus não sabe que essa é a essência de Lidia; como ela é, conforme eu falei, uma moeda que não para de girar. É estranho pensar que só conheço Rufus por um dia.

— Eu sei — digo a Lidia. — Desculpa, você sabe que eu só estava tentando proteger você.

— Mas você deveria ficar comigo para sempre — reclama Lidia. — Você deveria estar aqui para bancar o vilão quando Penny trouxer um namoradinho para conhecer a família pela primeira vez. Você deveria me fazer companhia jogando carta e fazendo maratonas de séries ruins quando ela for para a faculdade. Você deveria estar aqui para votar na Penny para a presidência, porque sabe que ela já é tão controladora que não vai sossegar enquanto não governar o país. Deus me livre, mas é capaz de ela vender a alma para poder dominar o mundo, e você deveria estar aqui para me ajudar a impedi-la de fazer um pacto faustiano.

Não sei o que responder. Eu me balanço para a frente e para trás, assentindo e mexendo a cabeça, porque não sei o que fazer.

— Sinto muito.

— Não é culpa sua — responde ela.

Lidia aperta meu ombro.

— Talvez seja. Talvez, se eu não tivesse me escondido por tanto tempo, eu teria jogo de cintura ou qualquer coisa do tipo. Ainda é cedo para me culpar, mas talvez a culpa seja minha, Lidia.

Esse dia me dá a sensação de ter sido atirado no meio da selva com todos os suprimentos necessários para sobreviver e não ter a menor ideia de como acender uma fogueira.

— Cala a boca — ordena Lidia. — Isso não é culpa sua. Fomos nós que falhamos com você.

— Agora você que cala a boca.

— Essa foi a coisa mais grosseira que você já me disse — comenta Lidia com um sorriso, como se eu tivesse prometido ser malvado desde o começo. — O mundo não é um lugar tão seguro assim, e nós sabemos disso por causa do Christian e de todas as outras mortes diárias. Mas eu deveria ter ensinado a você que alguns riscos valem a pena.

Às vezes, sem esperar, você tem uma filha que ama mais do que tudo. Essa foi uma das tantas coisas que aprendi com Lidia.

— Hoje estou me arriscando — explico. — E quero sua companhia, porque, com a Penny na sua vida, é muito mais difícil para você poder fugir e se aventurar. Você sempre quis ver o mundo e, já que não teremos outra oportunidade nessa vida para cairmos na estrada, fico feliz em poder viajar com você agora.

Seguro a mão dela e aceno em direção a Rufus.

Lidia se vira para ele com a mesma expressão nervosa de quando encarávamos o teste de gravidez, sentados no banheiro dela. E, assim como naquela vez antes de virar para ver o resultado, ela diz:

— Vamos lá.

Ela aperta minha mão, o que chama a atenção de Rufus.

— Oi! Você está de boa? — pergunta Rufus.

— Já tive dias melhores, é óbvio — responde Lidia. — É foda. Sinto muito.

— Não é culpa sua — comenta Rufus.

Lidia me encara como se ainda estivesse surpresa por me ver.

Nossa vez chega. O atendente, vestindo um colete amarelo brilhante, abre um sorriso solene.

— Bem-vindos à Arena de Viagens pelo Mundo. Sentimos muito a perda de vocês três.

— Eu não estou morrendo — corrige Lidia.

— Ah. O ingresso para acompanhantes é cem dólares — explica o atendente. Ele olha para mim e para Rufus. — A doação sugerida é de um dólar por Terminante.

Pago pelos ingressos, doando duzentos dólares a mais na esperança de que a arena continue em funcionamento por muitos, muitos anos. O que o espaço oferece para Terminantes não tem comparação, é muito melhor que a estação do Faça-Acontecer. O atendente agradece a doação, mas não parece surpreso; Terminantes estão sempre gastando rios de dinheiro. Eu e Rufus recebemos pulseiras amarelas (para Terminantes saudáveis), Lidia ganha uma laranja (para acompanhantes), e nós entramos.

Permanecemos juntos, sem nos afastarmos muito uns dos outros. A entrada principal está um pouco lotada, com Terminantes e visitantes observando a tela gigantesca que mostra todas as regiões possíveis para se visitar e os tipos diferentes de passeios disponíveis: "Volta ao mundo em 80 minutos", "Quilômetros de natureza selvagem", "Viagem ao centro dos Estados Unidos", e muito mais.

— Vamos fazer um passeio turístico? — sugere Rufus.

— Eu topo qualquer um, menos o "Ser humano no profundo oceano".

— A "Volta ao mundo em 80 minutos" começa daqui a dez minutos — digo.

— Eu adoraria participar dessa — comenta Lidia com o braço agarrado ao meu. Ela se vira para Rufus, envergonhada. — Desculpa, ai meu Deus, desculpa. Sério, vou aonde vocês quiserem. Meu voto não conta. Desculpa.

— Tudo bem — respondo. — Rufus, você topa essa?

— Volta ao mundo, aí vamos nós!

Encontramos a Sala 16 e subimos em um trem de dois andares com outras vinte pessoas. Eu e Rufus somos os únicos Terminantes com pulseiras amarelas. Há seis Terminantes com pulseiras azuis. Na internet, já segui muitos Terminantes com doenças incuráveis que decidem viajar de verdade enquanto ainda têm tempo. Mas aqueles que não podem pagar por isso se contentam com a alternativa, assim como a gente.

A motorista fica de pé no meio do corredor e fala no microfone.

— Boa tarde. Obrigada por se juntarem a mim neste passeio incrível, no qual viajaremos pelo mundo em mais ou menos oitenta minutos. Meu nome é Leslie e serei sua guia turística. Em nome de todos da Arena de Viagens, ofereço minhas condolências a vocês e suas famílias. Espero que nossa viagem consiga trazer um sorriso e deixar lembranças maravilhosas para os seus acompanhantes.

"Se em algum momento alguém quiser ficar mais tempo em uma determinada região, fique à vontade, mas lembre-se de que o tour oficial precisa continuar se quisermos viajar pelo mundo em menos de oitenta minutos. Agora, assim que todos afivelarem os cintos de segurança, iremos partir!"

Todos colocam o cinto e a viagem começa. Não sou nenhum cartógrafo, mas dá para perceber que a grade de destinos atrás de cada poltrona — muito parecida com os mapas eletrônicos do metrô — não é correta em termos geográficos. Ainda assim, é uma experiência impressionante, com réplicas inacreditavelmente convincentes em cada sala, que ficam ainda melhores com Lidia compartilhando curiosidades que ela aprendeu estudando sobre cada local. Cruzamos com a ferrovia na qual vários Terminantes e seus acompanhantes estão se divertindo, e alguns até acenam como se não fôssemos todos turistas ali.

Em Londres, passamos pelo Palácio de Westminster, onde, segundo uma lenda, é ilegal morrer, mas minha parte favorita é escutar o Big Ben tocar, mesmo com os ponteiros do relógio me trazendo de volta à realidade. Na Jamaica, somos recebidos por dezenas de borboletas enormes, a *Papilio cresphontes*, enquanto pessoas sentadas no chão comem pratos típicos, como ackee e bacalhau. No continente africano, vemos um aquário gigante com espécies do lago Malawi, e fico tão fascinado pelas formas azuis e amarelas nadando ao nosso redor que quase perco o vídeo ao vivo de uma leoa carregando seu filhote pelo cangote. Em Cuba, vemos turistas competindo contra cubanos em uma partida de dominó por uma fileira de cubos do açúcar, e Rufus celebra as suas origens. Na Austrália, nós nos deparamos com flores exóticas, corridas de pipa, e todas as crianças ganham de brinde coalas de pelúcia. No Iraque, os sons do pássaro local, o perdiz-chucar, são tocados nos alto-falantes escondidos discretamente atrás dos quiosques que vendem lenços de seda e camisetas lindas. Na Colômbia, Lidia comenta sobre o verão constante do país, e ficamos tentados a comprar uma bebida de um dos vendedores de suco. No Egito, há apenas duas réplicas de pirâmides, e como a sala tem um clima seco, os funcionários distribuem garrafas d'água com imagens do rio Nilo. Na China, Lidia brinca sobre como a reencarnação é proibida pelo governo. Como não quero pensar nisso, foco nas réplicas de arranha-céus iluminados e nas pessoas jogando pingue-pongue. Na Coreia do Sul, vemos alguns dos robôs amarelos alaranjados usados em salas de aula — são chamados de "profe-robôs" —, e alguns Terminantes ficam ali para serem maquiados. Em Porto

Rico, o trem faz uma parada de quarenta segundos. Rufus segura meu braço e me puxa para algum lugar à parte, e Lidia nos segue.

— O que aconteceu? — pergunto ao mesmo tempo que três sapos pequenininhos coaxam.

Não dá para saber se os sapos estão mesmo aqui ou se são apenas barulhos gravados. Os sons da natureza são meio assustadores, já que só estou acostumado com o barulho de sirenes e buzinas, e ouvir pessoas conversando ao lado do carrinho de bebidas me tranquiliza.

— Nós conversamos sobre como você queria fazer algo empolgante se tivesse a oportunidade de viajar, lembra? Eu estava dando uma olhada em tudo que dá para fazer nesse passeio, e olha só! — Rufus aponta para uma placa ao lado de um túnel: "Salto na floresta tropical!" — Não sei o que significa, mas deve ser melhor do que aquele salto de paraquedas fajuto que fizemos mais cedo.

— Vocês pularam de paraquedas? — pergunta Lidia. Seu tom é uma mistura de "vocês são loucos" com "estou com muita inveja". Ela é possessiva do jeito mais carinhoso possível, no estilo irmã mais velha.

Nós três seguimos pelo caminho de piso bege, com areia de verdade espalhada pelo chão, até o túnel. Um funcionário da arena nos entrega um folheto sobre a floresta tropical de El Yunque e nos oferece uma visita com audioguia, porém admite que vamos perder parte da música natural do ambiente se aceitarmos ouvir a gravação. Recusamos os fones de ouvido e caminhamos túnel adentro, onde o ar é úmido e quente.

A vegetação fechada nos cobre de garoa, e a luz solar artificial atravessa as folhas grossas. Contornamos os troncos retorcidos, saindo da trilha em direção ao coaxar sinistro de mais três sapos. Meu pai me contou histórias sobre como ele corria pela floresta com os amigos quando tinha a minha idade, às vezes caçando sapos para venderem para outras crianças como bichinhos de estimação, ou então só ficavam lá pensando na vida. Quanto mais avançamos pela floresta, mais o som dos sapos é substituído por pessoas conversando e uma cachoeira. Achei que o segundo som era apenas uma gravação, até chegarmos numa clareira onde vejo água caindo de um penhasco de seis metros até uma piscina repleta de salva-vidas e Terminantes sem camisa. Deve ser o salto na floresta tropical da propaganda. Não sei por que pensei que fosse algo mais sem graça, como pular de uma pedra para outra em um chão sem desníveis.

Já vi tanta coisa que a ideia de sair dessa arena é tão dolorosa quanto pensar que esse dia vai terminar, é como ser arrancado de um sonho que você esperou a vida inteira para ter. Mas não estou sonhando. Estou acordado, e vou aproveitar ao máximo.

— Minha filha odeia chuva — conta Lidia para Rufus. — Ela odeia tudo que não pode controlar.

— Ela vai se acostumar — digo.

Caminhamos até a beirada do penhasco de onde os Terminantes estão saltando. Uma garotinha de pulseira azul, lenço na cabeça e boias no braço faz algo perigoso num piscar de olhos: ela se vira e cai para trás, como se alguém a tivesse empurrado de um prédio. Um salva-vidas lá embaixo toca seu apito e os outros nadam até o centro da piscina onde ela afunda. Ela volta para a superfície, rindo, e parece estar levando uma bronca dos salva-vidas, mas não se importa. Para que se importar em um dia como hoje?

RUFUS
16h24

Apesar de encher a boca para falar que sou corajoso, não sei se vou encarar este salto. Não boto o pé na praia nem numa piscina desde que minha família morreu. Antes de hoje, o mais perto que cheguei de grandes quantidades de água foi quando vi Aimee pescando no rio East, o que resultou em um pesadelo em que eu pescava o carro da minha família no rio Hudson, fisgando os esqueletos que vestiam as mesmas roupas do dia do acidente, me lembrando de como fui *eu* quem os abandonou.

— Vai com tudo, Mateo. Vou ficar fora dessa.

— Você também deveria ficar fora dessa — aconselha Lidia. — Sei que minha opinião não conta, mas meu voto é não, não, não, não!

Uma salva de palmas para o Mateo por ter entrado na fila mesmo assim; quero que ele aproveite o momento. Não há mais muitos sapos coaxando, então sei que ele me escutou. Esse garoto mudou. Sei que você está prestando atenção, mas olha só para ele: na fila para pular de um penhasco, e aposto que ele nem sabe nadar. Ele se vira, acenando para a gente, como se estivesse nos convidando para um passeio de montanha-russa.

— Vamos! — diz Mateo, me encarando. — Ou então podemos voltar no Faça-Acontecer e nadar em uma das piscinas deles se você preferir. Para ser sincero, acho que você vai se sentir melhor em relação a tudo pelo que passou se voltar a pular na água... Eu tentando encorajar você a fazer qualquer coisa é meio esquisito, né?

— Pois é, parece coisa de um universo paralelo — comento.

— Serei breve, então: nós não precisamos daquelas estações de realidade virtual do Faça-Acontecer. Podemos fazer acontecer bem aqui.

— Nessa floresta tropical artificial? — rebato com um sorriso.

— Eu não disse nada sobre esse lugar ser de verdade.

A funcionária da arena avisa que Mateo é o próximo.

— Tudo bem se eu e meus amigos pularmos juntos? — pergunta Mateo.

— Sem problemas — garante ela.

— Eu não vou! — avisa Lidia.

— Vai, sim — rebate Mateo. — Se não for, vai se arrepender depois.

— Eu deveria empurrar você desse penhasco — digo a Mateo. — Mas não vou fazer isso porque você tem razão. — Eu consigo enfrentar meus medos, ainda mais em um ambiente controlado como esse, cheio de salva-vidas e boias de braço.

Ninguém tinha planejado nadar, então apenas tiramos a roupa e, na moral, eu não tinha ideia de como o Mateo era magrelo. Ele evita me olhar — o que acho engraçado —, ao contrário de Lidia, que de calça jeans e sutiã me encara de cima a baixo.

Os funcionários nos entregam o equipamento — estou chamando as boias de "equipamento" porque soa menos fofinho —, e a coloco no braço. A moça da arena nos diz para pularmos quando estivermos prontos. Não deve demorar muito já que tem uma fila se formando atrás da gente.

— No três? — sugere Mateo.

— Está bem.

— Um. Dois...

Pego a mão de Mateo e entrelaço meus dedos nos dele. Ele se vira para mim com o rosto corado e segura a mão de Lidia.

— Três!

Olhamos para a frente e para baixo, então saltamos. Sinto como se estivesse atravessando o ar mais rápido do que os outros, arrastando Mateo comigo. Ele grita, e nos poucos segundos que tenho antes de atingir a água, grito também, e Lidia comemora. Quando mergulho, Mateo ainda está ao meu lado, e ficamos submersos por apenas alguns segundos, mas abro os olhos e o vejo ali. Ele não está em pânico, e me lembro de como meus pais pareciam calmos depois que me soltaram do carro. Lidia se separou de nós; ela já está fora do meu campo de visão. Eu e Mateo nadamos de volta à superfície ainda de mãos dadas, com salva-vidas nos cercando. Eu me aproximo de Mateo, rindo, e o abraço em agradecimento pela liberdade que ele me forçou a encontrar. É como se eu tivesse sido batizado ou qualquer coisa do tipo, largando toda a raiva, a tristeza, a culpa e a frustração abaixo da superfície, onde esses sentimentos podem afundar para longe de mim.

A cachoeira espalha água ao nosso redor, e um salva-vidas nos guia até a colina.

Um funcionário no pé da colina nos entrega toalhas e Mateo enrola a dele sobre os ombros, tremendo de frio.

— Como você está se sentindo? — pergunta ele.

— Nada mal — respondo.

Não comentamos sobre ficarmos de mãos dadas nem nada do tipo, mas espero que ele me entenda, caso ainda restasse alguma dúvida. Voltamos para o topo da colina, nos secando com as toalhas, recuperamos nossas roupas e nos vestimos. Passamos pela lojinha de presentes na saída, onde flagro Mateo cantando junto à música do rádio.

Encurralo Mateo enquanto ele pega um dos cartões de agradecimento que estão distribuindo.

— Você me fez pular, agora é sua vez.

— Eu pulei com você.

— Não é disso que estou falando. Vamos para uma balada *underground*. É um lugar onde Terminantes dançam e cantam e ficam de boa. Topa?

POLICIAL ANDRADE
16h32

A Central da Morte não ligou para Ariel Andrade porque ele não vai morrer hoje, mas, como policial, receber o alerta é seu maior medo toda vez que o relógio bate à meia-noite. Em especial depois de ter perdido seu parceiro dois meses atrás. Ele e Graham poderiam ser uma daquelas duplas de policiais dos filmes, pelo jeito como resolviam os casos e contavam piadas de tiozão enquanto bebiam cerveja.

Andrade está sempre pensando em Graham, e hoje não é diferente, ainda mais com esses garotos órfãos atrás das grades fazendo uma cena porque o irmão deles é Terminante. Você não precisa ter o mesmo DNA para que alguém seja seu irmão, Andrade sabe muito bem disso. E, com certeza, não precisa ter o mesmo sangue para perder uma parte de si quando alguém morre.

Andrade não acredita que o Terminante, Rufus Emeterio, que ele parou de procurar nas primeiras horas da manhã, vai se meter em confusão — mesmo se ainda estiver vivo. Andrade sempre teve um sexto sentido para Terminantes que pretendem passar suas horas finais fomentando o caos. Como foi o caso do Terminante responsável pela morte de Graham.

No dia em que recebeu seu alerta, Graham insistiu em passar seu Dia Final trabalhando. Entre morrer salvando vidas e morrer procurando alguém com quem transar, ele preferia a primeira opção. A polícia estava correndo atrás de um Terminante que havia se inscrito no Estouro, um desafio na internet que, infelizmente, tinha cada dia mais participantes e downloads durante os quatro meses anteriores. As pessoas acessavam a cada hora para assistir a Terminantes se matando dos jeitos mais peculiares — eles queriam partir chamando atenção. A morte mais popular garantia à família do Terminante uma boa quantia de dinheiro que ninguém sabia de onde vinha, mas, na maioria das vezes, o desafio não passava de um monte de Terminantes que não se matavam com criatividade o bastante para agradar os espectadores e, bem, não é o tipo de coisa que dá para tentar uma segunda vez. O esforço de Graham para impedir que um Terminante se jogasse da ponte de Williamsburg de moto acabou causando sua própria morte.

Andrade está se esforçando para acabar com aquele canal da internet até o fim do ano. Sem chances de compartilhar uma cerveja no paraíso com Graham sem conseguir isso. Andrade quer focar no trabalho de verdade, e não em ficar de babá. É por isso que os pais adotivos dos meninos estão assinando os formulários de soltura neste exato momento. Ele libera os garotos com uma advertência severa, para que eles possam dormir em paz.

E ficar de luto.

E, talvez, até descobrir se o amigo ainda está vivo.

Se você está perto o bastante de um Terminante quando ele morre, vai passar um bom tempo sem conseguir colocar a experiência em palavras. Mas são poucos os que se arrependem de terem passado cada segundo possível ao lado de quem se ama enquanto a pessoa ainda estava viva.

PATRICK "PECK" GAVIN
16h59

— Talvez ele já tenha morrido.

Peck estava com as notificações ativadas do Instagram de Rufus, mas continua conferindo o perfil mesmo assim.

— Anda logo, anda logo...

Peck quer que Rufus esteja morto, é claro. Mas ele também quer ser o responsável pelo golpe final.

RUFUS
17h01

A fila para o Cemitério do Clint não está tão longa quanto ontem à noite, quando eu estava voltando para Plutão. Não vou nem começar a especular se é porque todo mundo já entrou ou se eles já morreram. Mas, pelo Mateo, essa terá que ser a melhor festa de todos os tempos. Espero que me deixem entrar mesmo que eu esteja a algumas semanas de completar dezoito anos.

— É esquisito vir numa balada às cinco da tarde — diz Lidia.

Meu celular toca e aposto que é Aimee, mas vejo a cara feia do Malcolm na tela.

— Os Plutões! Puta merda!

— Plutões? — pergunta Lidia.

— Os melhores amigos dele! — exclama Mateo.

Isso não chega nem perto de explicar o que eles significam para mim, mas deixo para lá, porque o telefonema é tão inacreditável que até Mateo está chorando por mim. Aposto que eu me sentiria do mesmo jeito se o pai dele ligasse agora.

Atendo a chamada de vídeo, me afastando da fila. Malcolm e Tagoe estão juntos, surpresos de verdade por eu ter atendido. Eles sorriem como se quisessem pular e fazer montinho em cima de mim, os dois me pegando de surpresa ao mesmo tempo.

— ROOF!

— Puta merda! — digo.

— Você está vivo! — grita Malcolm.

— E vocês não estão presos!

— Ninguém pode nos segurar — diz Tagoe, brigando por espaço para que ele também possa aparecer na tela. — Você consegue nos ver?

— Ah, que se dane. Roof, onde você está? — pergunta Malcolm, estreitando os olhos e se esforçando para ver além da minha cabeça.

Também não tenho ideia de onde eles estão.

— Estou no Clint. — Vou poder me despedir direito deles. Vou poder abraçá-los. — Vocês conseguem chegar aqui? Rápido?

Passar das cinco da tarde é um milagre do cacete, mas não me resta muito tempo, não tenho dúvidas disso. Mateo está segurando a mão de Lidia e eu quero meus melhores amigos aqui também. Todos eles.

— Vocês podem chamar a Aimee também? Sem aquele cuzão do Peck. Ou vou dar uma surra nele de novo.

Se tem uma lição que eu deveria ter aprendido com tudo isso, não aprendi. O cara arruinou meu velório e botou meus amigos na cadeia, eu acabaria com ele e nem tente me dizer que estou errado.

— Ele tem sorte de você ainda estar vivo — diz Malcolm. — Nós passaríamos a noite toda atrás dele se você não estivesse.

— Não vá embora do Cemitério do Clint — pede Tagoe. — Chegamos aí em vinte minutos. Fedendo a cadeia. — É engraçado como Tagoe jura que é um criminoso casca-grossa agora.

— Não vou a lugar nenhum. Estou aqui com um amigo. Venham logo, está bem?

— É melhor você estar aí quando chegarmos, Roof — alerta Malcolm.

Sei o que ele quer dizer. É melhor que eu esteja vivo.

Tiro uma foto da placa do Cemitério do Clint e publico a imagem colorida no Instagram.

PATRICK "PECK" GAVIN
17h05

— Encontramos ele — diz Peck, pulando da cama.

Cemitério do Clint. Ele coloca a arma carregada na mochila.

— Precisamos ser rápidos. Vamos! — exclama ele.

PARTE QUATRO
O fim

Ninguém quer morrer. Até as pessoas que querem ir

para o céu não querem morrer para chegar lá.

E, ainda assim, a morte é o destino compartilhado

por todos nós. Ninguém nunca escapou dela.

E é assim que tem que ser, porque é provável

que a Morte seja a melhor invenção da Vida.

É o agente de mudança da Vida. Ela limpa o

que há de velho e abre espaço para o novo.

— Steve Jobs

MATEO
17h14

O dia de hoje teve seus milagres.

Encontrei Rufus como Último Amigo. Nossos melhores amigos estão conosco no nosso Dia Final. Superamos alguns medos. E agora estamos no Cemitério do Clint, que recebeu muitos elogios na internet, e esse pode ser o palco perfeito para que eu vença minhas inseguranças — nos próximos minutos.

Em todos os filmes que eu já vi, seguranças de porta de boate são teimosos e superameaçadores, mas aqui no Cemitério do Clint há uma jovem usando um boné para trás dando as boas-vindas a todos.

Ela pede minha identidade.

— Sinto muito em perder você, Mateo. Se divirta lá dentro, está bem?

Assinto.

Deixo dinheiro em uma caixa plástica de doações e espero Rufus pagar pela entrada dele. A garota o observa de cima a baixo, e meu rosto começa a arder. Mas então Rufus me alcança, dá um tapinha no meu ombro, e agora a queimação é diferente, como quando ele segurou minha mão lá na Arena de Viagens.

A música alta toca do outro lado da porta e nós esperamos por Lidia.

— Você está bem? — pergunta Rufus.

— Nervoso e empolgado. Mas principalmente nervoso.

— Já se arrependeu de ter me feito pular do penhasco?

— Você se arrepende de ter pulado?

— Não.

— Então, não.

— Você vai se divertir lá dentro?

— Sem pressão — digo.

Há certa diferença entre pular de um penhasco e se divertir. A partir do momento em que você pula, não tem como voltar atrás, não dá para parar em pleno ar. Porém, me divertir de uma forma que parece um desafio e que pode me fazer passar vergonha na frente de desconhecidos exige um tipo especial de coragem.

— Sem a menor pressão — rebate Rufus. — São só as nossas últimas horas nesse planeta para morrermos sem nenhum arrependimento. Sério, sem pressão.

Sem arrependimento. Ele tem razão.

Meus amigos me seguem quando abro a porta e entro em um mundo novo, me arrependendo de imediato por não ter vivido cada minuto possível dele. As luzes estroboscópicas piscam em azul, amarelo e cinza. As pichações nas paredes são marcas deixadas por Terminantes e seus amigos; em alguns casos, as últimas partes de si que os Terminantes deixaram para trás, algo para imortalizá-los. Não importa quando, todos nós encontramos o nosso fim. Ninguém continua vivendo para sempre, mas o que deixamos para trás nos mantém vivos para outras pessoas. E vejo esse lugar lotado de gente, Terminantes e seus amigos, todo mundo vivendo.

Uma mão se fecha em torno da minha, e não é a mesma que me segurou há menos de uma hora; essa carrega uma história. A mão que segurei quando minha afilhada nasceu, e durante muitos dias e noites depois da morte de Christian. Viajar naquele mundo-dentro-de-um-mundo com Lidia foi incrível, e estar com ela aqui nesse momento, um que eu jamais poderia comprar, me deixa feliz apesar de todos os motivos que tenho para ficar triste. Rufus aparece ao meu lado e passa o braço em volta dos meus ombros.

— A pista é sua — diz ele. — O palco também, se você quiser.

— Estou quase lá — respondo.

Preciso chegar lá.

No palco, um adolescente de muletas está cantando "Can't Fight This Feeling" e, como Rufus diria, ele está arrebentando. Duas pessoas dançam atrás dele — amigos, desconhecidos, quem sabe, quem se importa — e me sinto maior graças a essa energia. Acho que dá para chamá-la de liberdade. Ninguém vai poder nos julgar amanhã. Ninguém vai enviar mensagens para os amigos sobre o garoto idiota sem ritmo. E, neste instante, a estupidez de já ter me importado com isso me atinge feito um soco na cara.

Perdi tempo e deixei de me divertir porque me importei com as coisas erradas.

— Já escolheu sua música?

— Não — respondo.

Tem muitas que eu amo: "Vienna", do Billy Joel; "Tomorrow Tomorrow", do Elliott Smith; "Born to Run", do Bruce Springsteen, uma das favoritas do meu pai. Todas possuem notas que eu jamais conseguiria alcançar, mas não é isso que me impede. Quero que seja a música *certa*.

O cardápio acima do bar tem a ilustração de um crânio com ossos cruzados, e fico surpreso ao ver o crânio sorrindo. Último dia para sorrir, diz a placa. As bebidas não são alcoólicas, o que faz sentido, já que a morte não é desculpa para vender álcool para menores de idade. Rolou um grande debate há alguns anos sobre a questão de Terminantes menores de idade receberem permissão para comprar bebidas. Quando os advogados apresentaram as porcentagens de morte de adolescentes por overdose alcoólica e embriaguez ao volante, ficou decidido que as coisas deveriam permanecer como sempre foram — do ponto de vista legal. Mas, até onde sei, ainda é bem fácil conseguir bebida alcoólica ou cerveja; sempre foi e sempre será.

— Vamos pegar uma bebida — sugiro.

Atravessamos a multidão, estranhos dançando enquanto tentamos abrir passagem. O DJ pede que um cara barbudo chamado David vá ao palco. David sobe no palanque e anuncia que vai cantar "A Fond Farewell", do Elliott Smith; não sei se ele é um Terminante ou se está cantando para alguém, mas é lindo.

Chegamos ao bar.

Não estou no clima para um Adiós Colado. Muito menos para um drinque chamado Morte on the Beach.

Lidia pede um Terminador, um drinque não alcoólico vermelho rubi. Eles logo a servem. Ela bebe um gole e sua expressão se contrai, como se tivesse provado várias balas azedinhas.

— Quer experimentar?

— Estou de boa — respondo.

— Queria que tivesse um negocinho na bebida — diz Lidia. — Não posso estar sóbria quando perder você.

Rufus pede um refrigerante e faço o mesmo.

Assim que todos nós pegamos nossas bebidas, ergo meu copo e falo:

— Aos sorrisos que ainda temos!

Brindamos, e Lidia está mordendo os lábios trêmulos enquanto Rufus, assim como eu, sorri.

Ele atravessa nossa rodinha e se aproxima tanto de mim que seu ombro está pressionando o meu. Rufus fala direto no meu ouvido, por causa da música alta e do barulho da festa.

— Essa noite é sua, Mateo. Sério. Você cantou para o seu pai mais cedo e parou quando eu cheguei. Ninguém vai julgar você aqui. Você está se reprimindo, mas precisa ir com tudo.

Aquele cara, David, termina de cantar e todos aplaudem, mas os aplausos não são qualquer coisa; daria para pensar que ele era uma lenda do rock.

— Viu só? Eles só querem ver você se divertindo, vivendo com tudo.

Sorrio e me inclino em direção ao ouvido dele.

— Você vai ter que cantar comigo. Escolhe a música.

Rufus assente e apoia sua cabeça na minha.

— Beleza. "American Pie". Acha que rola?

Eu amo essa música.

— Já está rolando.

Peço para que Lidia fique de olho em nossas bebidas enquanto eu e Rufus corremos para fazer o pedido ao DJ. Antes de chegarmos na cabine, uma garota turca chamada Jasmine canta "Because the Night", da Patti Smith, e é incrível como uma pessoa tão pequena pode chamar tanta atenção e provocar tanto entusiasmo. Uma garota de cabelos escuros e sorriso largo — do tipo que você não espera ver em alguém que está morrendo — pede sua música e nos dá passagem. Digo ao DJ LouOw nossa música e ele elogia a escolha. Balanço um pouco meu corpo ouvindo a performance de Jasmine, mexendo a cabeça nos momentos que acho certos. Rufus está sorrindo, me observando, e eu paro, envergonhado.

Dou de ombros e começo de novo.

Desta vez, gosto de ser visto.

— Esse é o melhor momento da minha vida, Rufus — comento. — Está acontecendo. Agora.

— Da minha também, cara. Obrigado por me encontrar no Último Amigo.

— Obrigado por ser o melhor Último Amigo que um caso perdido como eu poderia pedir.

A garota de cabelos escuros de antes, Becky, é chamada ao palco e canta "Try a Little Tenderness", do Otis Redding.

Somos os próximos da fila e esperamos ao lado dos degraus grudentos do palco. Quando a música de Becky se aproxima do final, acabo ficando nervoso — aparece a sensação de *vem aí*. Mas nada me prepara para o momento em que o DJ LouOw anuncia:

— Agora no palco: Rufus e Matthew.

É, ele erra meu nome, assim como Andrea da Central da Morte há tantas horas que parece ter sido num dia diferente — vivi uma vida inteira em um dia, e agora é a hora do bis.

Rufus avança correndo pelos degraus e eu o sigo. Becky me deseja boa sorte com o sorriso mais doce do mundo; torço para que ela não seja uma Terminante e, se for, espero que seu falecimento venha sem qualquer arrependimento.

— Mandou bem, Becky! — grito antes de dar as costas para ela.

Rufus puxa dois banquinhos para o centro do palco, já que nossa música é longa. Foi uma boa ideia, ainda mais porque sinto os joelhos bambos conforme avanço, o holofote bloqueando minha visão e o zumbido minha audição. Sento ao lado dele e o DJ LouOw pede para que alguém nos entregue os microfones, o que faz com que eu me sinta poderoso, como se estivesse recebendo a Excalibur no meio de uma batalha que meu exército está perdendo.

"American Pie" começa a tocar e a multidão vibra, como se a música fosse nossa, como se soubessem quem somos. Rufus aperta minha mão uma vez e então a solta.

— *A long, long time ago...* — começa Rufus. — *I can still remember...*

— *How that music used to make me smile* — me junto a ele.

Meus olhos estão lacrimejando. Meu rosto arde. Não, queima. Vejo Lidia se balançando. Nem em sonho esse momento seria tão intenso.

— *This'll be the day that I die... This'll be the day that I die...*

A energia do ambiente muda. Não é apenas a minha confiança, independente do quanto estou fora do tom, não é isso. Nossas palavras estão de fato se conectando com os Terminantes da plateia, atravessando seus corpos até alcançarem suas almas, que estão se apagando, como um vaga-lume perdendo a luz, mas ainda brilhando. Alguns Terminantes cantam junto e tenho certeza de que, se permitissem isqueiros aqui dentro, eles os acenderiam; alguns choram, outros sorriem de olhos fechados, e espero que estejam perdidos em boas lembranças.

Por oito minutos, eu e Rufus cantamos sobre uma coroa de espinhos, uísque e centeio, uma geração perdida no espaço, o feitiço de Satã, uma garota cantando blues, o dia em que a música morreu, e muito mais. A música termina e tomo fôlego. Respiro os estrondosos aplausos. Respiro o amor, e isso me dá forças para segurar a mão de Rufus enquanto ele faz uma reverência de agradecimento. Eu o puxo para fora do palco e, quando estamos atrás das cortinas, o encaro nos olhos. Ele sorri como se soubesse o que está prestes a acontecer. E ele não está errado.

Eu beijo o garoto que me trouxe à vida no dia em que vamos morrer.

— Finalmente! — exclama Rufus quando dou a ele a chance de respirar. E agora é ele quem me beija. — Por que demorou tanto?

— Eu sei, eu sei. Desculpa. Sei que não temos tempo a perder, mas precisava ter certeza de que você era quem eu imaginava. A melhor parte de estar morrendo é a sua amizade.

Nunca pensei que encontraria alguém para dizer isso. São palavras genéricas, mas, ainda assim, muito pessoais, é algo particular que eu quero compartilhar com todo mundo, e acho que esse é o tipo de sentimento que todos nós buscamos.

— E mesmo se eu nunca tivesse beijado você, você me deu a vida que eu sempre quis — acrescento.

— Você também cuidou de mim — diz Rufus. — Eu estava tão perdido nos últimos meses. Ainda mais ontem à noite. Eu odiava todas aquelas dúvidas, odiava estar irritado o tempo todo. Mas você foi a melhor companhia do mundo, me ajudou a me reencontrar. Você me tornou alguém melhor.

Estou pronto para beijá-lo de novo quando seu olhar desvia do meu, para além do palco, até o público. Ele aperta meu braço.

O sorriso de Rufus fica mais intenso.

— Os Plutões chegaram.

HOWIE MALDONADO
17h23

A Central da Morte ligou para Howie Maldonado às 2h37 para avisar que ele vai morrer hoje.

Seus 2,3 milhões de seguidores no Twitter são quem estão realmente mal.

Durante a maior parte do dia, Howie ficou no seu quarto de hotel com uma equipe de seguranças na porta, todos armados; a fama lhe trouxe esta vida, mas não conseguirá mantê-lo vivo. As únicas pessoas com permissão para entrar no quarto são seus advogados, que precisavam redigir o testamento, e sua agente literária, que precisava que ele assinasse o próximo contrato antes que Howie batesse as botas. É engraçado como um livro que ele não escreveu tem mais futuro do que ele mesmo. Howie atendeu ligações de colegas de elenco, de seu primo mais novo cuja popularidade na escola depende da fama de Howie, de mais advogados, e de seus pais.

Os pais de Howie moram em Porto Rico, para onde se mudaram depois que a carreira do filho decolou. Howie queria desesperadamente que os dois continuassem em Los

Angeles, onde ele mora agora, e se ofereceu para pagar todas as contas e o que mais fosse preciso, mas o amor dos pais por San Juan, lugar onde se conheceram, era grande demais. Howie não conseguira evitar ficar chateado com o fato de que os pais, embora arrasados, acabariam ficando bem sem ele. Os dois já tinham se acostumado a viver sem o filho, a observá-lo de longe... como fãs.

Como desconhecidos.

No momento, Howie está em um carro com mais desconhecidos. Duas mulheres da *Infinity Weekly* para uma última entrevista. Só está fazendo isso pelos fãs. Howie sabe que poderia viver por mais dez anos e tudo o que compartilhasse a seu respeito nunca seria o suficiente. As pessoas são famintas por "conteúdo", como seus empresários e assessores de imprensa dizem. Qualquer corte de cabelo. Qualquer capa de revista. Qualquer tuíte, independentemente dos erros de digitação.

Na noite passada, Howie tuitou uma foto do seu jantar.

Ele já publicou seu último tuíte. *Obrigado por esta vida.* Junto a uma foto, tirada por ele mesmo, sorrindo.

— Quem você está indo encontrar agora? — pergunta a mulher mais velha.

Sandy, acredita ele. Isso, Sandy. E não Sally, como sua primeira assessora de imprensa. Sandy.

— Isso é parte da entrevista? — pergunta Howie.

Sempre que ele participa dessas matérias, suas respostas exigem zero foco, então em geral ele fica no celular olhando o Twitter e o Instagram. Mas acompanhar todas as declarações de amor, incluindo mensagens do autor da série Scorpius Hawthorne, é dez vezes mais impossível do que o normal.

— Pode ser — diz Sandy. Ela mostra o gravador. — Você é quem manda.

Howie queria que sua empresária estivesse com ele para vetar aquela pergunta, mas ele assinou um cheque valioso, fez com que fosse enviado para o quarto de hotel dela e a encorajou a permanecer longe dele, como se estivesse infectado por um vírus zumbi.

— Passo — anuncia Howie.

Ninguém precisa saber que ele está a caminho de um encontro com sua amiga de infância e primeiro amor, Lena, que voou de Arkansas para poder vê-lo pela última vez. A mulher que poderia ser mais do que um amiga se ele não vivesse sob os holofotes. A mulher da qual ele sentia tanta saudade que escrevera seu nome pela cidade, em orelhões e mesas de cafés, sem nunca assinar o próprio nome. A mulher que ama a vida tranquila que seu marido lhe proporciona.

— Muito bem — continua Sandy. — De qual conquista você tem mais orgulho?

— Minha arte — responde Howie, se contendo para não revirar os olhos.

A outra pessoa da *Infinity Weekly*, Delilah, o encara como se pudesse enxergar além daquela conversa fiada. Howie ficaria intimidado se não estivesse distraído com o cabelo lindo dela, que o lembrava a aurora boreal, e o curativo recém-feito em sua testa, cobrindo uma ferida que lembrava a do Scorpius Hawthorne.

— Onde você acha que estaria se não fosse pelo papel de Draconian Marsh? — pergunta Sandy.

— Literalmente? Em San Juan, com meus pais. Profissionalmente? Quem sabe...

— Uma pergunta melhor — interfere Delilah.

Sandy parece irritada, e a voz de Delilah se sobrepõe à dela.

— Do que você se arrepende?

— Peço desculpas por ela — diz Sandy. — Vou demiti-la e ela vai descer do carro no próximo sinal vermelho.

Howie volta sua atenção para Delilah.

— Eu amei tudo o que fiz. Mas não sei quem sou além de uma voz por trás de uma conta no Twitter e do vilão de uma franquia de sucesso.

— O que você teria feito de diferente? — questiona Delilah.

— Talvez eu não tivesse feito aquele filmeco universitário de merda. — Howie sorri, surpreso pelo próprio bom humor em seu último dia de vida. — Teria feito apenas o que tem algum significado para mim. Tipo os filmes do Scorpius. A adaptação foi única, sem comparações. Mas eu deveria ter usado minha fortuna para passar tempo com as pessoas importantes para mim. Família e amigos. Eu me ocupei demais tentando me reinventar para conseguir papéis diferentes e não ser aquele bruxo do mal para sempre. Puta merda, estou aqui em Nova York para encontrar a editora de outro livro que eu nem escrevi.

Delilah espia o exemplar do livro de Howie, ainda não autografado, entre ela e sua chefe.

Ex-chefe. Esse status ainda está indefinido.

— O que teria feito você feliz? — pergunta Delilah.

De imediato, amor é a resposta que vem à mente, e isso o surpreende como um trovão no meio de um dia de céu limpo. Howie nunca se sentira sozinho, porque ele poderia entrar na internet a qualquer momento e ser soterrado por mensagens. Mas receber o afeto de milhões e contar com a intimidade de uma única pessoa especial são coisas completamente diferentes.

— Minha vida é uma faca de dois gumes — responde Howie, sem falar da própria vida como se ela já tivesse acabado, como outros Terminantes derrotados fazem. — Estou onde estou porque minha vida passou rápido. Se não tivesse conseguido aquele papel, talvez agora estivesse apaixonado por alguém que me amasse de volta. Talvez teria sido um filho de verdade, e não alguém que acreditava que uma conta conjunta no banco era o bastante. Poderia ter tido tempo para aprender a falar espanhol, para conversar com minha avó sem que minha mãe precisasse traduzir.

— Se você tivesse tudo isso em vez de sucesso, teria sido o bastante para você? — questiona Delilah.

Ela o ouvia com interesse redobrado. Sandy também.

— Acho que sim...

Howie se cala enquanto Delilah e Sandy arregalam os olhos. O carro chacoalha e Howie fecha os olhos, um peso intenso no peito, como nas vezes em que andou numa montanha-russa, subindo cada vez mais alto, sem poder voltar, até cair numa velocidade inacreditável. Só que agora Howie sabe que não está seguro.

A GANGUE SEM NOME
17h36

A Central da Morte não ligou para essa gangue de garotos hoje, e isso significa que eles estão vivendo como se fossem imortais. Eles correm pelas ruas, sem se importar com o trânsito, como se fossem invencíveis contra os carros em alta velocidade e intocáveis pela lei. Dois garotos riem quando um carro bate no outro, rodopiando sem controle até se chocar na parede. O terceiro deles está focado demais em alcançar seu alvo, tirando o revólver de dentro da mochila.

DELILAH GREY
17h37

Delilah ainda está viva. Ela não precisa testar o pulso de Howie para saber que ele não. Ela viu o jeito como a cabeça dele bateu na janela blindada, escutou aquele estalo nauseante que ficará em sua mente para sempre...

Seu coração bate acelerado. Num único dia, o mesmo em que ela recebeu uma ligação informando sua morte, Delilah não apenas sobreviveu a uma explosão ao lado de uma livraria, como também a um acidente de carro provocado por três garotos correndo pela rua.

Se a Morte quer pegá-la, já teve duas chances.

Delilah e a Morte não vão se encontrar hoje.

RUFUS
17h39

Quero continuar segurando a mão de Mateo, mas preciso ir abraçar meus amigos. Atravesso a multidão, afastando Terminantes e outras pessoas aos empurrões até chegar aos Plutões. Agimos como se tivéssemos apertado *pause* e pressionado o *play* ao mesmo tempo, como quatro carros esperando o sinal ficar verde para avançar. Damos um abraço em grupo, quatro Plutões juntos em um Sistema Solar que eu passei as últimas quinze horas desejando, desde que fugi do meu velório.

— Eu amo vocês, pessoal — digo.

Ninguém faz piada de "sem viadagem". Já passamos dessa fase. Eles não deveriam estar aqui, mas se arriscar é a regra do jogo de hoje, e eu estou jogando.

— Você não está com cheiro de cadeia, Tagoe — acrescento.

— Você precisa ver minha nova tatuagem — comenta ele. — Passamos por poucas e boas.

— Não passamos por nada — garante Malcolm.

— Vocês não valem nada — digo.

— Nem mesmo prisão domiciliar — afirma Aimee. — Que vergonha.

Desfazemos o abraço, mas continuamos muito perto uns dos outros, como se a multidão nos forçasse a ficar espremidos. Eles me encaram. Tagoe parece querer fazer carinho na minha cabeça. Malcolm parece estar vendo um fantasma. Aimee parece querer mais um abraço. Não deixo que Tagoe me trate feito um filhotinho de cachorro, nem grito "Buuu!" para Malcolm, mas me aproximo e dou um mega-abraço em Aimee.

— Foi mal, Ames — digo. Não sabia do que eu estava arrependido até ver seu rosto. — Eu não deveria ter ignorado você daquele jeito. Não no meu maldito Dia Final.

— Sinto muito também — afirma Aimee. — Só existe um lado que importa, me desculpe se tentei ficar dos dois lados. Não tivemos tanto tempo juntos quanto deveríamos, mas você sempre será mais importante. Mesmo depois...

— Obrigado por dizer isso — respondo.

— Desculpa por ter que dizer algo tão óbvio — rebate ela.

— Está tudo bem.

Sei que ajudei Mateo a viver sua vida, mas ele me ajudou a colocar a minha nos eixos. Quero ser lembrado como a pessoa que sou agora, não pelo erro estúpido que cometi. Eu me viro e vejo que Mateo e Lidia estão ombro a ombro. Puxo Mateo pelo cotovelo.

— Esse é meu Último Amigo, o Mateo — eu o apresento. — E essa é a número um dele, Lidia.

Os Plutões cumprimentam Mateo e Lidia. Os dois sistemas solares em colisão.

— Vocês estão assustados? — pergunta Aimee para nós dois.

Seguro a mão de Mateo e aceno com a cabeça.

— Vai ser o fim do jogo, mas nós já vencemos.

— Obrigado por cuidar do nosso garoto — diz Malcolm.

— Vocês dois são Plutões honorários — anuncia Tagoe. Ele se vira para Malcolm e Aimee. — A gente deveria fazer uns distintivos.

Conto aos Plutões em detalhes tudo que rolou no meu Dia Final, e explico como as cores invadiram meu Instagram.

"Elastic Heart" da Sia chega ao fim.

— É melhor a gente ir para lá, né? — sugere Aimee, apontando para a pista de dança.

— Vamos nessa.

Mateo responde antes de mim.

MATEO
17h48

Pego Rufus pela mão e o arrasto até a pista de dança assim que um jovem negro chamado Chris sobe ao palco. Ele diz que vai apresentar uma música original chamada "The End". É um rap sobre últimas despedidas, pesadelos dos quais queremos acordar e a pressão inevitável da Morte. Se eu não estivesse com Rufus e nossas pessoas favoritas, teria ficado deprimido. Mas, em vez disso, estamos todos dançando, coisa que eu nunca me imaginei fazendo — não apenas dançando, mas dançando com alguém que me desafia a viver.

A batida da música reverbera em mim e sigo o embalo dos outros, mexendo a cabeça para cima e para baixo e balançando os ombros. Rufus faz uma imitação do *Harlem Shake*, ou para me impressionar ou para me fazer rir, e funciona nos dois casos, só porque a confiança dele é brilhante e admirável. Nós nos aproximamos um do outro, as mãos ainda para baixo ou para o alto, mas dançamos apoiados um no outro. Nem sempre sincronizados, mas quem liga para isso? Continuamos com os corpos se tocando enquanto mais pessoas enchem a pista. O Mateo de Ontem teria achado isso claustrofóbico, mas agora? Não quero mais sair daqui.

A música muda para uma super-rápida, mas Rufus continua colado em mim e leva a mão à minha cintura.

— Dança comigo.

Pensei que já estivéssemos dançando juntos.

— Estou fazendo tudo errado? — pergunto.

— Você está mandando muito bem. Mas quero que a gente tenha uma dança lenta.

A batida só aumenta, mas nós colocamos as mãos nos ombros e cintura um do outro; faço um pouco de pressão com os dedos na pele dele, é a primeira vez que estou tocando alguém desse jeito. Mantemos o ritmo lento, e depois de todas as coisas que vivi hoje, manter contato visual com Rufus é muito difícil; é de longe a intimidade mais forte que já experimentei. Ele se aproxima do meu ouvido, me jogando nessa situação esquisita em que fico aliviado por estar livre do seu olhar, mas também sinto saudade dos seus olhos e da maneira como ele me enxerga, como se eu fosse bom o bastante. Então, Rufus diz:

— Queria que nós tivéssemos mais tempo... Queria andar de bicicleta pelas ruas vazias e gastar cem dólares num fliperama e levar você de balsa até Staten Island só para que conhecesse o meu sorvete favorito.

Falo ao pé do ouvido dele.

— Quero ir até Jones Beach e apostar corrida com você até as ondas, brincar na chuva com nossos amigos. Mas também quero noites tranquilas, em que podemos conversar sobre qualquer coisa assistindo a filmes ruins.

Quero que nós dois tenhamos uma história, algo maior do que essa pequena janela de tempo que estamos compartilhando, com um futuro maior ainda, mas o elefante morto no meio da sala me esmaga. Apoio minha testa na dele, nós dois suando.

— Preciso falar com a Lidia — digo.

Beijo Rufus mais uma vez antes de me afastar, multidão adentro. Ele segura minha mão e me segue pelo caminho que estou abrindo.

Lidia nos vê de mãos dadas assim que Rufus me solta, e seguro a mão dela, a levando em direção aos banheiros, onde é um pouco mais quieto.

— Não me bate — peço. — Mas é óbvio que estou a fim do Rufus e ele está a fim de mim e me desculpa por nunca ter contado pra você que eu me sentiria atraído por alguém como Rufus. Pensei que eu teria mais tempo para me aceitar, sabe, mesmo sem nunca ter achado nada feio ou errado em relação a isso. Acho que eu estava esperando por uma razão… Algo lindo e incrível para acompanhar minha declaração. E isso é o Rufus.

Lidia levanta a mão.

— Ainda quero bater em você, Mateo Torrez. — Em vez disso, ela me abraça. — Não conheço esse tal de Rufus, e não sei o quanto dele você conhece depois de um dia, mas…

— Eu não sei todos os detalhes sobre o passado dele. Mas o que conheci em um dia é mais do que jamais acreditei que mereço. Não sei se isso faz sentido.

— O que eu vou fazer da vida sem você?

Essa pergunta tenebrosa é o motivo pelo qual eu não queria que ninguém soubesse que estou morrendo. Existem perguntas que não posso responder. Não posso dizer como você vai sobreviver sem mim. Não posso dizer como você deve lamentar minha morte. Não posso convencer você a não se sentir culpada se esquecer o aniversário da minha morte, ou se perceber que passou semanas ou meses sem pensar em mim.

Só quero que você viva.

Na parede, há canetas de várias cores, a maioria delas já com a tinta seca, penduradas por elásticos. Encontro uma laranja de ponta grossa que funciona e fico na ponta dos pés para alcançar um espaço em branco onde escrevo: MATEO ESTEVE AQUI E LIDIA ESTAVA AO SEU LADO, COMO SEMPRE.

Abraço Lidia.

— Me promete que vai ficar bem.

— Seria a maior mentira.

— Por favor, mente pra mim — peço. — Anda, me fala que vai seguir em frente. Penny precisa de você no seu melhor, e eu preciso saber que você vai ser forte o bastante para cuidar da futura líder global.

— Caramba, eu não posso...

— Tem alguma coisa acontecendo — interrompo.

Meu coração bate disparado. Aimee está de pé entre Rufus e os Plutões, e três garotos estão gritando com ela. Lidia segura minha mão, como se tentasse me puxar para trás, para salvar minha vida antes que eu me envolva naquilo. Ela está com medo de ter que me ver morrer e eu também estou. O garoto mais baixo com hematomas no rosto saca uma arma... Quem iria querer matar o Rufus assim?

O cara em quem ele bateu.

Todos reparam na arma, e um pandemônio toma conta da boate. Corro em direção ao Rufus, pessoas esbarrando em mim enquanto disparam até a saída. Sou derrubado e pisoteado, e é assim que vou morrer, um minuto antes de Rufus ser baleado, talvez até no mesmo minuto. Lidia grita para que todo mundo se afaste e me ajuda a levantar. Ainda não houve nenhum disparo, mas todos estão se afastando do círculo. É impossível atravessar a debandada e não consigo alcançar o Rufus, não vou poder tocá-lo mais uma vez enquanto ele ainda está vivo.

RUFUS
17h59

Quero descontar em Aimee, achando que foi ela quem o trouxe para cá, mas ela está parada entre mim e a arma dele. Sei que ela não vai morrer hoje, mas isso não a torna à prova de balas. Não sei como Peck conseguiu me encontrar aqui, com seus capangas e uma arma, mas chegou meu fim.

Não posso ser idiota. Não posso bancar o herói.

Não quero aceitar isso. Talvez se eu tivesse uma arma apontada para mim antes de conhecer Mateo e reencontrar os Plutões, é, que seja, puxe o gatilho. Mas minha vida estava começando a melhorar.

— Agora você fica caladinho, né? — pergunta Peck.

Sua mão está tremendo.

— Não faça isso. *Por favor.* — Aimee balança a cabeça. — Isso vai acabar com a sua vida também.

— Você está implorando pela vida dele, certo? Está pouco se fodendo para mim.

— Se você fizer isso, nunca mais vou me importar com você.

Espero que ela não esteja dizendo isso só para acalmá-lo, porque vou assombrar esses dois por toda a eternidade se eles ficarem juntos. Quero tentar me esconder atrás de Malcolm por um segundo e daí correr atrás do Peck, mas isso não vai fazer muita diferença.

Mateo.

Ele está vindo atrás de Peck. Eu balanço a cabeça para ele, e Peck percebe. O cara se vira e corro até ele, porque a vida de Mateo está em perigo. Mateo dá um soco na cara de Peck, o que é inacreditável, e, embora Peck não caia no chão nem nada do tipo, agora temos uma chance. O parceiro de Peck se joga na frente de Mateo e está prestes a arrancar a cabeça dele, mas, no último segundo, ele se afasta, como se o reconhecesse, sei lá, mas Mateo enfim dá um passo para trás. Peck investe para cima de Mateo, e corro até ele, mas Malcolm chega antes, atingindo Peck e seu amigo feito um trem, carregando os dois pelo ar enquanto a arma cai e os empurrando contra a parede.

A arma não dispara, estamos todos bem.

O outro parceiro de Peck corre até a arma, mas eu chuto seu rosto antes que possa pegá-la, e Tagoe pula em cima dele. Apanho o revólver. Tenho a opção de tentar acabar com Peck de vez e manter Aimee a salvo dele. Aponto a arma para Peck enquanto Malcolm se afasta. Mateo me olha do mesmo jeito como quando eu o alcancei, depois de ter fugido de mim. Como se eu fosse perigoso.

Descarrego a arma.

Todas as balas vão direto para a parede.

Agarro Mateo e saímos correndo, porque Peck e sua gangue estão aqui para matar, e nós dois temos as maiores chances de acabarmos com uma faca no pescoço ou balas na cabeça.

O dia de hoje está estragando todas as minhas despedidas.

DALMA YOUNG
18h20

A Central da Morte não ligou para Dalma Young porque ela não vai morrer hoje, mas, caso tivessem ligado, ela passaria o dia com sua meia-irmã, ou até mesmo com um Último Amigo... Afinal, ela é a criadora do app.

— Garanto que você não vai querer trabalhar para mim — diz Dalma, de braços dados com a meia-irmã enquanto atravessam a rua. — Nem *eu* quero trabalhar para mim. Esse trabalho dá *muito* trabalho.

— Mas esse estágio é tão idiota — rebate Dahlia. — Se for para trabalhar tanto assim com tecnologia, eu deveria receber o triplo do que ganho agora.

Dahlia é a mulher de vinte anos mais impaciente de Nova York. Se recusa a desacelerar e está sempre pronta para a próxima etapa da vida. Quando começou o relacionamento com sua última namorada, já estava falando de casamento na semana seguinte. E agora ela quer transformar seu estágio em tecnologia num emprego no Último Amigo.

— Enfim. Como foram as reuniões? Conseguiu conhecer o Mark Zuckerberg?

— As reuniões foram boas — responde Dalma. — O Twitter deve lançar a nova ferramenta no mês que vem. O Facebook vai precisar de mais um tempinho.

Dalma está na cidade para algumas reuniões com desenvolvedores do Twitter e do Facebook. Nesta manhã, ela apresentou uma nova função de Última Mensagem que vai permitir aos usuários preparar suas últimas publicações para que seus legados na internet sejam mais significativos do que, por exemplo, opiniões sobre um filme famoso ou um vídeo viral do cachorro de alguém.

— Qual você acha que seria sua Última Mensagem? — pergunta Dhalia. — É provável que eu usasse aquela frase do *Moulin Rouge* sobre como a melhor coisa do mundo é amar e ser amada de volta e blá-blá-blá.

— É, parece que você gosta muito mesmo dessa frase, irmãzinha — provoca Dalma.

Dalma já havia pensado nessa questão, é claro. O Último Amigo fora um recurso incrível nos últimos dois anos, desde que era um protótipo, mas ela permanecerá horrorizada para todo o sempre com os onze casos de assassinato causados pelo aplicativo no verão passado. Dalma ficara tentada a vender o app, lavar o sangue das mãos. Mas havia tantas histórias nas quais o aplicativo fora usado para o bem, como nessa tarde no metrô em que ela ouviu uma conversa entre duas jovens, trocando sorrisos enquanto uma dizia ser grata por ter sido encontrada no Último Amigo, e acabou descobrindo que a outra ama tanto o movimento que faz grafites pela cidade para divulgar o app.

O app *dela*.

Antes que Dalma possa responder, dois adolescentes passam correndo. Um com o cabelo raspado, a pele marrom um pouco mais clara do que a dela, e outro de óculos, cabelo castanho cheio e a pele levemente escura, como a de Dahlia. O primeiro adolescente tropeça, o outro o ajuda a levantar, e eles voltam a correr, sabe-se lá para onde. Ela se pergunta se eles são meio-irmãos, filhos da mesma mãe. Talvez sejam amigos de infância, sempre arrumando confusão e levantando um ao outro.

Talvez tenham acabado de se conhecer.

Dalma observa os adolescentes fugindo e declara:

— Minha Última Mensagem seria para que todos encontrem as pessoas importantes. E que vivam cada dia como se fosse a vida inteira.

MATEO
18h24

Estamos longe deles, deslizando contra uma parede, igualzinho a como fiquei mais cedo, depois de surtar por ter ido embora da casa da Lidia. Quero ir para um lugar seguro, um quarto trancado, e não ficar aqui fora onde as pessoas podem perseguir Rufus. Ele segura minha mão e passa o braço em volta dos meus ombros, me puxando mais para perto.

— Mandou bem dando um murro no Peck — elogia.

— Primeira vez que bati em alguém. — Ainda estou em choque com todas as minhas primeiras vezes: cantar em público, beijar Rufus, dançar, socar alguém, ouvir tiros de perto.

— Mas acho melhor evitar socar pessoas armadas — comenta ele. — Você poderia acabar morto.

Encaro a rua, ainda tentando recuperar o fôlego.

— Você está criticando o jeito como eu salvei a sua vida?

— Eu poderia ter me virado por um segundo, e você estaria morto. Não estou de boa com isso.

Não me arrependo. Volto no tempo e me imagino um pouco mais lento, talvez tropeçando, perdendo tempo valioso e meu amigo valioso enquanto as balas atravessam seu coração tão lindo.

Quase perdi Rufus. Temos menos de seis horas e, se ele for embora primeiro, eu serei um zumbi só esperando a minha vez chegar. A conexão que tenho com Rufus não é como o que eu esperava quando o conheci às três da manhã.

Este dia é gratificante de uma forma inimaginável, mas, ainda assim, é tudo tão impossível.

Meus olhos se enchem d'água e agora não dá mais para segurar. Finalmente choro, porque quero mais manhãs.

— Já sinto falta de todo mundo — digo. — Lidia. Os Plutões.

— Eu também. Mas não podemos colocar a vida deles em risco mais uma vez.

Concordo com um aceno de cabeça.

— Esse suspense está me matando. Não aguento mais ficar aqui fora. — Sinto um aperto no peito. Há uma grande diferença entre viver sem medo, como enfim fiz, e saber que você tem algo a temer enquanto se está vivendo. — Você vai me odiar se eu quiser ir para casa? Quero descansar na cama onde tudo é seguro e quero que você venha comigo, mas que entre desta vez. Passei a vida me escondendo lá, mas foi lá onde dei meu melhor para continuar vivo, e quero dividir esse lugar com você.

Rufus aperta minha mão.

— Me leva para casa, Mateo.

OS PLUTÕES
18h33

A Central da Morte não ligou para esses três Plutões porque eles não vão morrer hoje, mas o quarto integrante recebeu, *sim,* o alerta, e isso é devastador. Os Plutões quase presenciaram a morte do melhor amigo, Rufus, que tivera uma arma apontada para ele. O Último Amigo de Rufus apareceu do nada, como um super-herói, e deu um soco na cara de Peck, salvando a vida de Rufus... por mais um tempo, pelo menos. Os Plutões sabem que Rufus não vai sobreviver ao dia de hoje, mas não o perderam para um ato de violência cometido por alguém que estava atrás dele.

Os Plutões ficam de pé, juntos na calçada, em frente ao Cemitério do Clint, enquanto uma viatura estaciona na rua, levando embora a gangue sem nome.

Os dois garotos comemoram e torcem para que a gangue passe mais tempo atrás das grades do que eles passaram hoje.

A garota se arrepende do seu papel no meio disso tudo. Mas está aliviada porque seu namorado inseguro e ciumento não deu o tiro letal. Ex-namorado.

Embora não tenham que encarar a Morte, amanhã tudo vai mudar para os Plutões. Terão que recomeçar, algo a que já estão acostumados; suas juventudes são carregadas de muito mais bagagem do que a da maioria dos adolescentes da mesma idade. A morte do amigo, independentemente de como vá acontecer, permanecerá com eles para sempre. Vidas inteiras não são lições, mas há aprendizados em todas as vidas.

Você pode nascer em uma família, mas as amizades é você quem escolhe. Algumas você vai descobrir que deve abandonar. Outras valem os riscos.

Os três amigos se abraçam, com um planeta a menos no Sistema Solar de Plutão — um que jamais será esquecido.

RUFUS
19h17

Passamos pelo terreno onde Mateo enterrou o passarinho de manhã, quando eu ainda era só um desconhecido com uma bicicleta. Nós deveríamos estar surtando real, porque em breve nossa hora também vai chegar, mas consigo segurar a onda ao lado de Mateo, e ele parece tranquilo também.

Mateo me leva até o seu prédio.

— Se não tiver mais nada que você queira fazer, Roof, pensei em visitar meu pai de novo.

— Você me chamou de "Roof"?

Mateo assente, franzindo o rosto como se tivesse acabado de contar uma piada ruim.

— Pensei em testar o apelido. Tem problema?

— Problema nenhum. E esse é um bom plano também. Só queria descansar um pouco antes de irmos até o hospital.

Parte de mim não consegue deixar de pensar se Mateo está me levando até sua casa para podermos transar, mas é bem provável que sexo não esteja passando pela cabeça dele.

Mateo está prestes a apertar o botão do elevador quando se lembra de que aquela não é uma boa ideia, ainda mais a esta altura do campeonato. Ele abre a porta que leva à escada e sobe com cuidado. O silêncio entre nós é megapesado, um degrau de cada vez. Queria poder apostar uma corrida com ele até o apartamento, do jeito como ele nos imaginou em Jones Beach, mas essa seria uma maneira infalível de nem chegar ao quarto dele.

— Sinto saudade... — Mateo para no terceiro andar. Acho que ele vai falar sobre o pai, ou Lidia talvez. — Sinto saudade de quando eu era tão novo que não tinha medo da morte. Ou até mesmo de ontem, quando eu tinha minhas paranoias, mas não estava de fato morrendo.

Eu o abraço porque isso diz tudo, quando, na verdade, não tenho nada a dizer. Ele me aperta de volta antes de subirmos o último lance de escadas.

Mateo destranca a porta do apartamento.

— Não acredito que estou trazendo um garoto para casa pela primeira vez e não tem ninguém aqui para conhecer você.

Imagina que louco seria se nós encontrássemos o pai dele esperando no sofá?

Entramos e não há ninguém aqui além de nós dois.

É o que eu espero.

Ando pela sala de estar. Não vou mentir, fico um pouco nervoso, como se algum amigo da família que agora é inimigo fosse aparecer a qualquer instante, porque descobriu que o apartamento estava vulnerável com o pai de Mateo em coma. Tudo parece tranquilo. Olho para as fotos antigas de Mateo. Ele está sem óculos em várias delas.

— Quando você começou a usar óculos? — pergunto.

— No quarto ano. Só tiraram sarro de mim por uma semana, então tive sorte.

Mateo encara sua foto de formatura, capelo e beca, e é como se ele estivesse olhando para um espelho e encontrando uma versão alternativa de si mesmo num universo de ficção científica. Eu deveria captar aquele momento numa foto, porque é incrível, mas a expressão no rosto dele só me faz querer abraçá-lo de novo.

— Aposto que meu pai ficou decepcionado comigo por fazer faculdade on-line. Ele estava tão orgulhoso quando me formei, e tenho certeza de que estava torcendo para que eu mudasse de ideia, saísse um pouco da internet e tivesse uma experiência universitária comum — afirma ele.

— Você vai poder contar para ele tudo o que fez hoje — digo.

Não vamos ficar por aqui por muito tempo. Quer dizer, não se Mateo quiser mesmo ver o pai de novo.

Mateo assente.

— Vem comigo.

Atravessamos um corredor curto até o quarto dele.

— Então era aqui que você estava se escondendo de mim? — brinco.

Vejo livros espalhados pelo chão, como se alguém tivesse tentado assaltar o lugar. Mateo não parece assustado com isso.

— Eu não estava me escondendo *de você*. — Ele se abaixa e começa a empilhar os livros. — Tive um ataque de pânico mais cedo. Quando meu pai voltar para casa, não quero que saiba que eu estava assustado. Quero que ele acredite que fui corajoso até o fim.

Eu me ajoelho e pego um livro.

— Você tem algum sistema de organização?

— Não mais — responde Mateo.

Colocamos os livros de volta nas prateleiras e pego algumas bugigangas do chão.

— Eu também não gosto de imaginar você assustado.

— Não foi tão ruim assim. Não se preocupe com o antigo eu.

Dou uma olhada no quarto. Tem um Xbox Infinity, um piano, algumas caixas de som, um mapa que eu pego do chão para ele. Estou alisando o papel com o punho, pensando em todos os lugares maneiros que eu e Mateo visitamos juntos, quando vejo um chapéu do Luigi no chão, entre a cômoda e a cama. Apanho o chapéu e ele sorri enquanto eu coloco na cabeça dele.

— Aí está o cara que falou comigo hoje de manhã — comento.

— Luigi?

Dou uma risada e pego meu celular. Ele não sorri para a câmera, está apenas sorrindo para mim. Não me sinto bem assim desde Aimee.

— Hora da sessão de fotos. Pula na cama ou qualquer coisa assim.

Mateo corre até a cama e salta, caindo de cara. Ele se levanta e pula, repetidas vezes, se virando por um instante para a janela como se algum acidente bizarro pudesse jogá-lo lá fora como numa catapulta.

Não paro de tirar fotos desse Mateo incrível e irreconhecível.

MATEO
19h34

Eu me sinto outra pessoa e Rufus está amando isso. Eu também.

Paro de pular e fico na beirada da cama, tentando recuperar o fôlego. Rufus senta ao meu lado e segura minha mão.

— Vou cantar uma música para você — digo. Não quero soltar a mão dele, mas prometo a mim mesmo que vou fazer bom uso das minhas mãos. Me sento em frente às teclas. — Se prepare, essa é uma performance única. — Olho por cima do ombro. — Está se sentindo especial?

Rufus finge não estar impressionado.

— Eu me sinto normal. Um pouquinho cansado, na verdade.

— Bem, acorde e se sinta especial. Meu pai costumava cantar essa para minha mãe, mas a voz dele era muito melhor que a minha.

Toco as notas de "Your Song" do Elton John com o coração batendo forte, embora meu rosto não esteja ardendo tanto quanto estivera no Cemitério do Clint. Não estava brincando quando disse para Rufus se sentir especial. Estou fora do tom e não me importo, só por causa dele.

Canto sobre um homem preparando poções em uma apresentação itinerante, sobre como meu presente é minha canção, sentado no telhado, deixando o sol brilhar, os olhos mais doces que já vi, e muito mais. Eu me viro durante uma breve pausa e vejo que Rufus está gravando um vídeo com o celular. Sorrio para ele. Ele se aproxima e beija minha testa enquanto eu canto com ele ao meu lado: "*I hope you don't mind, I hope you don't mind, that I put down in words... how wonderful life is now you're in the world.*"

Termino de cantar e o sorriso de Rufus é uma vitória. Ele está com lágrimas nos olhos.

— Você estava, *sim*, se escondendo de mim, Mateo. Eu sempre quis encontrar alguém como você e é horrível saber que precisei daquele aplicativo idiota para isso.

— Eu gosto do Último Amigo — confesso. Entendo por que ele está se sentindo assim, mas eu não mudaria a forma como o conheci. — Lá estava eu, procurando por companhia, quando eu encontrei você e você me encontrou, e nós escolhemos ficar juntos por pura intuição. Qual seria a alternativa? Não posso garantir que teria sequer saído daqui, ou que nossos caminhos teriam se cruzado. Não no último dia. Seria uma história muito melhor, claro, mas acho que o app incentiva você a sair da zona de conforto mais do que qualquer coisa. No meu caso, me fez admitir que eu estava sozinho e queria me conectar com alguém. Só não imaginava o que eu viveria com você.

— Você está certo, Mateo Torrez.

— Acontece de vez em quando, Rufus Emeterio. — É a primeira vez que eu digo o sobrenome dele em voz alta, e espero ter pronunciado direito.

Vou até a cozinha e volto com alguns lanches. É infantil, mas brincamos de casinha. Passo manteiga de amendoim em algumas torradas para ele — depois de perguntar se ele não é alérgico — e as ofereço com um copo de chá gelado.

— Como foi seu dia, Rufus?

— O melhor — responde ele.

— O meu também — digo.

Rufus dá um tapinha na beirada da cama.

— Vem cá!

Eu me sento ao lado dele e encontramos uma posição confortável, de braços e pernas entrelaçados. Conversamos mais um pouco sobre nossas histórias, sobre como toda vez que ele fazia pirraça os pais o forçavam a sentar no meio da sala com eles, parecido com como meu pai me mandava tomar um banho e me acalmar. Ele me conta sobre Olivia e eu lhe conto sobre Lidia.

Até que a conversa deixa de ser sobre o passado.

— Esse é nosso lugar seguro, nossa ilha deserta. — Rufus traça um círculo invisível ao nosso redor. — Não vamos sair daqui. Não vamos morrer se ficarmos aqui. Topa?

— Talvez a gente acabe se sufocando até a morte — comento.

— Vai ser melhor do que qualquer coisa que esteja fora da nossa ilha.

Respiro fundo e digo:

— Mas, se por algum motivo nosso plano não der certo, precisamos prometer que vamos nos encontrar na vida após a morte. Tem que existir uma vida após a morte, Roof, porque é a única coisa que justifica morrer tão cedo assim.

Rufus assente.

— Vou facilitar para que você me encontre. Placas de néon. Bandas marciais.

— Boa! Porque talvez eu esteja sem meus óculos — lanço a hipótese. — Não sei se eles vão atravessar comigo.

— Você acredita num cinema na vida após a morte, mas acha que vai ficar sem óculos? Parece que você deixou alguns furos na planta que traçou do céu. — Rufus retira meus óculos e os coloca. — Nossa, você não enxerga nada!

— Você tirando meus óculos não ajuda em muita coisa. — Minha visão está embaçada, e só consigo enxergar o tom de pele dele, mas nenhuma de suas feições. — Aposto que você ficou com cara de bobo.

— Deixa eu tirar uma foto. Na verdade, chega mais pertinho.

Não consigo ver nada, mas olho para a frente, estreitando os olhos, e sorrio. Ele devolve os óculos ao meu rosto para que eu veja a foto. Parece que acabei de acordar. Rufus usando meus óculos me passa certa intimidade, uma sensação muito bem-vinda, como se fôssemos conhecidos há tanto tempo que aquele tipo de brincadeira é comum entre nós dois. Nunca cheguei a imaginar uma coisa dessas.

— Eu teria te amado se tivéssemos mais tempo. — Admito isso porque é o que estou sentindo neste momento e o que senti em muitos momentos, minutos e horas antes.

— Talvez eu já te ame. Espero que você não me odeie por dizer isso, mas sei que estou feliz.

"As pessoas inventam uns limites de quanto tempo você precisa conhecer alguém antes de ter o direito de dizer isso, mas eu não mentiria para você. Pouco importa quanto tempo ainda nos reste. As pessoas desperdiçam tempo e esperam pelo momento certo, mas nós não temos esse luxo. Se nós tivéssemos a vida inteira pela frente, aposto que você ficaria cansado de me ouvir dizer o quanto eu te amo, porque eu tenho certeza de que esse é o nosso caminho. Mas, como estamos prestes a morrer, quero dizer quantas vezes eu quiser: Te amo, te amo, te amo, te amo."

RUFUS
19h54

— Ei! Você sabe muito bem que eu também te amo. — Cara, estou falando tão sério que chega a doer. — Em geral, não sou de falar pra cacete, sabe, eu não sou assim.

Quero beijá-lo porque ele me ressuscitou, mas me seguro. Se eu não tivesse bom senso, se não tivesse lutado tanto para ser quem eu sou, faria alguma bobagem de novo e socaria alguma coisa porque estou muito puto.

— O mundo é cruel demais — continuo. — Comecei meu Dia Final dando uma surra num cara porque ele estava namorando minha ex-namorada e agora estou na cama com um garoto incrível que não conheço nem por 24 horas. Isso é um saco. Você acha que...?

— Acho o quê?

Doze horas atrás, com certeza Mateo teria ficado nervoso ao me fazer qualquer pergunta; ele até perguntaria, mas desviaria o olhar. Agora é diferente: ele não quebra o contato visual.

Odeio ter que perguntar, mas isso também pode estar passando pela cabeça dele.

— Você acha que termos nos encontrado é o que vai nos matar?

— A gente já ia morrer antes de nos conhecermos — responde Mateo.

— Eu sei. Mas talvez isso já estivesse escrito em pedra ou nas estrelas ou sei lá: dois garotos se conhecem. Se apaixonam. Morrem.

Se esse é mesmo o nosso destino, tenho o direito de socar o que eu quiser. Nem tente me impedir.

— Essa não é a nossa história. — Mateo aperta minha mão. — Não vamos morrer por causa do amor. Vamos morrer hoje, independentemente do motivo. Você não apenas me manteve vivo, você me fez viver. — Ele sobe no meu colo, se aproximando. Me abraça tão forte que seu coração bate junto ao meu peito. Aposto que ele também está sentindo o meu. — Dois garotos se conhecem. Se apaixonam. E vivem. Essa é a nossa história.

— Sua versão é melhor. Mas acho que o final precisa de uns ajustes.

— Esquece o final — diz Mateo no meu ouvido. Ele afasta o peito do meu para encarar nos olhos. — Duvido que o mundo esteja no clima para um milagre, então sabemos que não dá para esperar um felizes para sempre. Só me importo com os finais de tudo que vivemos ao longo desse dia. Tipo como quando eu parei de ter medo do mundo e das pessoas.

— E eu parei de ser alguém de quem eu não gostava — comento. — Você não gostaria de como eu era antes.

Ele está sorrindo, os olhos lacrimejando.

— E você não teria me esperado enquanto eu criava coragem. Talvez tenha sido melhor acertar e ser feliz por um dia do que passar a vida inteira errando.

Ele está certo em relação a tudo.

Apoiamos a cabeça nos travesseiros. Espero que nossa morte chegue durante o sono; me parece a melhor forma de partir.

Beijo meu Último Amigo porque o mundo não pode estar contra nós se foi ele que nos uniu.

MATEO
20h41

Acordo me sentindo invencível. Não checo o horário, porque não quero que nada destrua meu espírito de sobrevivência. Na minha cabeça, já estou no dia seguinte. Venci a previsão da Central da Morte, a primeira pessoa no mundo a fazer isso. Coloco meus óculos, beijo a testa de Rufus e o observo descansando. Nervoso, toco seu coração, e fico aliviado ao perceber que ainda está batendo: ele também é invencível.

Passo por cima de Rufus e aposto que ele me mataria se me pegasse saindo da nossa ilha segura, mas quero apresentá-lo ao meu pai. Saio do quarto e vou até a cozinha preparar um chá para a gente. Levo a chaleira ao fogão e procuro os sabores de chá no armário. Escolho hortelã.

Quando ligo o fogão, meu peito afunda em arrependimento. Mesmo quando você sabe que a morte está chegando, as chamas que ela traz ainda são capazes de pegar você de surpresa.

RUFUS
20h47

Acordo sufocando na fumaça. O alarme de incêndio ensurdecedor dificulta pensar. Não sei o que está acontecendo, mas sei que chegou a hora. Eu me viro para acordar Mateo, mas minha mão não encontra ninguém em meio à escuridão, apenas meu celular, que guardo no bolso.

— MATEO!

O alarme de incêndio abafa meus gritos, e estou tossindo, mas chamo por ele mesmo assim. A luz do luar atravessa a janela, e essa é toda a iluminação que tenho. Pego minha jaqueta e a prendo na frente do rosto enquanto me arrasto pelo chão, procurando Mateo, que deve estar em algum lugar por aqui, e não perto da origem de toda essa fumaça. Espanto os pensamentos de Mateo em chamas porque, não, isso não vai acontecer. É impossível.

Chego à porta da frente e a abro, deixando que um pouco da fumaça escura vá embora. Começo a tossir e tossir, engasgar e engasgar, e o ar fresco é tudo que preciso, mas o pânico está dando seu melhor para acabar comigo. Respirar é difícil pra caralho. Vejo alguns vizinhos, nenhum que Mateo tenha comentado comigo. São tantas as coisas que ele não teve tempo de me dizer. Mas tudo bem: ainda teremos algumas horas juntos, assim que eu encontrá-lo.

— Já ligamos para o corpo de bombeiros — diz uma mulher.

— Alguém traz água para ele — pede um homem, dando tapas nas minhas costas enquanto continuo engasgando.

— Recebi um bilhete do Mateo mais cedo — comenta outro homem. — Disse que tinha chegado sua hora e eu não precisava mais me preocupar com o fogão... Quando ele voltou para casa? Bati mais cedo, mas não tinha ninguém!

Forço a tosse a sair do meu corpo, da melhor maneira possível, ao menos, antes de empurrar o homem para o lado com mais força do que imaginei ter. Corro de volta para dentro do apartamento em chamas e vou direto para o brilho alaranjado na cozinha. O apartamento emite um calor que nunca senti na vida, o mais perto foi quando viajei nas férias para Cuba com a minha família, na praia de Varadero. Não sei por que Mateo não continuou na cama, era a porra do nosso acordo. Não sei qual era o problema do fogão, mas, se conheço Mateo, e pode apostar que conheço, ele devia estar preparando algo legal para a gente, algo que absolutamente não valia a sua vida.

E lá vou eu, chamas adentro.

Estou prestes a entrar correndo na cozinha quando meu pé encosta em algo sólido. Caio de joelhos e seguro seja lá o que for, e é o braço que deveria estar ao meu redor quando eu acordei. Seguro Mateo, meus dedos afundam na pele queimada, e estou chorando muito enquanto encontro o outro braço dele e o arrasto para longe do fogo, da fumaça, e em direção aos filhos da puta que estavam gritando comigo da porta, mas não foram corajosos o bastante para entrarem e salvarem dois garotos.

As luzes do corredor iluminam Mateo. Suas costas estão muito queimadas. Eu o viro para cima, e metade do seu rosto tem queimaduras graves, o resto tem um vermelho intenso. Passo o braço em volta do seu pescoço e o balanço para a frente e para trás.

— Acorda, Mateo, acorda, acorda — imploro. — Por que você saiu da cama? A gente... a gente tinha combinado que não era para sair da...

Ele não deveria ter saído da cama e me abandonado naquela casa cheia de fogo e fumaça.

Os bombeiros chegam. Os vizinhos tentam me afastar de Mateo e eu acerto um deles, esperando que, se puder derrubar um, os outros vão parar de encher a porra do saco ou vão acabar sendo chutados para o incêndio na casa do Mateo. Quero acordar Mateo a tapas, mas não deveria tocar seu rosto que já foi tocado pelas chamas. Mas esse garoto estúpido não está acordando, caramba!

Um bombeiro se ajoelha ao meu lado.

— Vamos levá-lo para a ambulância.

Por fim, desisto.

— Ele não recebeu o alerta hoje — minto. — Levem ele para o hospital o mais rápido possível, por favor.

Fico com Mateo enquanto descem com ele pelo elevador, atravessando o saguão e do lado de fora até a ambulância. Um médico confere a pulsação de Mateo e olha para mim com empatia, a maior palhaçada.

— A gente tem que levar ele para o hospital, está vendo? — digo. — Anda! Para de enrolar, porra! Vamos logo.

— Sinto muito. Ele morreu.

— FAÇA SEU TRABALHO E LEVE ELE PRA PORRA DO HOSPITAL!

Outro médico abre as portas traseiras da ambulância, mas não coloca Mateo lá dentro. Ele puxa um saco preto.

Nem ferrando.

Pego o saco da mão dele e o jogo nos arbustos, porque aquele tipo de saco é para cadáveres e Mateo não está morto. Volto para o lado dele, estou engasgando e chorando e morrendo.

— Anda, Mateo, sou eu, Roof. Você está me ouvindo, né? É o Roof. Acorda agora. Por favor, acorda.

21h16

Estou sentado na calçada quando os médicos colocam Mateo Torrez no saco.

21h24

Recebo atendimento médico na ambulância enquanto eles me levam para o Memorial Strouse. Sentado aqui, as lembranças da morte da minha família voltam à tona.

Meu coração está queimando e estou muito puto por Mateo ter morrido antes de mim. Não quero ficar aqui. Eu deveria encontrar uma bicicleta alugada e pedalar, mesmo com os pulmões doendo, mas não posso abandoná-lo assim.

Converso com o garoto dentro do saco sobre todas as coisas que combinamos de fazer juntos, mas ele não pode me ouvir.

Quando chegamos ao hospital, eles nos separam. Sou levado para a UTI e Mateo para o necrotério, para a necropsia.

Meu coração está em chamas.

21h37

Estou numa cama de hospital recebendo ar através de uma máscara de oxigênio e vendo todo o amor que recebi nos comentários dos Plutões nas fotos do meu Instagram. Nada daquela idiotice de emoji de choro, eles sabem que não sou assim. As mensagens na minha última foto com Mateo são as que me pegam de jeito:

@tagoeaway: Vamos viver por você, Roof! #PlutãoPraVida #PlutãoPraSempre

@manthony012: Te amo, irmão. A gente se vê na próxima fase. #PlutãoPraVida

@aimee-dubois: Te amo e vou procurar por você todos os dias. #ConstelaçãoDePlutão

Eles não me mandam ficar em segurança nem nada do tipo, porque sabem o que vai rolar, mas sem dúvidas estão torcendo por mim.

Eles deixaram comentários em todas as minhas fotos, sobre como queriam estar com a gente na Arena de Viagens, no Faça-Acontecer e no cemitério. Em todos os lugares.

Abro o grupo dos Plutões e mando a mensagem mais dolorida de todas: Mateo morreu.

Os pêsames chegam tão rápido que fico tonto. Eles não pedem por detalhes, e aposto que Tagoe está se esforçando para não perguntar como aconteceu. Fico aliviado por ele não fazer isso.

Preciso fechar meus olhos por um instante. Não por muito tempo, porque não me resta tanto assim. Mas caso eu não acorde por causa de alguma complicação, mando uma última mensagem: Independentemente do que acontecer comigo, espalhem minhas cinzas no Althea Park. Fiquem sempre na órbita uns dos outros. Amo vocês.

22h02

Acordo, assustado, de um pesadelo. O Mateo do Pesadelo estava pegando fogo, me culpando por sua morte, dizendo que nunca teria morrido se não tivesse me conhecido. O pensamento arde em minha mente, mas o ignoro porque é apenas um pesadelo. Mateo jamais culparia ninguém por qualquer coisa.

Mateo morreu.

Não teve como ele escapar dessa. Ele deveria ter partido salvando alguém, porque era uma pessoa tão altruísta... Mas não, mesmo que sua morte não tenha sido heroica, ele morreu como um herói.

Mateo Torrez com certeza me salvou.

LIDIA VARGAS
22h10

Lidia está no sofá de casa, comendo doces para tentar se consolar, deixando Penny ficar acordada. A avó de Lidia já foi para a cama, exausta de cuidar da bebê, que está começando a se acalmar. Ela não está ranzinza nem chorona, quase como se soubesse que a mãe precisa de um descanso.

O celular de Lidia toca. É o mesmo número do qual Mateo ligou para ela antes, o número do Rufus. Ela atende.

— Mateo!

Penny olha para a porta, mas não encontra Mateo.

Lidia espera pela voz do melhor amigo, mas ele não diz nada.

— ...Rufus?

O coração de Lidia acelera e ela fecha os olhos.

— É.

Aconteceu.

Lidia larga o celular no sofá e soca as almofadas, o que assusta Penny. Lidia não quer saber como aconteceu, não hoje. Seu coração já está partido, ela não precisa que cada pedacinho seja estilhaçado até virar pó. Duas mãozinhas pequenas puxam as mãos de Lidia para longe de seu rosto e, como aconteceu mais cedo, Penny está chorando por ver sua mãe chorando.

— Mamãe — diz Penny.

Uma única palavra diz tudo para Lidia. Ela está despedaçada, mas junta cada pedacinho de novo. Se não por ela, pela filha.

Lidia beija a testa de Penny e pega o celular.

— Ainda está aí, Rufus?

— Estou. Sinto muito pela sua perda.

— E eu sinto pela sua também — responde Lidia. — Onde você está?

— No mesmo hospital que o pai dele — diz Rufus.

Lidia quer perguntar se ele está bem, mas sabe que muito em breve ele não vai estar.

— Vou visitá-lo — anuncia Rufus. — Mateo queria se assumir para o pai, mas... não tivemos tempo. Será que eu devo contar para o pai dele? É esquisito que seja eu contando? Você conhece ele melhor.

— Você também conhece ele muito bem. Se você não conseguir, eu consigo.

— Sei que ele não vai poder me ouvir, mas queria contar como o filho dele foi corajoso — explica Rufus.

Foi. Falar de Mateo agora é no *passado*.

— Entendo o que você quer dizer — afirma Lidia. — Por favor, conta primeiro para mim.

Lidia segura Penny no colo enquanto Rufus conta a ela tudo que Mateo não conseguiu lhe dizer essa noite. Amanhã ela vai montar a estante de livros que Mateo comprou para Penny e colocar as fotos dele por toda a sala.

Lidia irá manter Mateo vivo do único jeito que pode.

DELILAH GREY
22h12

Delilah está escrevendo o obituário baseado na entrevista pela qual sua chefe não a demitiu. Howie Maldonado talvez quisesse uma vida diferente, mas o tipo de legado que Delilah aprendera com ele era importante: viver com equilíbrio. Um gráfico de torta com fatias iguais para felicidade máxima em todas as áreas da vida.

Delilah tinha certeza de que não encontraria a Morte hoje. Mas talvez a Morte só tivesse outros planos para ela. Ainda restam pouco menos de duas horas até meia-noite. Nesse meio-tempo, ela poderá ver se foi coincidência ou o destino cruel que a jogou de um lado para outro durante o dia todo, uma onda atrás da outra.

Delilah está no Althea, num restaurante do outro lado da rua do parque, onde encontrou Victor pela primeira vez, e está quase terminando de escrever o obituário do homem que pela maior parte da vida conheceu apenas de longe, em vez de confrontar o homem que ama no que poderão ser suas horas finais.

Ela empurra o caderno para o lado para abrir espaço para girar a aliança de noivado que Victor se recusara a pegar de volta na noite anterior. Delilah usará um jogo para se decidir. Se a esmeralda cair virada para ela, ela desiste e liga para ele. Se cair virada para o outro lado, ela termina o obituário, vai para casa, tira uma boa noite de sono e decide seus próximos passos no dia seguinte.

Delilah gira o anel e a esmeralda aponta bem para ela; nem mesmo um pouquinho inclinada para seu ombro ou para os outros no restaurante.

Ela pega o celular e liga para Victor, desejando desesperadamente que ele estivesse brincando. Talvez um dos muitos segredos a respeito da Central da Morte seja que eles decidem quem morre, como uma loteria que ninguém quer vencer. Talvez Victor tenha ido trabalhar, deixado o nome dela sobre a mesa do Sr. Executor Executivo e dito "Leve ela".

Talvez seja mesmo possível morrer de amor.

VICTOR GALLAHER
22h13

A Central da Morte não ligou para Victor Gallaher na noite passada porque ele não vai morrer hoje. O protocolo de contar para um funcionário sobre seu Dia Final envolve um administrador, que chama o Terminante em seu escritório "para uma reunião". Jamais fica óbvio para os outros funcionários se a pessoa está morrendo ou sendo demitida, elas apenas não voltam mais para suas mesas. Mas isso não preocupa Victor, já que ele não vai morrer hoje.

Victor tem andado bem deprimido, mais do que de costume. Sua noiva — ele ainda chama Delilah de noiva porque ela está com o anel da sua avó — tentou terminar com ele na noite anterior. Embora ela diga que não está na mesma fase da vida que ele, Victor sabe que é porque ele não tem agido de modo normal. Desde que começara a trabalhar na Central da Morte três meses atrás, ele tem se sentido — por falta de uma palavra mais forte — podre. Victor está a caminho de uma consulta com a psicóloga da empresa, porque, além de Delilah ter tentado terminar tudo com ele, o peso do trabalho está o matando aos poucos: as súplicas que ele não pode atender, as perguntas para as quais ele não tem qualquer resposta — tudo isso é devastador. No entanto, o salário é bom demais e o plano de saúde é bom demais, e ele só queria que as coisas ficassem boas demais com sua noiva também.

Victor entra no prédio — localização não revelada, é claro — com Andrea Donahue, uma colega de trabalho que não se detém para admirar os retratos sorridentes das pessoas da era vitoriana e ex-presidentes nas paredes amarelas. A estética da Central da Morte não é como seria de se imaginar. Nenhuma escuridão sombria por aqui. Fora decidido que o escritório aberto deveria parecer menos profissional e mais animado, como uma creche, para que os mensageiros não enlouquecessem enquanto entregam alertas de Dia Final em seus cubículos apertados.

— Oi, Andrea — cumprimenta Victor, apertando o botão do elevador.

Andrea trabalha na Central da Morte desde o começo, um emprego do qual Victor sabe que ela precisa desesperadamente, mesmo odiando, por causa do salário que cobre os valores crescentes da escola da filha, e o seguro de saúde é bom demais para sua perna ruim.

— Oi — responde ela.

— Como vai a gatinha?

Conversa fiada antes e depois dos turnos é encorajada pelos administradores da CdM; breves oportunidades de se conectar com aqueles em posse dos amanhãs.

— Continua sendo uma gata — responde Andrea.

— Maneiro.

O elevador chega. Os dois entram, e Victor se apressa para apertar o botão de fechar para não ter que dividir o elevador com nenhum dos colegas que não fazem nada além de tagarelar sobre coisas que não importam, como fofocas de celebridades e programas de TV ruins, enquanto estão prestes a basicamente arruinar a vida de alguém. Victor e Delilah os chamam de "Troca-troca" e odeiam que pessoas assim existam.

Seu celular toca no bolso. Ele tenta não pensar que é Delilah ligando, e seu coração acelera quando lê o nome na tela.

— É ela! — diz Victor à Andrea, virando a tela do celular como se as duas se conhecessem.

Andrea está tão interessada na vida dele quanto ele está na gatinha dela. Victor atende o celular.

— Delilah! Oi. — Ele soa um pouco desesperado, claro, mas o amor deixa a gente assim.

— Foi você, Victor?

— Eu o quê?

— Não brinca comigo.

— Do que você está falando?

— A ligação sobre o Dia Final. Você mandou alguém me perseguir só porque estava chateado? Se tiver sido isso, não vou denunciar você. Só me conta agora e podemos esquecer o que aconteceu.

O ânimo de Victor desaba quando ele chega ao décimo andar.

— Você recebeu o alerta?

Andrea estava prestes a sair, mas fica no elevador. Victor não sabe se ela ficou porque está preocupada ou curiosa, e não se importa. Victor sabe que Delilah não está fazendo joguinhos. Ele sempre percebe quando ela está mentindo pelo tom de voz, e sabe que ela está o acusando de uma ameaça verdadeira, pela qual certamente *poderia* denunciá-lo.

— Delilah?

Delilah está quieta do outro lado da linha.

— Delilah, onde você está?

— Althea Park — diz ela.

O restaurante onde eles se conheceram... Ela ainda o ama, ele sabia!

— Não sai daí, certo? Estou a caminho. — Ele aperta o botão de fechar a porta do elevador de novo, prendendo Andrea com ele, e pressiona *Térreo* umas trinta e poucas vezes mesmo quando o elevador já está descendo.

— Eu desperdicei meu dia — lamenta Delilah. — Achei que... eu sou tão burra, estúpida pra cacete. Joguei meu dia fora.

— Você não é burra, vai ficar tudo bem. — Victor nunca havia mentido para um Terminante antes de hoje.

O elevador para no segundo andar e ele sai correndo, descendo pelas escadas e perdendo o sinal do celular no caminho. Ele corre pelo saguão, dizendo a Delilah o quanto a ama e que já está a caminho. Olha o relógio: cerca de duas horas, mas, até onde ele saiba, tudo pode acabar em dois minutos.

Victor entra no carro e acelera em direção ao parque.

RUFUS
22h14

A última foto que estou postando no Instagram é a minha com meu Último Amigo. Aquela que tiramos no quarto dele, em que estou com os óculos dele e ele está estreitando os olhos enquanto sorrimos, porque garantimos um pouco de felicidade antes que eu o perdesse. Passo pelas minhas fotos, grato demais pelo toque de cor que Mateo me deu no nosso Dia Final.

A enfermeira quer que eu continue na cama, mas não só tenho o direito de recusar ajuda como Terminante, como também de jeito nenhum eu ficaria plantado aqui quando preciso ver o pai de Mateo.

Tenho menos de duas horas de vida e não posso pensar numa maneira melhor de passar esse tempo do que realizando o último desejo de Mateo de encontrar o pai, mas de verdade agora. Preciso conhecer o homem que criou Mateo, o tornou esse cara por quem me apaixonei em menos de um dia.

Vou até o oitavo andar com a enfermeira insistente. Eu sei, suas intenções são boas e ela só quer ajudar, eu entendo.

Só não tenho muita paciência no momento. Nem hesito quando chegamos no quarto. Entro com tudo.

O pai de Mateo não é muito bem como eu imaginava que Mateo seria no futuro, mas há certa semelhança. Ele ainda está em um sono profundo, sem noção alguma de que o filho não estará por perto para recebê-lo em casa quando ele acordar. Nem sei o que restou da casa deles. Espero que os bombeiros tenham impedido que o fogo se espalhasse.

— Oi, sr. Torrez. — Sento ao lado dele. Na mesma cadeira em que Mateo estava sentado mais cedo. — Eu me chamo Rufus e sou o Último Amigo do Mateo. Consegui tirar ele de casa, não sei se ele contou isso para o senhor. Ele foi muito corajoso.

Tiro o celular do bolso e fico aliviado quando a tela liga.

— Tenho certeza de que o senhor está muito orgulhoso dele, e que sempre soube que Mateo tinha essa força o tempo todo. Só o conheci por um dia e estou muito orgulhoso dele também. Tive a chance de vê-lo se tornando a pessoa que ele sempre quis ser.

Passo pelas fotos que tirei no começo do dia, ignorando aquelas de antes de conhecer Mateo e começando com a primeira foto colorida.

— Vivemos muita coisa hoje — conto.

Dou a ele um resumo geral de tudo, enquanto vejo uma foto por vez: o flagra de Mateo no País das Maravilhas, que eu nunca mostrei para ele; nós dois vestidos como aviadores no Faça-Acontecer, onde fizemos "paraquedismo"; o cemitério de telefones públicos onde discutimos sobre a mortalidade; Mateo dormindo no metrô, segurando seu santuário de Lego; Mateo sentado na sua cova cavada pela metade; a vitrine da livraria, minutos antes de sobrevivermos a uma explosão; o cara pedalando a bicicleta que eu não queria mais, porque Mateo achava que seria a causa da nossa morte, mas não sem antes dar uma única volta comigo; as aventuras na Arena de Viagens; a fachada do Cemitério do Clint, onde eu e Mateo cantamos e dançamos e nos beijamos e de onde fugimos para nos salvar; Mateo pulando na cama para mim; e nossa última foto juntos, eu com os óculos de Mateo e ele estreitando os olhos, mas feliz pra caramba.

Estou feliz também. Até mesmo agora, quando estou destruído de novo, Mateo me consertou.

Boto para tocar o vídeo que eu poderia escutar para sempre.

— Aqui ele está cantando "Your Song" para mim, ele disse que o senhor cantava essa música também. Mateo fingiu que estava cantando só porque queria que eu me sentisse especial. Não tenho dúvidas disso, mas sei que ele também estava cantando para si mesmo. Ele amava cantar, mesmo que não fosse tão bom nisso. Hahaha. Ele amava cantar, amava o senhor, amava a Lidia e a Penny, eu e todo mundo.

O monitor de batimentos cardíacos do sr. Torrez não reage à música de Mateo nem às minhas histórias. Nenhuma batida, nada. A cena como um todo é de partir o coração. O sr. Torrez preso aqui, vivo, sem ter para onde ir. Talvez esse seja um tapa na cara ainda maior do que morrer jovem. Mas talvez ele acorde um dia. Aposto que vai se sentir sozinho no mundo depois de perder o filho, mesmo cercado de milhares de pessoas todos os dias.

Há uma foto ao lado da cama do sr. Torrez. É de Mateo quando criança, com o pai e um bolo de *Toy Story*. O Mateo criança parece tão feliz. Me dá vontade de ter conhecido ele desde a infância.

Eu me contentaria com uma semana a mais.

Uma hora a mais.

Só queria mais tempo.

Atrás da foto, há uma mensagem:

Obrigado por tudo, pai.
Vou ser corajoso e vou ficar bem.
Te amo agora e para sempre.
Mateo

Encaro a caligrafia de Mateo. Ele escreveu prometendo isso hoje, e cumpriu.

Preciso que o pai de Mateo saiba o que o filho dele fez. Procuro no bolso e encontro o desenho do mundo que fiz quando Mateo e eu comemos na minha lanchonete favorita. Está amassado e um pouco molhado, mas vai servir. Tiro uma caneta da gaveta e escrevo em volta do mundo.

Sr. Torrez,

Eu me chamo Rufus Emeterio. Fui o Último Amigo do Mateo. Ele foi corajoso pra caramba durante o Dia Final dele.

Tirei fotos o dia todo, estão no Instagram. O senhor precisa ver como ele viveu. Meu perfil é @RufusonPluto. Fico muito feliz que seu filho tenha aparecido na minha vida no que poderia ser o pior dia de todos.

Sinto muito pela sua perda.

Rufus (5/9/17)

Dobro o bilhete e deixo com a foto.

Saio do quarto, tremendo. Não vou procurar o corpo de Mateo. Não é assim que ele gostaria que eu usasse meus últimos minutos.

Vou embora do hospital.

22h36

A ampulheta está quase sem areia. Está ficando meio assustador. Fico imaginando a Morte me observando, escondida atrás de carros e arbustos, pronta para me atingir com sua maldita foice.

Estou megacansado, não só fisicamente, mas emocionalmente exausto. Foi assim que me senti depois de perder minha família. Uma tristeza com força total, da qual precisei de tempo para me recuperar, coisa que agora não tenho mais.

Estou voltando para Althea Park para esperar a noite acabar. Não importa que isso seja algo normal para mim, não consigo parar de tremer, porque eu posso estar atento pra caramba agora e isso não vai mudar o que vai acontecer muito em breve. Também sinto muita saudade da minha família e do Mateo. E, na moral, é melhor que exista mesmo uma vida após a morte, e que Mateo facilite para que eu o encontre como ele prometeu. Eu me pergunto se Mateo já encontrou sua mãe. Eu me pergunto se ele falou de mim para ela. Se eu encontrar minha família primeiro, vamos ter nosso momento de abraços e depois vou recrutar todo mundo para a minha busca por Mateo. E aí, quem sabe o que vai acontecer depois?

Coloco os fones de ouvido e assisto ao vídeo de Mateo cantando para mim.

Vejo o Althea Park à distância, o lugar que me trouxe grandes mudanças.

Volto a atenção para o vídeo, a voz dele tomando conta dos meus ouvidos.

E então eu atravesso a rua sem um braço para me puxar para trás.

AGRADECIMENTOS

Sobrevivi à escrita de mais um livro! E, com certeza, não fiz isso sozinho.

Como sempre, muito obrigado ao meu agente, Brooks Sherman, por aprovar minhas ideias insanas e por encontrar as melhores casas para as minhas coisas em forma de livro. Nunca vou esquecer como ele ficou empolgado ao saber que eu estava escrevendo um livro chamado *Os dois morrem no final*, ou como ele respondeu minha mensagem às seis da manhã quando terminei o primeiro rascunho. Meu editor, Andrew Harwell, merece um milhão de aplausos por me ajudar a transformar essa coisa em forma de livro numa "partida sombria de Jenga" — palavras geniais dele, não minhas. As incontáveis vezes em que esse livro foi reescrito não foram fáceis, e teriam sido impossíveis sem os olhos atentos de Andrew e a inteligência do seu coração/cérebro.

Muito obrigado a toda a equipe da HarperCollins por me receber. Rosemary Brosnan é uma fonte destemida de alegria nesse mundo. Erin Fitzsimmons e o artista Simon Prades criaram uma capa inegavelmente linda e inteligente — amor à primeira vista de verdade! Margot Wood está sempre realizando bruxarias e feitiçarias épicas. Obrigado a Laura Kaplan por tudo relacionado à publicidade, Bess Braswell e Audrey Diestelkamp por tudo do marketing, e Patty Rosati por tudo relacionado a escolas e bibliotecas. Janet Fletcher e Bethany Reis me fazem parecer mais esperto. Kate Jackson defendia este livro antes mesmo de me conhecer. E quanto às muitas pessoas que deixaram suas marcas nesse livro, estou empolgado para conhecer todo mundo e aprender seus nomes.

A Bent Agency, em especial Jenny Bent, por sempre defender meus livros.

Meu assistente, Michael D'Angelo, por sempre me dar ordens. E por suas selfies chorando.

Meu grupo de amigos cresceu por causa das palavras que nós escrevemos, e isso nunca vai deixar de ser legal demais para mim. Minha irmã/esposa de trabalho Becky Albertalli, e meu irmão/marido de mentira, David Arnold-Silvera, por todas as mensagens no grupo e abraços em grupo. Corey Whaley, a primeira pessoa com a qual falei quando tive a ideia para esse livro em dezembro de 2012. Minha fortuna de amizades inacreditáveis também inclui Jasmine Warga, Sabaa Tahir, Nicola Yoon, Angie Thomas, Victoria Aveyard, Dhonielle Clayton, Sona Charaipotra, Jeff Zentner, Arvin Ahmadi, Lance Rubin, Kathryn Holmes e Ameriie. Além dos amigos que estiveram comigo desde antes de *Lembra aquela vez?*, como Amanda e Michael Diaz, que me aturam desde o começo das nossas vidas, e Luis Rivera, que é literalmente um salva-vidas.

Obrigado a todos por sempre saberem quando me tirar da frente do computador e depois me inspirarem a voltar para cada história.

Lauren Oliver, Lexa Hillyer e toda a gangue da Glasstown. Nunca tive o privilégio de escrever um livro pela empresa, mas aprendi muito sobre contar histórias a partir do trabalho com esse grupo para lá de talentoso.

Obrigado pelas ideias lá no comecinho, Hannah Fergesen, Dahlia Adler, Tristina Wright, e tantas outras pessoas.

Minha mãe, Persi Rosa, e minha irmã geminiana de alma, Cecilia Renn, minhas inspirações e maiores fãs, que sempre me encorajam a correr atrás de todos os sonhos (e todos os caras).

Keegan Strouse, que me provou que alguém pode mudar sua vida em menos de 24 horas.

A todos os leitores, livreiros, bibliotecários, educadores e figuras do mercado editorial que dão de tudo para manterem os livros vivos. O universo é menos pior graças a todos vocês.

E, por último, a todos os desconhecidos que não chamaram a polícia quando eu perguntei: "O que você faria se soubesse que está prestes a morrer?" Nenhuma das suas respostas inspirou o que acontece neste livro, mas não foi superdivertido quando um estranho fez você refletir sobre a mortalidade?

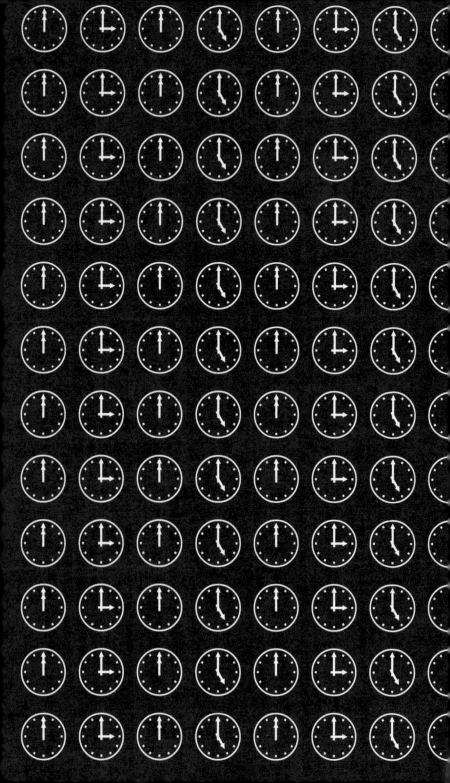

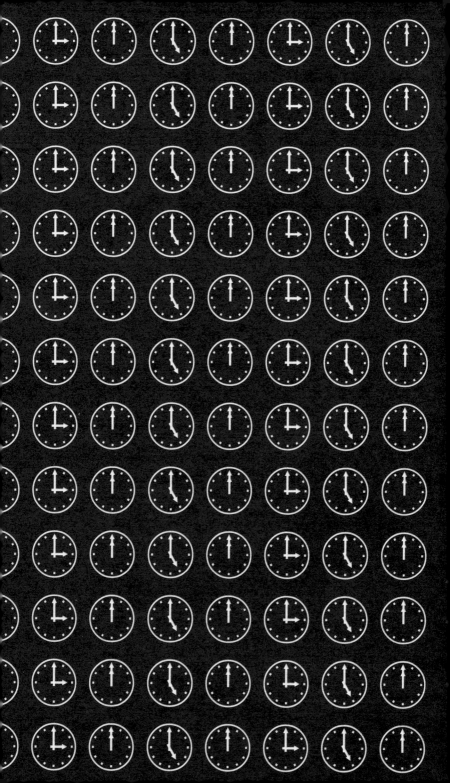

CONTEÚDO EXTRA SOBRE

OS DOIS MORREM NO FINAL

A seguir você vai encontrar um ensaio escrito pelo autor, um mapa dos personagens e como eles se conectam e as primeiras anotações de Adam Silvera sobre o livro.

"O TÍTULO JÁ ESTRAGOU TUDO!"
Um olhar sobre Os dois morrem no final

Adam Silvera

Desde que anunciei o título deste livro, muitas pessoas me perguntam por que eu decidi estragar o final. Mas será que estraguei mesmo? Quer dizer, acho que sim, pelo menos em parte. Mas o final nunca foi o propósito do livro. Minhas duas primeiras obras têm reviravoltas bem grandes, e gosto de dizer às pessoas que a grande reviravolta de *Os dois morrem no final* é que não tem reviravolta alguma. Dei as cartas, joguei seguindo as regras do título e nunca trapaceei. Por mais que todos nós quiséssemos que Mateo e Rufus vivessem para sempre, dar a eles uma saída fácil seria um grande desserviço à jornada dos dois — e se inspirar nessa jornada, tratando cada dia como uma vida inteira, para mim é o propósito deste livro.

Todas as minhas obras publicadas até agora giram em torno da mortalidade, porque morrer antes da hora, como infelizmente acontece com Mateo e Rufus, sempre foi um dos meus maiores medos. Quando estava fazendo eventos de divulgação de *Os dois morrem no final* na Dinamarca, alguém me perguntou sobre as minhas primeiras experiências com a morte, e me peguei tagarelando sobre quando eu tinha onze anos, morando em Nova York, e o 11 de Setembro aconteceu — e, no mês seguinte, meu tio preferido morreu em um acidente de avião. Não é de se espantar que eu tenha evitado aviões por mais de dez anos. Ainda fico nervoso toda vez que preciso viajar. Durante a turnê do meu primeiro livro, passei todas as manhãs ligando e mandando mensagens para as minhas pessoas favoritas e dizendo o quanto eu as amava antes de embarcar só porque *vai que...*

Tenho esse instinto há anos, e foi assim que a Central da Morte nasceu. Outra pergunta que recebo dos leitores com frequência é se eu gostaria que os serviços da Central da Morte estivessem disponíveis hoje. Hm... CLARO QUE SIM. De verdade, não consigo pensar num bom motivo para não querer saber se o dia que estou vivendo é o meu Dia Final. Mal posso contar quantas vezes parei de escrever este texto porque tinha que lavar roupa, ou sair para comprar comida, ou apenas porque precisava tomar ar fresco, e fiquei me perguntando se algo inesperado iria acontecer, me impedindo de voltar para terminar de escrever (não sou um grande fã de ironias, meus amigos). Se algo fosse acontecer, eu gostaria de saber para poder dizer *te amo*, e *obrigado* e *me desculpa* para as pessoas certas. Tento fazer isso na minha vida hoje, mas não há nada como *saber* de fato, só para ter certeza de que vou cuidar de tudo e de que não vou deixar nenhuma pendência.

Em um mundo onde a Central da Morte existisse, eu seria muito como o Mateo. Uma bomba de nervosismo, com uma ansiedade que sempre me impediria de ser aventureiro por causa do risco de provocar minha morte no dia seguinte. Tive que trabalhar muito esses sentimentos no primeiro rascunho do livro. Mateo era o único narrador até o momento da sua morte e, dali para frente, Rufus contava a história até o fim. Mateo cresceu e, bem, eu também. Hoje, sou muito mais o Mateo que canta mal, usa o chapéu do Luigi e beija garotos, como ele sempre quis ser *e* teve a oportunidade de se tornar antes que seu tempo acabasse.

É estranho me sentir inspirado por alguém que eu mesmo criei, alguém baseado nos meus medos e sonhos, mas é assim que me sinto. Se Mateo — que, para mim, é real — pode fazer algo, eu também posso. Isso não quer dizer que eu vivo sem medo. É óbvio que melhorei muito desde que comecei minha jornada com Mateo e Rufus. Embora ainda tenha que lidar com o peso da minha ansiedade, eu realmente vivo mais agora do que antes de escrever este livro. Toda vez que estou supernervoso para fazer alguma coisa, como cantar na frente dos meus amigos, porque minha voz é horrível, ou dar o primeiro passo para flertar com um cara bonitinho, ou fazer uma corrida com obstáculos nas alturas, eu me pergunto: "Quando eu estiver no meu leito de morte, vou me arrepender por não ter feito isso?" E, na maioria das vezes, a resposta é sim. Então eu canto mal, chamo os caras bonitinhos para um encontro e aguento firme enquanto faço tirolesa de uma árvore para outra. Quando estiver no meu leito de morte, quero estar em paz com a maneira como vivi.

E isso é só um pedacinho de como a minha jornada se tornou muito mais corajosa por causa de Mateo e Rufus.

Então, sim, talvez o título tenha estragado a experiência de leitura para algumas pessoas. Porém, na verdade, tenho um spoiler ainda maior para todo mundo: todos vamos morrer no final. Cada um de nós. Porém, mais uma vez, o jeito como morremos ou o fato de que vamos morrer não é o que importa. Não posso responder a essa próxima pergunta, mas espero que ela fique em sua mente todos os dias: como nós vivemos?

MAPA DOS PERSONAGENS

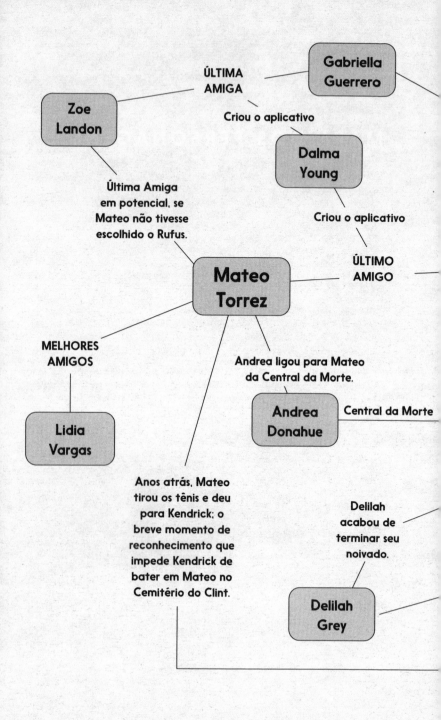

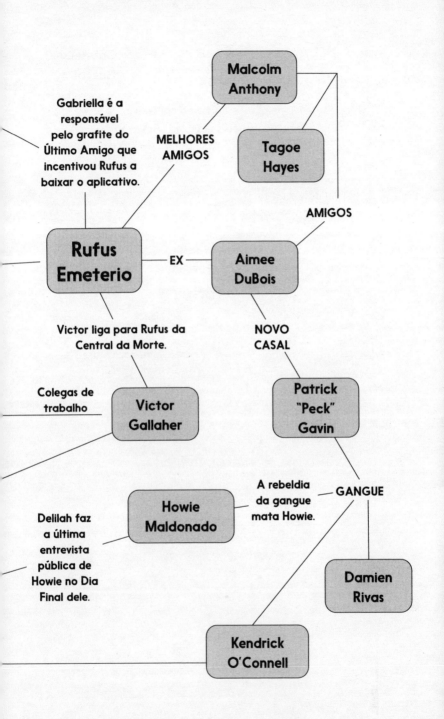

AS PRIMEIRAS ANOTAÇÕES DE ADAM SILVERA PARA

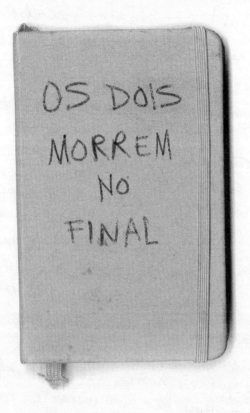

Para cada livro que escrevo, tenho um caderno onde anoto todas as minhas ideias, grandes ou pequenas. No caso de *Os dois morrem no final*, planejei o livro inteiro do começo ao fim antes de escrever uma página sequer. Estou empolgado para mostrar um pouquinho do que mudou (o nome do Mateo!) e o que permaneceu a cada nova versão. Espero que gostem!

00h06

Wyatt Gonzalez recebe uma ligação avisando que ele está prestes a morrer. O operador não é muito empático. Wyatt se sente triste, mas não quer chorar. (Nota: ele não chora porque não sabe o que está perdendo até conhecer Rufus, uma pessoa com a qual ele conseguiria se imaginar amando a vida). Wyatt tem, sim, um grande surto ao se dar conta de todas as coisas que vai deixar inacabadas. Livros não lidos, filmes não assistidos, ~~lugares~~ cidades do seu mapa que ele nunca vai visitar (ele sempre quis ser um viajante, mas tinha medo de aviões), músicas que nunca vai cantar, o piano que nunca vai tocar para os amigos, e coisas mais profundas, como crescer e se tornar o Wyatt Adulto que faz coisas de Adulto, como sexo, drogas e se casar.

Wyatt finalmente sai de casa e vê um pássaro morto no chão. Ele se lembra de quando abrigou um pássaro que caiu do ninho durante uma chuva. Ele percebe que, ao se esconder, provavelmente perdeu a chance de salvar a vida desse pássaro.

"O que mais eu perdi?"

Wyatt se sente culpado por um pássaro que não recebeu nenhum aviso, exceto por uma buzina (no máximo). Esse é o tipo de pessoa que ele é.

E, ainda assim, Wyatt não quer um funeral porque a) ele não quer receber atenção e b) ele acredita que poucas pessoas iriam aparecer.

Wyatt ama todo mundo.

Wyatt ouve um _bipe_ avisando que Rufus ~~???~~ está olhando seu perfil também.

Wyatt tem um miniataque de pânico. E, antes que possa decidir se quer ou não ~~Rufus~~ dizer oi ou fechar o app, Rufus envia uma mensagem.

Rufus: Oi Wyatt. Gostei do chapéu.

(*MAIS ADIANTE: Wyatt morre quando eles voltam pra casa para tirar fotos de Wyatt com o chapéu, pois foi o primeiro assunto da conversa dos dois. ☺) *

Wyatt fica aliviado por Rufus ter dito algo para ele, mas não sabe o que responder.

12h00

O sino de uma igreja toca ao meio-dia. Wyatt reza para a mãe, pedindo que deixe seu dia mais longo e sua morte, rápida.

(Capítulo curto, tipo um parágrafo.)

ARENA DE VIAGENS

Existem geradores de temperaturas específicas em cada "país", "estado" e "cidade".
Algumas atividades:
- nadar com golfinhos em ???
- escalar montanhas em ???
- passeio de safari em ???
- patinação no gelo (num lago de verdade) em ???
- ~~~~ brincar na praia (areia importada das Bahamas)
- observar morcegos voando debaixo da ponte em ~~~~ Austin, Texas.
- passeio de barco
- SALA ESPACIAL

porque ele não precisa mais se conformar com as regras da Vida, não quando ele já está de saída.

Eles se beijam, um corte de cena, e ~~se encontra~~ o que ~~ele~~ começa como uma soneca acaba virando sexo, seguido de uma soneca.
* Wyatt e Rufus brincam de cozinha.
* Lidia continua ligando.

[21h40]

Wyatt acorda e se sente invencível. Ele beija Rufus na testa enquanto ele dorme. ~~xxxxx~~
(Talvez não se sinta invencível. Talvez saiba que está prestes a acontecer a qualquer minuto.)

Em alguns parágrafos curtos, Wyatt reflete sobre como talvez consiga sobreviver, como ele pode vencer isso com Rufus. Como ele poderia vencer a morte por pelo menos mais um dia. (Wyatt está cantando antes de morrer.)

Wyatt vai até a cozinha para fazer chá para ele e para Rufus antes de saírem para ver seu pai, quando algo dá muito errado com o fogão, e a vida de Wyatt termina num clarão.
(Antes de o fogo começar, ele sente que algo ruim vai acontecer e se vira.) ※ Como (ahto? no avião.

("Não é uma morte heroica, mas Wyatt morre como um herói")
↳ Rufus.

21h 48

"Acordo sufocando na fumaça escura." Rufus começa a contar a história. Ele procura freneticamente por Wyatt, que não está ao seu lado na cama. O alarme de incêndio está disparado. Ele sai do quarto onde a fumaça o cega totalmente e procura por ele

Rufus começa a ir para o parque aonde sempre ia quando sua vida mudava. Essa é de longe a maior mudança desde a morte da sua família, e ele sempre se pergunta se Wyatt está lá em cima com a própria mãe, botando o papo em dia, e se eles vão encontrar a família de Rufus antes de ele se reunir a eles. Rufus gostaria de apresentar Wyatt a todo mundo.

Rufus então vê o parque e sente calafrios.

"E então eu atravesso a rua sem um braço para me puxar para trás."

FIM! 😢

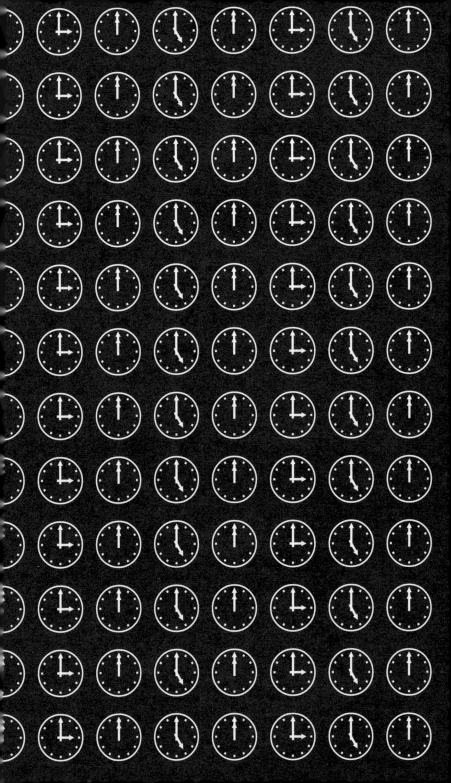

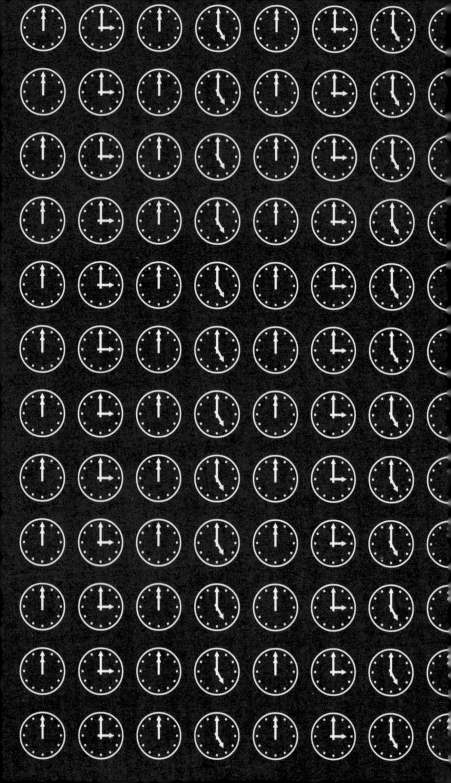

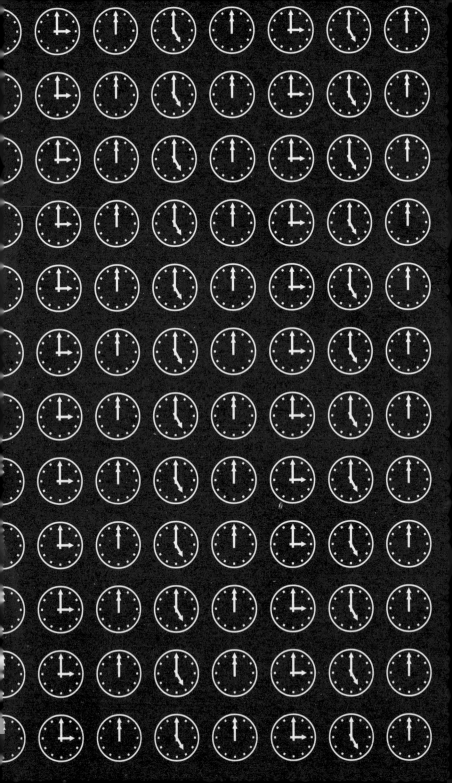

1ª edição	OUTUBRO DE 2021
reimpressão	ABRIL DE 2025
impressão	LIS GRÁFICA
papel de miolo	HYLTE 60 G/M²
papel de capa	CARTÃO SUPREMO ALTA ALVURA 250 G/M²
tipografia	BEMBO